SV

Band 1415 der Bibliothek Suhrkamp

Zygmunt Haupt
Vorhut

Erzählungen, Skizzen, Fragmente
Aus dem Polnischen übersetzt und
mit einem Nachwort versehen
von Esther Kinsky

Bibliothek Suhrkamp

Die Originalausgabe erschien 1989 u. d.T. *Szpica*
als Band 446 der Biblioteka »Kultury« des Instytut Literacki
(Institut Littéraire) in Paris.
Nähere editorische Angaben am Schluß des Bandes.

Die Übersetzerin dankt dem Deutschen Übersetzerfonds e. V.
für die großzügige Unterstützung ihrer Arbeit.

Satz: Hümmer GmbH, Waldbüttelbrunn
Druck: Druckhaus Nomos, Sinzheim
Printed in Germany
Erste Auflage 2007
ISBN 978-3-518-22415-1

1 2 3 4 – 12 11 10 09 08 07

Vorhut

Die Laute oder Ein Führer durch Żółkiew und seine Sehenswürdigkeiten

Białokamienna, die »Weißsteinerne«, was kann ich über Białokamienna sagen? Daß ich nie dort war, daß es weit weg ist, irgendwo hinter den sieben Bergen und sieben Meeren, daß man es bei uns nicht mit Namen nannte, weil sich der Name auf ganze Landstriche bezog, man nannte es einfach »die Hauptstadt«. Die Hauptstadt – aber von was? Des Grenzlands zur Tundra mit Birkenwäldern und Sümpfen, der Steppe und der Tatarenherrschaft. Wenn ich sie mir ausmalen will, kommt die Phantasie anderer der meinen zu Hilfe.
Nehmen wir zum Beispiel ein Bild, vielleicht das Machwerk eines Salonmalers aus dem 19. Jahrhundert, in der Tretjakow-Galerie, oder besser noch ein Bild aus einem Film von Eisenstein. Winter, eine Schneefläche bis zum blauen Wald am Horizont, gedrungene Türme, Kirchenkuppeln, Pfahlwerk, weißer Rauch aus den Schornsteinen der Stadt gegen einen schwarzen Himmel. Vor dem bewehrten Tor wartet man bereits. In schweren Pelzen und Fellen, dicken gesteppten Kaftanen, Rüstungen aus Leder mit aufgenähten Blechstreifen, gestutzte Haare, Bärte. (Sie trugen Bärte, nach Jahren noch erinnerte sich Herr Pasek, daß es ihnen in der Schlacht bei Lachowicze geradezu komisch vorkam, die in Deckung gegangene Ikone eines bärtigen Kämpfers anzugreifen, »als würde man sich auf lauter Gottväter stürzen«, erzählte Herr Pasek.) Vom Horizont löst sich ein Strich, wird größer, schon erkennt man ein Pferd samt Reiter, das Pferd prescht durch die Schneewehen, es schnellt voran, vor seiner Brust teilt sich der Schneenebel. Der Reiter wird größer, schon läßt

sich die Mähne des Bachmat, des Tatarenpferdchens, deutlich erkennen, die darin eingeflochtenen Münzen, der hoch auf dem Sattel gekrümmte Reiter, der bogenförmige Bastköcher, die Nagaijka in der Armbeuge, sein Gesicht mit den schrägen Augen. Das ist ein Gesandter aus Kazan, ein »Baskak«.

Und jetzt beginnt die Zeremonie, ein feierliches Protokoll, das nicht weniger starren Regeln folgt als am Hof der Habsburger im Escorial oder der Valois in den Tuilerien. Schon ist der Reiter da, aufgescheuchte Krähen flattern von der Schneefläche auf und kreisen unter dem Himmel. Der Bachmat rollt mit den Augen, schnaubt und tritt vorsichtig auf die über den Schnee gebreiteten Felle von Wölfen, Bären, Luchsen, Tigern, auf die in prächtigen Farben schimmernden Teppiche, die Saruks, Hamadans, Karamans, bucharischen Wunderwerke. Die unbeschlagenen Hufe des Pferdes versinken darin. Der Reiter sitzt ungerührt und schaut von oben herab auf die geschorenen Schädel der Versammelten, während diese mit der Stirn den Boden berühren. Dann tritt der älteste der anwesenden Würdenträger an den Steigriemen und reicht dem Reiter mit beiden Händen eine Schale mit schäumender Stutenmilch, dem Kumys. Der Kumys rinnt von den ausladenden Schnurrbartenden des Gesandten, und ein paar Tropfen fallen auf den Teppich. Teil des Zeremoniells ist, daß sich der Älteste der Begrüßenden zu Boden wirft und die verschütteten Tropfen aufleckt.

Der Reiter sitzt nicht ab. Aus dem Krummköcher zieht er mit einer raschen Bewegung eine Rolle aus Birkenrinde, eine »Gramota«, ein »Parłyk« mit einer Bekanntmachung, einem Erlaß des Khans. Wieder berühren sie mit der Stirn den Boden.

Was soll ich hier von der »Weißsteinernen« reden, von Kitajgorod, von Krymgorod, vom Dreifaltigkeitstor, von der Mariä-Himmelfahrtskirche, von der Wassilij-Blagowjeschtschenskij-Kathedrale und dem großen Geschütz, das sie Zarenkanone nennen? Ich habe diese Wunder nie gesehen.

Ich erinnere mich, wie mein Vater einmal, als ich klein war, von einer langen Kutschenfahrt zurückkam, zu der er ein Gespann geliehen hatte. Es gab irgendein Problem, wahrscheinlich hatte der Fuhrmann das Fohlen der Zugstute zu Hause gelassen und mußte nun ihren prall gefüllten Euter melken, das ließ sich nicht aufschieben. Mein Vater hieß ihn, die Milch in ein bereitgestelltes Gefäß zu zapfen, und gab mir dann diese Stutenmilch zu trinken. Es war mir ein bißchen komisch, ein bißchen widerwärtig, doch ich trank die Milch, und der Vater lächelte mich, zufrieden mit seinem Einfall, leise spöttisch an und sagte: »Weißt du was, jetzt wachsen dir auf der Oberlippe drei Haare auf der einen Seite und drei Haare auf der anderen, und deine Augen werden schräg, und du wirst ganz wie ein Tatar aussehen.« Und die Tataren? Heute sagt man uns, wir sollten uns ihnen gegenüber nicht so überlegen fühlen, das sei auch eine Kultur gewesen, wir haben sie bloß nicht verstanden und hätten es ihnen nicht gleichtun können, »weil jeder einzelne dieser Tataren eine Uhr in der Westentasche trug«. Jawohl, die von der Goldenen Horde, die aus Astrachan, aus Perekop und Dobrudż, die Nogajer, die Weiße Horde und die Schwarze Horde und diejenigen, die von den russischen Fürsten den Tribut einzogen. Bis irgendwann Ruryks Gesandtschaft mit dem Tribut nach Kazan kam und niemanden mehr fand, dem sie ihn hätten entrichten können. Dann kam das Schnepfenfeld, hundert Jahre vergingen, zweihundert Jahre, dreihundert, und die einst schreckenerregenden Tataren sind, wie es heißt, die besten Kellner in den ersten Restaurants des Reiches

geworden, in den eleganten Restaurants am Kreschtschatik oder der Mojka war es angeblich immer ein Tatar, der als *maître d'hôtel* oder Ober seinen Diener machte und Trinkgelder entgegennahm.
Aber ich habe die »Weißsteinerne« nie gesehen, und ich habe auch nie einem Tatarenkellner ein Trinkgeld gegeben.
Doch über Żółkiew habe ich viel zu erzählen.

Es liegt am Fuße des Roztocz, umgeben von Hügeln, grünen Rücken mit Eichen, Buchen. Weißbuchen, Lärchen. Einst war das Klima hier sanfter, wie sich am Namen der Vorstadt Winniki erkennen läßt, hier wie überall, wo es Orte dieses Namens gibt, wurde einst Wein angebaut. Winniki gab es übrigens schon, bevor Żółkiew gegründet wurde.
Durch den Ort zieht sich ein Flüßchen, das ganz einfach Świnia heißt. »Warum Świnia?« fragte ich einmal meinen Vater. »Weißt du, so nennen Leute das Wasser, wenn es ihnen Schaden zufügt«, sagte mein Vater. Dieses unscheinbare Wasser nämlich, das unter dem wuchernden Grün von Kletten und Schlingpflanzen durch einen tiefen Graben floß, schlammtrüb und träge unter den Brücken dahinströmte, kühl, ruhig, vor sich hin gurgelnd, es verwandelte sich im Vorfrühling, übrigens nur für kurze Zeit, in eine entfesselte wütende Bache, eine tobende Wildsau.
An den Brückenpfeilern stauten sich gewaltige Eisschollen, das Wasser strömte tosend zwischen ihnen hindurch und stieg bis unter den Brückenboden. Vom frühen Morgen an hörte man dumpfe Sprengungen. Auf der Brücke hielt Oberleutnant Sobolewski den Ring des Splints einer Handgranate zwischen den Zähnen. Am Brückenkopf stand eine offene Kiste, in deren Fächern die Handgranaten wie olivfarbene Eier lagen, davor kniete der Wachtmeister und »schärfte« sie,

indem er die Zünder hineindrehte. Sobolewski suchte mit den Augen eine Ritze zwischen den Eisblöcken und schleuderte dann die Granate mit Schwung hinein. Das aufspritzende Wasser und der Eisregen, der sich dann auf die Brücke ergoß, warfen ihn beinah um. Es half nicht viel. Es half auch nicht viel, als Ingenieur Sawicki vom Bezirksamt für Straßenbau und Wasserwege hinter der Stadt, weit hinter Winniki, dem Fluß ein neues Bett ausheben ließ, ihm einen Kanal bahnte, schnurgerade, mit soliden Böschungen, Rasenbedekkung, Sinkmatten, Dichtungsschürzen, Kribben aus Reisig. Im Frühling wütete die Świnia aufs neue.

Żółkiew wurde oft mit Carcassonne verglichen, weil die Stadt noch von Mauern und Wällen umgeben war und man durch Tore hineingelangte. Das Glinsker Tor mit klassischen Helmen, Hauben, die das Tympanon kränzten, und einer rostigen Kette, die von einer Wehranlage oder Zugbrücke übriggeblieben war. Das Zwierzyniecer Tor mit Gefängnisgittern über der Wölbung und der Stadtwall im Schatten der Bäume und mit einem Spazierweg auf der Höhe der Baumkronen. Der Markt mit Arkaden, einem Stadthaus, verziert mit einem roten Löwen in einer Nische, der die Pfote auf das Evangelium legt: hier residierte einst ein venezianischer Gesandter. Das Schloß, orthodoxe Kirchen, Klöster der Dominikaner und der Basilianer, damit es auch der Beschreibung von Fürstbischof Warmiński entspricht:

»... Vier Stückwerke von Toren, neun Klöster und einzelnen Häuschen.« Diese »Häuschen« zogen sich schon außerhalb der Stadtmauern an der Lemberger Straße entlang, die in Anerkennung der Verdienste von Bürgermeister Doktor Muszkiet in Doktor-Muszkiet-Straße umbenannt wurde. Doktor Muszkiet zeigte sich von dieser Geste der Dankbarkeit seitens der Bürger unberührt und kommentierte nüchtern: »Vorher haben die Juden ihre Nachttöpfe auf die Lemberger ausgeleert, jetzt machen sie's auf den Doktor Muszkiet.«

Die Pfarrkirche: ein riesiger, kreuzförmig angelegter Renaissancebau mit einer Kuppel hoch oben und einem Glockenturm, der einen Verteidigungsturm in den Stadtmauern bildet und dessen Sockel von der Świnia umspült wird. In der Pfarrkirche finden sich Grabmäler, Platten, auf denen die unter dem Steinboden der Seitengewölbe Begrabenen gerühmt werden, die Herburts, Strus', Sobieskis; hohe Wanddenkmäler aus rotem Marmor in der Farbe getrockneten Bluts für die Żółkiewskis, Vater und Sohn, Regina Żółkiewska, geborene Herburt, und die Schwiegertochter, und bei den männlichen Żółkiewskis die ihnen gebührenden, abgedroschenen Schulbuchworte: DULCE ET DECORUM EST PRO PATRIA MORI aus der Horazischen Ode, und aus der Äneis: EXORIARE ALIXIS NOSTRIS EX OSSIBUS ULTOR, Rächer, erstehe aus unserem Gebein!

In einem Nebenschiff auf der Seite der Lectio hängt eine Leinwand von Altamonti, so riesig, daß sie unten schlaffe Falten wirft, wie ein Galeonensegel bei Flaute. Und darauf der »Ultor« bei Wien. Gegenüber, auf der Seite des Evangeliums, das Zwillingsbild desselben Altamonti, das die Schlacht bei Parkan darstellt.

Und da wir nun schon so eine Baedekersche Pedanterie pflegen, wollen wir auch daran erinnern, daß in ebendieser Pfarrkirche von Żółkiew noch ein Bild hängt, das eine Schlacht darstellt. Damals war man ganz versessen auf lateinische Inschriften und pflegte die Bilder mit Texten zu versehen wie in amerikanischen Comics, und am oberen Rand dieses Bildes können wir die folgende Aufschrift entziffern: DEXTERA DOMINI FECIT VIRTUTEM. Das Bild zeigt eine Schlacht. Pferde, nicht außer Rand und Band, sondern so

wie bei Ucello, erstarrt in zeremoniellem Sprung, Quadrate, Rechtecke, Vierecke bewaffneter, gepanzerter Menschen, darüber ein Wald aus Speeren, ein Dickicht aus »Bäumen«, in der ersten Reihe schon wie ein Fächer zur Seite fallend, zwischen all diesen Lanzen und Speeren Banner und Wimpel. Kriegszelte. Rauchwolken. Und die Schlacht?
Als das Heer also kampfbereit stand, ritt der Hetman von Schar zu Schar und ermutigte die Seinen, verwies auf necessitas in loco, spes in virtute, salus in victoris *und befahl, die Trommeln zu rühren und zum Kampf zu blasen.*
Der Feind stand auch zum Kampf bereit ...
Die Schlacht währte lange, denn die Unsrigen sowie Jene, insbesondere die Auswärtigen, schlugen sich tapfer. Unsere, die auf die Moskowitischen Rotten losgegangen waren, hatten leichteres Spiel, denn Moskau hielt dem Ansturm nicht stand, sie ergriffen die Flucht, unsere jagten hinterdrein ... Die französischen und englischen Reiter jedoch, die mit unseren Rotten im Feld standen und einander zu Hilfe kamen, hängten sich daran; und als auch jenes deutsche Fußvolk floh, das uns an der Flanke ein Hindernis gewesen, sammelten sich einige unserer Rotten und hieben mit ihren Lanzen und wer noch konnte mit den Speeren auf die ausländische Reiterei ein, auch auf die destituti praesidio *Moskowitischen Leute und deren Fußvolk, das sich nicht widersetzen konnte, jene traten die Flucht in ihr Lager an, doch auch dort griffen die Unsrigen sie an, hauend und stechend trieben sie sie durch ihr eigenes Lager ...*

Sehen wir uns die Fahnengruppe einmal näher an. Unterleutnant, Wachtmeister, ein älterer berittener Schütze. Die zum Sonntagsgottesdienst in der Pfarrkirche aufmarschierten Schwadronen formieren sich von der Dreier- zur Zweierreihe (nur die Sporen machen klirr-klirr-klirr, und das Kommando: »Ausgerichtet – Säääbel – zur Hand!«), der Fähnrich zieht das Futteral vom Banner, und die Fahnengruppe schreitet an die Stelle, wo beiseite gewuchtete Bodenplatten den Blick in den Treppenschlund zur Krypta der Kirche freigeben. Der schwarze Schlund ist von Kerzenschein erleuchtet, die Kerzen stehen auf einem Sarkophag, und ganze Reihen von Särgen werden sichtbar, offene Särge mit ausgetrockneten Skeletten, in ausgebleichte altpolnische Trachten gekleidet, in die Oberröcke und pelzgefütterten Mäntel, die der Adel in alten Zeiten trug, mit Gürteln und Schärpen, im Habit des Terziarenordens mit der Kapuze über den kahlen Totenschädeln, der Tracht der Grundbesitzer und der Wohlgeborenen, Dutzende, Hunderte (wachsbetropft von den Kerzenstummeln, bei deren Licht der Küster für ein paar Groschen die wenigen Besucher herumführt, damit die gebleckten Zähne und das blanke Gebein besser zu sehen sind). Auf dem Banner steht gestickt: »Sechstes Hetman-Żółkiewski-Regiment der berittenen Schützen.« Schauen wir uns die Fahnengruppe gut an, alle darin sind vom Tod gezeichnet.

Der Großhetman diente seinem König treu und lange. Gegen Danzig unter Bathory, mit Zamoyski bei Byczyna, 1595 mit Jeremiasz Mohyła gegen die Türken, zwei Jahre später zieht er gegen den Hospodaren Michael den Kühnen zu Felde, um wiederum zwei Jahre später die Schweden bei Reval zu schlagen und im Jahre 1606 die Tataren an der Udycza und kurz darauf die Aufständischen bei Guwoz. Jetzt hatte er die Hauptstadt.

Tandem *führten die Geschehnisse dazu, daß das Heer einzog, welchem der Hetman* opportuna in omnes casus *vorstand, in den einzelnen Burgen stand das Heer in Rotten, damit sie so im Notfalle einander beistehen konnten. Das Regiment von Pan Alexander Zborowski stand in Kitajgorod, im Haufe ein jeder dem anderen nah, das Regiment von Pan Kazanowski und Pan Wajher in Belgorod, auch alle dicht beieinander. Der Pan Hetman selbst mit Starost Wieliski stand im Hauptschloß in Krymgorod, dem einstigen Hof des Zaren Boris ... Der Pan Hetman erließ, daß mit Sorgfalt darauf zu achten sei, daß die Unseren in Moskau keinen Streit und Händel beginnen sollten; er setzte Richter von den Unseren und den Moskowitern ein, die alle Differenzen entschieden, und man lebte* quietissime, *so daß die Bojaren sowie das gemeine Volk, welche wohl um ihre Unterworfenheit unter unser Gutdünken wußten, voller Erstaunen und Lob waren, daß wir so friedlich lebten, ohne einen Schaden zuzufügen und ohne einem etwas zuleide zu tun.*

Die »Weißsteinerne«, es läßt sich nicht verschweigen, wurde von den Italienern erbaut, insbesondere Krymgorod. Den Granowitowoj Palast erbauten Marco Ruffo und Pietro Antonio Solari, die Uspenskij-Kathedrale Aristotele Fioravanti, die Archangelskij Kathedrale und das Zarenmausoleum Alevino Novi, den Glockenturm Iwans des Großen Marco Bono. Jedermann, der gleich mir nicht dort gewesen ist, kann das in der Enzyklopädie nachschlagen. Die Meister modulierten, lernten bei Bramante, kopierten alte Denkmäler, hielten sich an Kanon und Bauelemente von Vignoli, meißelten ihre Wunderwerke in Stein, Marmor, Granit, höhlten Kartuschen aus, ritzten Akanthusranken in Jaspis und Malachit, kanelierten Pilaster, spannten Bögen, rundeten Kuppeln, Gewölbe und Nischen, gossen Stuck, Gips, Pozzuola, Terrazzo in Form, dekorierten sie mit Sgraffiti, hängten Teppiche, Gobelins und bemalte Leinwände an die Mauern.

Diese »Weißsteinerne« hat man vielfach beschrieben. Eliasz Pielgrzymowski in seinem Bericht über die Gesandtschaft von Lew Sapieha an Godunows Hof. Jan Żabczycz, Hofpoet in der Gefolgschaft von Laszka-Maryna und dem Falschen Demetrius, des Hochstaplers Hrycka Otriepow, in seinem »Blutigen Moskauer Mars«, Fürst Dembołęcki Wojciech in seinem Roman und den Betrachtungen »der Elearen, vormals Lisowczyks«. Ebenso Gefolgsleute von Alexander Gąsiewski aus der von Żółkiewski in Krymgorod aufgestellten Abteilung. Leute von der Sorte der Arkebusiere und Pikiniere von Cortez, Diaz, Balboa, der Pizarros und Orellans in ihren von der Sonne Mexikos durchglühten Helm-Kristallen und Panzern, der Hippozentauren, die über die peruanischen Steine von Cuczo galoppierten oder an den vergifteten Pfeilen der Amazonier in den Wassern des Amazonas starben. Der Starost Wieliski hielt seine Leute in Krymgorod streng im Zaum. Als einer der Soldaten im betrunkenen Zustand mit seiner Büchse auf die Ikone der Muttergottes am Nikolsker Tor schoß, befahl er, »ihm Arme und Beine abzuhacken, der Rumpf jedoch soll bei lebendigem Leib auf einem am Schauplatz der Untat errichteten Scheiterhaufen verbrennen und die Hände des Verurteilten unter dem geschändeten Bildnis der Gottesmutter angenagelt werden.«

Ach, ich bitte um Verzeihung, es sollte doch ein Führer durch Żółkiew sein!
Es wurde ja auch von Italienern erbaut. Die wunderbare Renaissancesynagoge von Battista di Quattro di Lugano, der auch die Synagoge in Ostróg errichtete. Das alte Gotteshaus mit seinen Fassadenbekrönungen, Strebepfeilern, steinernen Muscheln, Gesimsen, Akroterien, einer von Alters-

patina goldfarbenen Mauer, mit Wölbungen, Kassetten, Lünetten im Innenraum. Und das Schloß, wie das von Gucci in Baranów, auf einem rechteckigen Grundriß mit vier kolossalen Türmen an den Ecken. Wenn im einen Krieg ein Flügel abbrennt, nistet sich in einem anderen sogleich etwas Neues ein. Es ist so groß, daß das Stadtgericht, das Bezirksstraßenamt, die Verwaltung der städtischen Wasserwerke, das Katasteramt und das Gymnasium darin Platz haben. Dann kommt ein neuer Krieg, dieser Flügel brennt ab, zielstrebig macht man sich daran, den anderen wieder aufzubauen. Der Kalk brodelt in den Bottichen, der Staub der angelieferten Ziegel überzieht alles, Gerüste werden zusammengeklittert, Formen werden unter den Wölbungen angebracht, es kommt neues Leben in die Mauern, sie atmen wieder.

Es gab keine Herren und Durchlauchten mehr, es wurden keine Architekten mehr aus Italien geholt. Antek Łobos machte alles. Von Łobos war schon lange die Rede, in den Zeichensälen, den Vorlesungen der Statiker, im Repetitorium über Formen der klassischen Architektur, der Gebrauchsarchiektur und des Innenraumentwurfs. Łobos hier, Łobos da. Habt ihr schon gesehen, was Łobos gezeichnet hat? Aus einem Haufen Abfall, Fassaden, Modellen, abgedroschenen Entwürfen, aus der ganzen professoralen Spreu ragte eines heraus, das anders war, das begeisterte, hinreißend durch die Form, die der Masse hier verliehen wurde, durch die Harmonie. Łobos, sagte man, Łobos flüsterte man voll Neid und Andacht, Bewunderung und Beschämung, konnte das sein, daß, wie es hieß, in unserer Mitte ein Genie geboren worden war? Und Łobos selbst? Verlegen und selbstsicher zugleich, ein ewiger Student mit hervorstehenden Schulterblättern vom unentwegten Bücken über das Zeichenbrett,

bescheiden und genial. Jahre später machte er sein Diplom, aber die Welt empfing ihn nicht mit offenen Armen, er sollte keine Hauptstädte bauen, kein Hilversum oder Brasilia, keine großen Metropolen, monumentalen Bauwerke. Von einem verstaubten Denkmalschutzbüro aus fuhr er in Kleinstädte, wo er die Bruchstücke alter Gebäude aus dem Schutt zog und wieder zusammenfügte, Mauern und Türme, alte Formen, die er mit dem verband, was ihm vorschwebte. In Lemberg, in Przemyśl, Rawa Ruska, Sambor, in Podhorcy, in Żółkiew. Türme, Fassaden, Arkaden, Portale, Balustraden, Terrassen, Basteien, Tore, Galerien, Kreuzgänge. Verstreute Steine und Platten sammelte er und stellte sie wieder auf. Er war ein Wiedererbauer, wie ein Lautenbauer, der ein altes Instrument flickt, zuammenfügt, sich darüber beugt und horcht, ob die ihm entlockte Stimme richtig klingt, echt.
Die Stimmen:

»Erzählet doch Vater, was ist geschehn,
es heißt, der Franzose hat ganz Moskau in Asche gelegt ...«

Wenn im Herbst ein neuer Jahrgang Rekruten kam und den Unteroffizieren in die Hände fiel, hallte es überall wider von diesen Stimmen, Liedern, Liedchen, Gesängen, denn damit konnte man vorzüglich einen Marsch skandieren, und irgendwie sollte die Didaktik von Wort, Melodie, Rhythmus bei der Erziehung helfen, bei der Heranzüchtung einer neuen Gattung.
Jahre später gelang es mir, aus einem Internierungslager in Ungarn zu entwischen und vorübergehend in Budapest Unterschlupf zu finden. Einen Tag und eine Nacht teilte ich mein Hotelzimmer dort mit einem Herrn, der in der Vorkriegszeit für sein politisches Abenteurertum berühmt ge-

wesen war, dafür im Gefängnis gesessen hatte und jetzt auf seine Abschiebung wartete. Dieser Herr nun brachte am Abend eine Flasche ungarischen Wein mit und reminiszierte bei dieser Flasche über die alten Zeiten, wie er in Lemberg im Untersuchungsgefängnis gesessen hatte. Mit ihm in der Zelle saß damals ein Ukrainer, einer von denen »mit schwarzem Rachen«, die Getreideschober in Brand steckten und Aufstände anzettelten, um damit ihr Land zu befreien und vom Joch der Lachen zu befreien, welche daraufhin um Pazifikation bemüht waren. Den Erzählungen jenes Hotelgastes zufolge hatte sich dieser ukrainische Terrorist, der dem Zellengenossen nach alter Gefängnisgepflogenheit seine Lebensgeschichte anvertraute, der Jahre erinnert, die er als Soldat im Regiment der Kavallerieschützen von Żółkiew gedient hatte. Dieser Soldatendienst bei der polnischen Kavallerie war nun jenem erbitterten Hasser alles Polnischen, diesem Aufrührer und Verschwörer als die glücklichste Zeit seines ganzen schwarzen, undankbaren Lebens in Erinnerung geblieben. Vor allem über einen Rittmeister konnte er des Lobes nicht genug finden, den Anführer einer Schwadron, der seinen Kavallerieschützen Vater und Mutter in einer Person gewesen sei.

Aus einem solchen sangesreichen Herbst ist mir Unterleutnant Sterba in Erinnerung geblieben, blutjung, mit schmaler Taille, der sich in diesem Herbst aus unglücklicher Liebe zu Nora Juffówna ins Herz schoß. Ich kannte ihn kaum, er war zwar unser Untermieter und wohnte in einem Zimmer bei uns im Haus, war aber einige Jahre älter als ich und gab sich mit Grünschnäbeln nicht ab. Eines Herbstabends, ich war auf dem Heimweg, sah ich ihn umringt von einer Hundemeute, alle möglichen Regimentspinscher und -dobermänner, darunter auch die Hühnerhündin von Leutnant Ko-

nopka (Leutnant Konopka kam bei einem Hindernispringen ums Leben, und wir erbten die herrenlos gewordene Hündin von ihm). Unterleutnant Sterba erkannte mich nicht, er war guter Dinge und spielte mit den Hunden – guter Dinge, weil er sich wahrscheinlich vorher noch Mut angetrunken hatte. Und in der Nacht klopften die Gendarmen bei uns an die Tür und versiegelten die Tür zu Unterleutnant Sterbas Zimmer, der sich in der Kaserne erschossen hatte. Später blieben an der Tür zu seinem Zimmer in unserem Haus rosafarbene Spuren, wo das Siegel aus rotem Lack gewesen war, das war wie eine Blutspur, die sich nicht abwaschen läßt. Danach hat in diesem Zimmer nie wieder jemand gewohnt.
Ebenfalls in der Kaserne erschoß der Wachtmeister wegen irgendeiner Kränkung und einem ihm zugefügten Unrecht den Anführer des Regiments, und selbiger Wachmeister aus ebendiesem Fahnenposten wurde von einem strengen Kriegsgericht verurteilt und erschossen.
Dieser Fahnenposten – Unterleutnant, Wachtmeister und der ältere Kavallerist, ein Ukrainer – liegen nebeneinander auf demselben Friedhof, wo sich alle Hiesigen zuletzt trafen. Auch der Regimentsführer und der Bürgermeister Doktor Muszkiet und der Pfarrer der Infulnpfarrkirche, Hochwürden Izydor Kunaszowski, und mein Vater und meine blutjunge Schwester.
An sie erinnert mich auch dieser Widerhall der Stimmen, der jungen Grünschnabelstimmen des damaligen humanistischen Gymnasiums: »Szac, du Weib!« – »Verdufte, sonst klatsch ich dich an die Wand!« – »Was huckst du da?« – »Die hat vielleicht Beine, Mensch, Waden wie …« Und vom Sportplatz: »Aus!« –»Foul!« – »Corner!«, und ein großer Streit, wer im »Back« spielen soll. Und die Namen: Mietek Schabowski, Klosowski, der den Stabhochsprung beherrschte

wie ein Olympionike, und die Brüder Zięb, Adaś Obmiński, Jurko Kłymko, Łanocha und die Mädchen aus den Koedukationsklassen, Nora Juffówna, Walerka Herltówna, Olga Nowakówna (»Sie heißt Olga Nowakówna, er Jiddl Mundek und ist aus Równo«!) und das Schulkabarett: »Eure Marysia lieb ich so innig, deshalb bin ich auch so grimmig – Tidrajda, Tidrajda, Tidrajda!«, und lange langweilige Stunden über den »Reden an Catilina«, oder wenn uns der ehrwürdige Pauker, eingehüllt in seine Wolke von Tabaksgeruch, leiern und skandieren ließ: »Quadripedante putrem sonitu quatit ungula campum«, und dann, endlich auf dem Nachhauseweg, zur Entspannung: »Im Galopp, im Galopp, im Galopp – in die Feeeeerne!«

Am Friedhof entlang führte eine Straße nach »Opłytna«, wie ein Wegweiser besagte. Der Gutsherr, oder vielmehr der Besitzer, nicht der Gutsherr, war ein Herr Żarczewski. Mein Vater sagte zu mir: Von wegen Żarczewski, so einen Namen gibt es nicht. Er hat Witz geheißen, einfach Witz wie Scherz, und daher Żarczewski, sein Vater war irgendwo im Pommerschen an einer Apotheke reich geworden. Herr Żarczewski hatte Manieren, züchtete Rennpferde und ritt sie sogar bei Rennen auf der improvisierten Rennbahn des Regiments, in dem er Reserveoffizier war, auf dem Feld, das an den Friedhof stieß.

Der Großhetman hatte Republik und König brav gedient. Stab und Siegel, die ihn zum Großhetman machten, empfing er erst im hohen Alter. Beim Verfassen seiner Erinnerungen, aus denen wir einige Passagen zu zitieren uns erkühnen, tritt er nicht hervor, er schreibt von sich in der dritten Person wie Cäsar, die Sätze fließen dahin wie in *De Commentarii*, lassen sich nicht zu subjektiven Ausführungen herab.

Als für den Hetman die Zeit gekommen war, Moskau zu verlassen, ... gaben ihm Fürst Mścisławski und andere hohe Bojaren wohl eine gute Meile lang ihr Geleit, und während er durch die Stadt zog, war die Straße schwarz von Volk, das ihm allenthalben in den Weg lief, um ihn zu verabschieden und zu segnen ...

Was in seiner Abwesenheit vor sich ging, erfahren wir aus den Darstellungen anderer. Das können wir in den von Hanna Malewska herausgegebenen Briefen lesen, in Briefen aus der Zeit der Wasas, in der Darstellung von Fähnrich Mozyrski, Rittmeister Józef Budziła, die schon in Nishnyj Nowgorod in Gefangenschaft waren, über die furchtbare Hungersnot der polnischen Besatzungstruppen im belagerten Krymgorod. Wie es so weit kam, daß sie verendete Pferde essen mußten, Zügel und Sattelriemen, die Därme von den Schießbogen, Pergament und Kirchenkerzen, gemähtes Gras, schließlich auch die Gehenkten vom Galgen, Kriegsgefangene und dergleichen, denn »der hungrige Fresser von Seinesgleichen hatte das Maul so weit aufgerissen, daß der Herr nicht mehr vor dem Diener, der Diener nicht mehr vor dem Herrn, ein Gefährte nicht vor dem anderen sicher sein konnte ...« Und von dem, was sie verloren, von den geplünderten Reichtümern, schrieb der Husarenoffizier Samuel Maskiewicz philosophisch in seinen Erinnerungen: »... alles holte der Teufel – das eine wurde geraubt, das andere verbrannte ...«
Doch der Hetman war schon lange abgereist und schrieb danach nur noch:

Auf diese Weise verbrannte die moskowitische Hauptstadt unter großem Blutvergießen und mit unermeßlichem Schaden, denn diese reiche, wohlhabende Stadt war sein großer ambitus *gewesen. Jene, die in fremden Ländern gereist sind, berichten, daß weder Rom noch Paris, noch Lissabon von solcher Größe waren wie diese Stadt* in sua circumferentia. *Unter allen blieb allein Krymgorod unversehrt ...*

Der Hetman jedoch war von dort abgereist, denn:
... seine Hoheit der König hatte seine Ohren den Überredungen des Hetmans verschlossen ...

Nach Żółkiew sollte der Hetman erst zurückkehren, als seine Witwe seine sterblichen Überreste, einen Leichnam ohne Kopf und Arme, die er in der Schlacht verloren hatte, dem Feind abkaufte. Vielleicht war es die Wahrheit, was er selbst in seinem Tagebuch noch vor Klušino geschrieben hatte:

... es gingen im Heere verschiedene Gerüchte gegen den Hetman um, er sei der Welt überdrüssig geworden und wolle das Heer mit sich ins Verderben reißen ...

Dem jedoch widerspricht Offizier Abraham Złotopolski, der drei Wochen nach der Niederlage über die letzten Augenblicke am Dnjestr schrieb:

Der Kanzler stieg vom Pferd und stach es mit seinem Säbel ab, damit anderen ein Beispiel gebend, daß er an Flucht nicht dachte, und marschierte zu Fuß eine Viertelmeile.

Seit Jahrhunderten erhob die Stadt einen Wegezoll, daher die Schranken an der Ausfahrtsstraße. Den Schlagbaum bediente eine jüdische Familie. Die Straße wurde nachts gesperrt, die Schranke heruntergelassen und mit einem Vorhängeschloß gesichert. Doch in der Mitte hing eine Laterne mit rußendem Petroleumdocht und warnte die Autos, die mit zig mechanischen Pferdestärken des Nachts über die Hauptverbindungsstraße Warschau–Lemberg brausten. Nachts mußte man allerdings lange an der Kate klopfen, bis endlich die Jüdin, in ihr Tuch gehüllt und vor Nachtkälte zitternd, herauskam, um das Vorhängeschloß aufzuschließen und die Schranke zu heben.

Auf der Straße, die aus der Stadt in Richtung Czeremuszna, Glińsk, Woła Wysocka führte, befand sich noch eine Schranke. Dort war ein Eisenbahnübergang, der Bahndamm verlief hier in einem Bogen zur Straße und durchschnitt die Chaussee. An dieser Stelle sollte sich mir die Moderne offenbaren. Auf den Bahnen des Krieges war ich unerwartet bis über die Grenzen von Żółkiew hinausgelangt. Hier am Bahnübergang, auf der Innenseite der Kurve, die die Gleise beschrieben, sah ich die umgestürzte Moderne auf dem Dach liegen, die Räder in die Luft gestreckt. Der Torpedo, ein berühmter, stromlinienförmiger, dieselbetriebener Zug, Inbegriff des Neuen, des Luxus, eine in Stahl, Lack, Chrom, Glas verkörperte Vision der Zukunft, war hier in dieser Gleiskurve, in der Panik des Krieges, auf schamloser Flucht von der Katastrophe ereilt und zu einer Feuerkugel, einem Symbol der Niederlage geworden, er stak dort in die Erde gerammt, in einem Krater-Grab, das er sich selbst gepflügt hatte. Ein Geisterzug, ein Zug ins Unbekannte, ein Paradies auf Rädern, ein Bridge-Ski-Cocktail im Schotter der Chaussee bei Żółkiew, ein Blindgänger der ersten und der zweiten Klasse.

Merkwürdig war es, sich hier in so ungewöhnlichen Umständen wiederzufinden, doch ich hatte kaum Zeit, mich zu wundern. Wir mußten einen Standort für die Geschützeinheit finden und das Geschütz verschanzen.

Schlafen konnte man nur in der Nähe der Geschützeinheit, es gab nicht einmal mehr die Möglichkeit, nach Hause zu gehen, wo ich schon lange nicht mehr gewesen war. Doch wir befanden uns direkt unterhalb des Schlosses, und in freien Augenblicken machte ich mich auf ins Schloß und wanderte auf Łobos' Spuren.

Früher mußte man alle möglichen Räte hinter ihren Schreibtischen um Erlaubnis bitten, wenn man sich in diesen Räumen bewegte. Heute war niemand zugegen. An den Türen stand in großen Buchstaben, wie es sich gehört: GRUNDBUCH, KATASTERAMT I und KATASTERAMT II, in den Fensterwölbungen, auf den Regalen, lagen ganze Berge von Papierkram, Akten, geologische Schichten von Papier, mit Schnur gebündelte Papierbögen, Bücherstapel, Faszikel, Steuerbücher. Es gab auch Löschroller, Tintenfässer, Siegel und Stempel, Landkarten, darauf im Grundbuchmaßstab von 1 : 444 ein Spinnennetz, das die Grenzen der Grundstücke, der »Realien« der bügerlichen Gärten, der Bauernmorgen, Felder und Landstreifen verzeichnet, ein Netz, eine Kartographie der Gier, mit der sich der Mensch an die Erde klammert.

Hier schleiche ich durch die Korridore, öffne die Türen der Beamtenheiligtümer, steige über Treppen, und endlich stoße ich irgendwo in einem Halbgeschoß oder an einer Ecke (ich weiß schon wo, aber ich sag es nicht) auf eine Tür, die sich widerwilllig und schwer in den Angeln dreht, weil sie nie geöffnet worden ist. Und dort trete ich hinaus in eine Welt, die in tiefem Schlaf versunken ist.

Auf den Regalen, an den Wänden entlang, auf dem Boden, unter den Fensterwölbungen türmen sich ganze Berge von Folianten und Büchern. Seit Jahren, seit Jahrzehnten ist niemand mehr hierhergekommen, alles ist mit einer jungfräu-

lichen Staubschicht bedeckt, in der kein Finger seine Spur hinterlassen hat. Die Bücher liegen wie eingeschläfert in einem tiefen Tagtraum, das Leder auf den Rücken der Folianten schuppt sich, rostig angelaufene Einbände und Goldschnitt, schwarz verfärbte Gravurbuchstaben, Antiqua, Kursive, das Pergament wird blaß bis zur Durchsichtigkeit, das Papier vergilbt, doch das Papier der alten Zeiten ist immer noch hervorragend, es wird brüchig an den Rändern, aber es hält. Dikke Bände, Folianten, Schwarten, sorgfältig genähte Kopien, Sammelmappen, aus denen der Inhalt rutscht.
Ich greife nach dem erstbesten Buch. Auf dem Titelblatt: *Sammlung oder Schatzkästlein Ausgezeichneter Geheimratschläge für die Ländliche Wirtschaft*. Gewidmet dem »Polnischen König, dem Großfürsten von Litauen, dem Herrn des reußischen Landes, von Preußen, Masuren, Samogetien, Kiew, Wolhynien, Podolsk, Podlaski, Ifland, Smolensk, Nowgorod Sewerski, Tschernichow ...«
Und darin kann man »über die Anfertigung von Kerzen aus Talg« nachlesen, über Vorbeugungsmaßnahmen »damit die Hunde nicht tollwütig werden«, »wie man Gold auch ohne Gold herstellt«, »kurze Unterweisung zur Herstellung von Tinte zum Schreiben«, »woran man erkennt, daß ein Mensch dahinwelkt«, »Mittel und Wege wider Hexereien«

Und ebenda:
Über das prächtige Hirschtier
Über den gewaltigen Elch
Über den täppischen Bären
Über den gewalttätigen Eber oder das Wildschwein
Über die Hirschkuh oder das Damwild
Über den listigen Fuchs
Über den grätenreichen Flußfisch

Über den Kastor oder Biber und seine Tugenden
Über den schädlichen und heimtückischen Wolf
Über den Löwen und seinen Mut
Über Tiger und Leoparden und ihre Natur
Über das gestrenge und spaßige Nashorn
Über die schlüpfrigen Schlangen
Über die giftigen Krokodile
Über die lustigen Papageien
Über die klugen Kraniche
Über die erfindungsreichen Raben und Krähen

Und ebenda:
Über den feurigen Salamander
Über den schrecklichen Basilisken
Über die fruchtbaren Störche, Pelikane und den Schwan.

Und da, oben auf einem Stapel Bücher – eine Laute!
Moment, Moment! Ich habe ja keine Ahnung davon. Vielleicht ist es keine Laute, vielleicht ist es eine Viola da gamba oder eine Lira da braccio, vielleicht eine Theorbe oder eine Riesenlaute oder eine Pandura. Aber ich hätte sehr gern, daß es eine Laute ist.
Bekanntlich ist die Laute ja ein außergewöhnliches Instrument. Auf der Laute spielte Gusman, der Hofnarr des Königs Sigismund August, ja, und auch Walenty Bakfark, und nach diesem, der auch unter dem Namen Bekwark bekannt war, konnte nicht mehr jedermann einfach die Laute zur Hand nehmen. Und mit dem Lautenspiel, meine Herrschaften, damit ist vieles verbunden. Erstens bauten die besten Lautenspieler ihre Laute selbst. Blickt man ins Dunkel, ins Innere, sieht man einen eingeklebten Zettel, und darauf steht in schiefen Buchstaben aufgeschrieben, aufgekrakelt: Anno

Domini Jan Dankwart MDC Varsaviae, oder Baltazar Dankwart in Wilno Anno 1602 Fecit, oder viel später: Fait à Krzemieniec par Ignace Klimowski Septembre 1841. Und irgendwo steht auch geschrieben, daß Stanisław Zwierzynski eine Geige gebaut und darin seine Unterschrift hinterlassen hat, der »Chinese Seiner Königlichen Hoheit«, der Chinese oder Hofnarr von Stanisław August, der sich seiner Narrheit nicht schämte. Zweitens also ist mit diesem Fach das Narrentum verbunden, dasselbe, über welches uns Professor Leszek Kołakowski aufgeklärt hat, eine kluge Form des Narrentums, das der Priesterschaft gegenüberstand.

Und drittens ist es auch bekannt, daß die Laute ein sehr launisches, empfindliches Instrument war, sie ließ sich schwer spielen, weil sie sich ständig verstimmte. Die Leute damals redeten und lachten darüber, daß der Lautenspieler mehr Zeit mit dem Drehen der Wirbel und dem Stimmen verbringe als mit dem Spielen. Und wir stellen uns vor, wie er sie gehalten hat, mit den Fingern die Saiten zupfte und die Wirbel am Hals hin und her drehte, während die Leute warten, starren, ungeduldig, mit offenem Mund horchend.

Eine Laute! Wie kommt denn hier eine Laute hin? Was für eine dumme Frage. Wo sollte denn sonst ihr Platz sein, wenn nicht hier, zwischen den Büchern. Gibt es nicht immer wieder Gravuren von Dichtern, auf denen just dieses Instrument zwischen Lorbeerblättern das Konterfei des Dichters im ovalen Rahmen ziert?

Auf Zehenspitzen nähere ich mich der Erscheinung. Sie liegt da, ihr Hals ist zierlich, herrlich das Griffbrett und der Korpus, der einst aus dünnsten Spänen, Keilen, Brettchen zusammengeklebt worden ist, nach unten hin ausladend, im Griff zusammenlaufend, das Innere dunkelnd, schwellend vor Resonanz. Wie die Bücher, wie alles ringsum, ist auch sie von einer uralten Staubschicht bedeckt, die den Glanz der alten Politur und Vergoldungen, der Perlmuttinkrustationen und des Silberdrahts der Rosetten hat stumpf werden lassen. Beim Nähertreten schrecke ich einen Weberknecht auf, der auf seinen langen Spinnenbeinen flieht, dabei die Saiten streift, die von der Spinnenberührung ein ganz dünnes, unhörbares Sirren von sich geben, und im Schlund des Lautenkörpers verschwindet. Vielleicht ist Sęp-Szarzyński, der unweit von hier geboren wurde, einst mit der Hand über sie gefahren, hat die Finger auf ihre Saiten gelegt. Vielleicht vertonte er mit ihr das Sonett über seine unglückliche Liebe zur herrlichen Tarłowna, die an den alten Herrn Hieronimus Sieniawski aus Brzeżan verheiratet wurde, vielleicht hatte er zu ihrem Klang mit den ruthenischen Worten begonnen:

Terpyż holowonko do szczastnoj hodyny ...

Bei Sęp-Szarzyński ging das einfach. In seinem Ruthenisch war weder der Starrsinn eines Herrn Starosten Kaniowski, der es kosakenhaft stilisierte, noch die Bauernversessenheit eines Komödianten à la Szaszkiewiczów, noch der ukrainische Snobismus der Romantiker, der Barden der Ukraine, der Nachtigallen. Er schrieb so, wie er die Sprache ringsum hörte, auf natürliche Weise schöpfte er aus ihr und formte sie in Sonett und Ballade. Vielleicht diktierte diese Zwiegestalt der Sprache ihm auch die Zeilen:

Was soll ich tun in diesem schlimmen Kampf,
schwankend, ziellos, in mir selbst gespalten?

Die Laute ... Sie tut schön, doch es fehlt die junge Hand, die ihr die Stimme entlocken kann. Herrliches Holz, klingende Saiten, doch in ihr steckt eine Leblosigkeit, als wäre es keine Laute, sondern ein Sarg, ein Särglein, eine leere Wiege.

Einst nahm sie jemand zur Hand und wiegte die Worte heraus, und die Worte verklangen, und die Lippen wurden lustlos und verwelkten.
So wie diese Stadt, die einst erfüllt war vom Klang der Stimmen, vom Echo junger Schritte, dem Rauschen der Blätter und dem Knirschen der Eisschollen auf dem Wasser, doch heute ist davon nur ein leeres Grab übriggeblieben, ein Kenotaph.

Auf alten Landkarten mit ihrem Netz von Windrosen und Segelkompaßstrichen, Karten, die Kontinente, Kaps und Inselgruppen zeigen, das Aderwerk der Flüsse und die Zapfen der Gebirgszüge, immer mit allen möglichen Verzierungen versehen, vor allem zwischen den sich kräuselnden Wellen der Meere und Ozeane. Tritonen, Nereiden, Leviathane und Sirenen. Auf den sehnsuchtsumwölkten Gefilden der weißen Flecken, der noch unentdeckten Gegenden, sind sie spärlicher vertreten. Die Kartographen der früheren Zeiten, die auch diese Teile irgendwie gestalterisch füllen wollten, versahen sie in der Regel mit dem Hinweis: UBI LEONES.
Auf neueren Landkarten sind diese leeren Stellen verschwunden, dafür sind in anderen Quadraten neue weiße Flecken aufgetaucht. Einen der seltenen Namen darauf wollte ich entschlüsseln.
Ich schaute sogar in die Große Sowjetische Enzyklopädie. Unter dem Stichwort Niestierow steht dort, daß im Jahre 1951 Żółkiew so umbenannt wurde, um das Andenken des Piloten des Zaren zu ehren, der bereits im August 1914 unweit dieser Stadt umkam, und zwar, wie es die Große Sowjetische Enzyklopädie will, »im Luftkrieg«.

Emma Bovary – das bin doch ich

Auf der Fensterbank gärten die Kirschen in einer bauchigen Flasche vor sich hin, unter einer dicken Schicht feinkörnigem Zucker. Der Flaschenhals war mit Gaze umwickelt, damit nicht die Fliegen angezogen wurden. Am Gartentor traf ich Advokat Czesny, von Angesicht zu Angesicht standen wir uns gegenüber, als er gerade einen riesigen Blechzuber an den Henkeln hochhievte, einen Bottich, wie man ihn bei der großen Wäsche zu benutzen pflegt. Dieses Hantieren in Zusammenhang mit häuslichen Dingen, das Hin- oder Hertragen eines so großen Behälters, der gar nicht zu ihm paßte, war auch ein Beweis dafür, wie sehr er am Materiellen hing, denn sogar ein Waschzuber aus Zinkblech war ihm wichtig und wert genug, sich damit zu befassen, anstatt ihn irgendwo achtlos stehenzulassen.

Ich war schon früh mit dem Zug angekommen. Der Vater hatte mir die Adresse der Leute gegeben, bei denen ich wohnen sollte, doch ich stellte mich nicht gleich bei ihnen vor. Zuerst nahm ich meine Laren und Penaten, meine Stäbchen, Bänder und Prismaten, und suchte das Katasteramt auf, ein langgestrecktes, düsteres Provinzgebäude, über dessen Tor sich ein Schild mit dem Amtsadler und der Aufschrift »Kataster I« befand. Der Amtsdiener führte mich durch einen weißgekalkten Korridor, wo sich ein paar Interessenten wie träge Sommerfliegen in den Ecken herumdrückten und dikker Staub auf den Fensterstreben lag.

Das Gebäude war ein alter Adelssitz, aber davon waren nur noch die Mauern übrig, und auch diese waren bis auf die

Höhe des ersten Stockwerks abgetragen worden und mit einem leicht geneigten Blechdach gedeckt. Von der alten Herrlichkeit zeugten nur noch das Tor, die vorspringenden Simse und barocken Kartuschen aus Sandstein, gestützt von barokken Putten und Zephyren, mit Wappenposaunen und dem Familienmotto: Gott wird uns helfen.

Ich machte mich mit den Aufgaben vertraut, derentwegen ich an diesen Ort geschickt worden war, und erst gegen Abend begab ich mich zum Haus des Advokaten Czesny, wo ich meine Unterkunft haben sollte. Der Advokat Czesny begrüßte mich mit wohlbemessener Höflichkeit, nicht zuviel und nicht zuwenig, gerade so, wie es einem unbeholfenen Halbwüchsigen gegenüber angebracht war, von dem man noch nicht wissen konnte, was einmal aus ihm würde. Vielleicht lag es an der geringen Körpergröße des Advokaten, daß das Gefäß, welches er trug, sozusagen im Kontrast noch größer wirkte. Auch seine Ehefrau, die ihn um einen Kopf überragte, wirkte wesentlich größer als er. Sie war schon älter, mit ergrauten Haaren, und in ihrem langen fließenden Kleid hielt sie sich sehr würdevoll. Freundschaftlich reichte sie mir ihre weiße Hand zum Kuß und bat mich auf die andere Seite des Hauses, wozu man um das Haus herumgehen mußte.

Von vorne, von der Straße sah das Haus hinter einem Staketenzaun eher gewöhnlich aus, doch von der Rückseite war es ganz anders, überraschend anders, dort befand sich eine Art Steinterrasse, dann ein sanft abfallender Garten, in dessen Tiefe gewaltige Bäume wuchsen, Silberpappeln. Diese Bäume waren riesig.

Sie waren so gewaltig, daß sie das kleine Städtchen aus der Nähe und der Ferne beherrschten, man sah ihre Kronen schon aus meilenweiter Entfernung, und wohin man in der kleinen

Stadt auch ging, wohin man auch blickte, wo man sich auch umschaute, überall ragten diese grünsilbernen Laubwirbel zum Himmel empor.
Auf dieser Terrasse nun saß eine kleine Gesellschaft, und dort traf ich auch Emma Bovary.
Vielleicht bleichte sie ihre Haare, es mochte auch ihre natürliche Farbe sein, ein wenig messingfarben, ein wenig Kupfer, glatt aus der Stirn frisiert, am Hinterkopf zu einer Art Knoten geschlungen, der Teint hellrosig, mit einem Anflug von Sommersprossen, aber nur ganz leicht, und außerdem überpudert. Sie sah gut aus, vielleicht ein wenig gewöhnlich, mit einem schönen Hals und sehr hübschen Armen und Händen. Ich sah sie in ihrem Gartensessel sitzen und konnte mir vorstellen, daß sie groß war, auch ein wenig träge, aber wachsam und nervös. An beiden Händen trug sie mehrere Ringe am Ringfinger, einen mit einem kleinen Brillantchen und einen mit einem großen Amethyst, und geistesabwesend spielte sie mit den Ringen und versuchte sie nacheinander abzuziehen, wobei ihr Fingergelenk im Weg war. Sie trug ein entsetzliches Gewand, ein Sommerkleid aus einer Art lila Tüll, etwas an sich ganz Scheußliches, aber an meiner Emma Bovary bekam es einen gewissen Charme. Als ich ihr vorgestellt wurde und ihr die Hand küßte, wehte mir ein Parfum- oder Moschusduft entgegen, der mir fast die Sinne raubte.
Manche Dinge vom Abenteuer jenes Sommers sind mir noch klar in Erinnerung, bis heute sehe ich die Kirschen in dem bauchigen Glas auf der Fensterbank vor mir, doch andere Dinge und auch Menschen habe ich vergessen. Ich weiß nicht mehr, wer sonst noch bei diesem kleinen Empfang auf der Terrasse zugegen war. Irgendwelche Herrschaften mit ihrem Töchterchen, an sie habe ich nicht mehr die blasseste Erinnerung. Es war noch ein Geck aus dem Ort anwesend, auch an

diesen kann ich mich beim besten Willen nicht mehr erinnern. Dafür erinnere ich mich an andere Einzelheiten, zum Beispiel daran, daß das kleine Mädchen schwarze Strümpfe trug und flache gelbe Schuhe, sie lief um die Sessel der Erwachsenen herum, und dieser Geck, dieser Lokalwitzbold und Anekdotenreißer rief der Kleinen hinterher:
»Paß auf, Zosia, daß dir die Ferse nicht wegläuft!«, denn das Kind hatte an der Ferse ein münzgroßes, sehr sichtbares Loch.
Die kleine Zosia und ich hielten das sogar für einen guten Witz, die Eltern aber nicht. Denn es war ja schließlich ein bissiger, lokaler, kleinstädtischer Hieb gegen die Mama, ein Wirrkopf war sie, ach, was sage ich, eine Schlampe, wenn sie ihr Kind in ungestopften Strümpfen mit auf Visite nahm. Die ohnmächtigen, bösen Blicke der Eltern muß man gesehen haben, und auch das spießige Vergnügen der anderen.
Es waren noch andere Leute dort, ein Ehepaar, verschwägert mit den Herrschaften Czesny, und der Kommandant der dortigen Filiale der Staatspolizei, anscheinend ein nervöser Typ, denn er zog dauernd an seinen Fingern, daß die Gelenke knackten.
Nun, zurück zu Emma Bovary. Es ergab sich so, daß ich, nachdem ich allen vorgestellt worden war, neben sie zu sitzen kam, und ich fühlte ihren Blick auf mir. Was für ein Blick war das? Gelangweilt, gehetzt, verächtlich, fragend, rehäugig (ihre Augen waren allerdings grün), flehend, herausfordernd, arrogant, verschleiert. Als wäre sie läufig, dachte ich bei mir, und wir gingen zur geselligen Plauderei über.

Während ich gut ein paar Wochen dort bei meinen Vermessungen saß, lernte ich diese Stadt in- und auswendig kennen. Sie hießen Ajzyk, Askenazy, Mordka, Szmul Judka, Symche,

Kimmel, Brajtszwancowa, Sobel, Grünbaum, Tennenbaum Eck, Wassermann, Glück, Bickels, Szlome, Icyk, Mejer Mendel, Mendelson, Zwiebel, Brillant, Jojne, Cukier, ihre Kinder riefen sie zärtlich Sara, Sarusia, Jankiel, Mojsze, Izio (Izio hatte einen kegelförmigen Kopf wie die peruanischen Schrumpfschädel und ein zartes Lächeln), von der ganzen jüdischen Kleinstadtfolklore hörten wir »Chajres«, »Chazuka«, »Cheder«, »Makagiga«, »Purytz«, »Majufes«, »meschuggene«, »Schabbesgoj«, »Hamansohren«. An den Türpfosten der niedrigen Häuschen waren die Gebote in einer Blechhülse angenagelt. Wenn man am frühen Morgen zum Schneider kam, stand er in einer Ecke der Werkstatt, es roch nach Bügeleisen und angebranntem Tuch, und der Schneider hatte das Phylakterium (nicht die Tzitzit, wie es im *Pan Tadeusz* fälschlicherweise heißt) und die Gebetsriemen um den linken Arm gewunden, und er trug sein »Totenhemd«, und selbst beim Beten vergaß er nicht, dem kleinen Lehrling, der gebückt dasaß, die Ohren langzuziehen, wenn ihm die Knopflöcher mißlangen. Durch die Gassen zwischen den Häusern ging es bergauf und bergab vor lauter Abfall, Kohleresten und Asche, die hinaus auf die Straße gekippt wurden, und dazu schüttete man noch zuberweise Spülicht hinaus, und die jüdischen Nachttöpfe wurden auch hier geleert. Eine angebundene Ziege weidete zwischen den schiefen Holzzäunen, und hoch, ganz hoch oben zog sich ein auf Stangen gespannter Draht wie eine Antenne, das sollte die ganz und gar imaginären Mauern Jerusalems vorstellen.

In einer anderen engen Gasse konnte man im Vorbeigehen unten im Keller einen Bäcker mit nacktem magerem Oberkörper sehen, die Arme bis zum Ellbogen mehlbedeckt, der mit den Händen die »Vierkreuzersemmeln« auf einem Backspaten formte, und heiß stieg es von dort in den ohnehin schon heißen Morgen auf, und ein Stück weiter war die Schule, von dort ließ sich ein Chor von Kinderstimmen vernehmen, der Melamed und die kleinen Jungen mit den bis auf die Wangen hängenden Schläfenlocken brachten ihre Bücher in den samtenen Gebetbuchtaschen der Väter zur Schule, und an der Einfahrt in die Stadt stellte eine jüdische Familie die Grenzwache; der Schlagbaum hing wie ein Kran über dem Weg, an einem Ende mit einem Schienenstück beschwert, am anderen wurde er mit einer Kette gezogen, und dort wurde die Maut für Deichsel, für Huf und Schweif eingenommen. Nachts brannte eine Laterne am Schlagbaum, und lange mußte man dann an das Fensterchen klopfen, bevor die Jüdin verschlafen herauskam, um den Schlagbaum zu heben. Und auf dem alten jüdischen Friedhof stand eine Hütte für den Friedhofswärter; der alte Friedhof selbst wurde nicht mehr benutzt, Moos überzog die alten Grabsteine und setzte sich in die Zwischenräume zwischen den hebräischen Buchstaben, orientalisch und seltsam, und hier und da war in den Stein ein Davidsstern eingraviert, ein siebenarmiger Leuchter oder ein Löwe Judas. Der Friedhof wurde in Ehren gehalten und gepflegt, deshalb lebte der Friedhofswärter dort. Es war ein junger Mann, ein Goj, er lebte dort mit seiner Frau, und sie hatten Kinder, das jüngste noch ein Säugling, es wurde zwischen den jüdischen Grabsteinen in Tücher gehüllt in den Schlaf gewiegt, und die Josefówna stillte es, sie nahm ihre prall gefüllte Brust aus der Bluse und verströmte einen Geruch nach Milch. Die Hütte stand wie auf Hühnerbeinen, mit schiefen Wänden und einem eingesunkenen alten Dach, das Ganze wurde aber auf Anordnung der Gemeinde mit einem von Säulen getragenen neuen Dach versehen, was aussah wie ein Sonnenschirm über dem Haus.

Das ländliche Leben reichte bis in die Stadt hinein, und da hießen sie Hrycaj, Kolcan, Onufrej, Klym, Hilko, Wolodoszyn, Wasyl, Petro, Matwij, Czmola, Pajuk, Klymkowycz, Zazula, Krywyj, Ostafij oder Eustachy, Panas oder Atanazy, Klymyszyn, Stup, Werbowyj, Bajan, Mykola, Naum, Palij, Maksym (der Pferdeknecht vom Radziwillschen Vorwerk, er spannte die Pferde vor die Egge, acht Stück, vom Morgengrauen an, und die acht bildeten eine Art schiefen Rhombus, während fahler Staub der Egge hinterherzog), Sweryda (er mähte das Riedgras und das Gras in den Auen an der Lubella, mit kurzem gespreiztem Schritt bewegte er sich bei jedem Schwung vorwärts, die Schneide der Sense machte ein klirrendes Geräusch, alles fiel in eine Reihe, er legte das Gemähte zusammen, dann stieß er den Sensenstiel in den Boden, und aus einem Holzschaft, der hinten über den Nieren an einem Gürtel hing, nahm er einen abgewetzten Schleifstein und zog ihn über den kaltblauen Bogen der Sense), Sysak, Humiecki (sie zersägten einen Baumstamm mit Hilfe der denkbar primitivsten Vorrichtung: dabei lag der Stamm auf zwei Böcken, einer der beiden sägt oben am Stamm und der andere unten, wobei ihm das ganze Sägemehl in die Augen rieselt, und die breite Säge mit den zwei Quergriffen geht hin und her, und so schneiden sie den Stamm zu Brettern mit einer ungleichmäßigen Kante an der Rindenschicht), Kowalczuk, Borowyj, Jewka (sie weidet die Kühe im regnerischen Morgengrauen, hält das Vieh an einem um die Hörner gewundenen Strick, während die Tiere mit der rauhen Zunge die Grasbüschel an Graben und Wegrand pakken und sie ins Kuhmaul schieben; das Hirtenmädchen hat die Kapuze über den Kopf gezogen, die Kapuze ist aus einem Sack und soll sie gegen den Regen schützen, den Kuhhintern bedeckt ein Panzer aus getrocknetem Stallmist, und langsam schwillt der Euter), Wasyłycha (vor etlichen Jahren schon ist sie aus Amerika zurückgekommen, dem alten Leben hat sie sich wieder bestens angepaßt, nur beim Lächeln blitzen die goldenen Zähne auf, die sie sich in Übersee hat einsetzen lassen), Donka, Prakseda (ihr kleiner Sohn von zwei Monaten liegt im Heidekraut am Feldrand und saugt an dem Läppchen, mit dem der Hals der Milchflasche zugestopft ist, daneben ein Korb mit den tönernen Doppeltöpfen voll Barschtsch und die Sicheln, deren gezahnte Schneiden mit einem Tuch umwickelt sind), Marynka (morgen wird sie ihren Sohn Wasyl zum Bahnhof bringen, der als Wehrpflichtiger eine Einberufung zum 26. Infanterieregiment bekommen hat, und die Mutter wird heulen und sich an die Klinke der Waggontür klammern), Maranka, Maruska. Wenn es nachts brennt, wenn ein Feuer ausbricht, dann ertönt der Ruf: »Feurioo! Feuriooooo!« Und wenn sie einander begegnen, folgen sie einem komplizierten Protokoll, um ein Gespräch zu beenden: »Gott sei's gelobt« – »In alle Ewigkeit«. Entschieden, gegeben, geheiligt. Sie fluchen, was das Zeug hält. Jedes zweite Wort eine zynische Unanständigkeit und Anspielung. Sie stöhnen. Kratzen sich unter dem durchgeschwitzten Hemd. Schneuzen sich in die Finger.

Und in der Vorstadt heißt es Herr Lenartowicz (Schlosserei), Herr Domerecki, Herr Salowski (Betonarbeiten und Brunnenbohrung), Herr Dubik, Fabrikant von Sauerkonserven, Herr Turczaniewicz (Kolonialwarenhandlung und Frühstücksraum, wo es auch Hefe gab und Mehl, Zimt, Reis, Trockenpflaumen, Backpulver, Malerpinsel, Farbe in Dosen, Mäusefallen, Erbsen, Bohnen, Gemüse- und Blumensamen, Bonbons, Rosinen, Kerzen, Weihrauch, Schweizerkäse, Essig, Petroleum, und die Verkäuferin Fräulein Walerka drehte entweder an der Kurbel der Kasse Marke »National«, um das

Wechselgeld herauszugeben, oder pulte gelangweilt eine Dattel aus dem zusammengepreßten Block auf der Ladentheke), Herr Nowaczek, Herr Wysocki, Herr Kozorys, Herr Smalarski (Prokurist des Radziwillschen Vorwerks, an den heißen Sonntagnachmittagen saß er da und sortierte die Holzrechnungen, er bekam fast einen Schlag von der Hitze, und die Gutsarbeiter tränkten die Pferde an der Tränke am Brunnen des Vorwerks), Herr Gwoźdź, Hawrysz, Machan, Motowidlo, Salewicz, Zuber, Sadowski, Wantula, Herr Roszlakowski und Herr Pierdiel (Legionär, Invalide, er hatte einen Kiosk neben dem Finanzamt, Zigaretten und Zeitungen, die Türe in schrägen Streifen rot und weiß gestrichen, von dort aus hatte er einen Blick auf den Markt, wenn er in der Tür des Lädchens stand, und die kleinen Jungen spielten in den Pfützen neben dem städtischen Brunnen und trieben Spott mit dem Stadtdeppen, dem rothaarigen Samowalej, der in seinem Deppenzorn hinter ihnen her rief: »A ga! A ga!«), Herr Niedzwiecki (Baumeister, er errichtete Häuser und versprach: »Legen Sie alles in meine Hand, ich baue und setze das Dach darauf, mache alles schlüsselfertig bis aufs I-Tüpfelchen«, und Samstag nachmittags fuhr er mit einer alten Doppelflinte und seinem räudigen Promenadenmischling Nero an die Lubellateiche zur Entenjagd) und der faule Maurermeister Herr Szyk, Herr Zięba, Herr Kossonoga, Herr Jarzemski (Tischler, er hatte angeblich einmal »Schellack-Politur getrunken, davon bekam er im Magen kleine Kugel-Bällchen aus Harz«). Herr Śniadecki, der ältere Küster, der sonntags bei der Messe den Klingelbeutel herumtrug, wenn die Orgel dröhnte und es in der überfüllten Kirche nach Weihrauch, Schweiß, Marmor roch; in der Stille bei der Wandlung gedämpftes Raunen: »Preiset, meine Lippen, die Heilige Jungfrau ..., verkündet ihre Ehre«, und wenn man aus der

Kirche in Gottes Welt hinaustrat, dann wirkte alles steif und sonntäglich, man wußte nicht, was man bis zum Mittagessen mit sich anfangen sollte, so sonntäglich war es, und nach dem Essen holten die Leute Kissen in den Kirschgarten und verschliefen den heißen Nachmittag.
Sie trugen Titel wie Richter Baryński, Rat Kudlicki, Rat Steinberger, Referendar Słomka, Advokatsassistent Szmurło, Herr Advokat Czesny, Direktor Ferdynand Ślepowron-Wierzbicki, Kommandant Wołoszyn, Vorsitzender Braun und Doktor Owocowicz und Geheimrat Aleksander Bułka, Revisor Bazyli Skoworoda, Dr. Pfau, Dr. Gegenwarten, Professor Konstanty Leliwa-Podhajski, Inspektor Weltschmerz, Magister Podsonski (die Apotheke war nach dem Heiligen Johannes vom Spital benannt, und Magister Podsonski stand im weißen Kittel an der Tür und neckte den Laufburschen, der mit einem Rezept kam, mit den stereotypen Fragen: »Woher der Herr? ... Aha ... Mit der Kutsche oder zu Fuß?«), Hochwürden Dechant Paweł Suchecki und Hochwürden Katechet Browniak, Kommissar Trznadel, Unterkommissar Wijun, Dr. Umański und Dr. Eisennagel, Fräulein Teresa Patykowska, Frau Advokat Wnękowska, Frau Hałdzina, *primo voto* Kwilecka, der Vorsteher der Feuerwehr Kratochwil, Doktor Derszko. Die alten Junggesellen trafen sich im Hinterhof von Turczaniewiczs Laden, wo sich das Frühstückslokal befand, sie aßen Wurst mit Meerrettich und tranken dazu Okocimer Bier, dann war es Zeit zum Abendessen, also gab es Schweinsfuß mit Erbsenpüree, davor wurde Wodka getrunken, Kirschschnaps, und erst nach Anbruch der Nacht gingen sie benebelt hinaus und ließen Wasser an einem ganz bestimmten Ahornbäumchen, das an dieser Bewässerung allmählich einging, und darauf waren die Trinker mächtig stolz. Und sie reden. Alle reden sie. Sie sagen »Sündgetan«, »Kasse-

role«, »Komitat«, sie sagen »soll ihn der Schlag treffen«, »kataleptischer Schlaf«, sie sagen »das hat nicht Hand noch Fuß«, sie sagen »welch Wunder«, »rekommendieren« und »spötteln«, sie sagen »überzwerch«, »Scharm«, »Schablone«, »Stanitzl«, »Anachronismus«, »Adlernase«. Sie reden, reden, Worte, Worte. Sie sagen »O Gott!« und brauchen Worte wie »faktisch« und »reell«. Sie reden, reden, Worte, Worte. Sie reden im Zorn und schmeichlerisch, sie bitten, erzählen, erklären, spötteln, seufzen. Sie reden im Schlaf oder sagen aus vor dem Richter, verliebt flüstern sie im Abenddämmer Worte ins Ohr, die Frömmlerinnen leiern die Worte der Litanei, die Kinder lernen in der Schule auswendig, die Erwachsenen schachern, hintertragen, handeln, halten Reden und lassen einander nicht zu Wort kommen.

Doch zurück zu Emma Bovary.
»Sie sind also aus Lemberg? Mein Gott, das ist ein anderes Leben dort bei euch als hier ... in diesem (hier kann man jeden beliebigen Ort einsetzen, Kopyczynce, Rawa Ruska oder dergleichen). Ihr seid dort näher an der Welt!« (Woher hat sie dieses »ihr«, »euch«, und wozu diese dramatische Nostalgie nach einem etwas größeren Partikularismus?) »Hier gibt's keine Bücher, kein Theater, keine Gesellschaft. Wissen Sie, daß man hier nichts bekommt? Nun ja, bei der Silberstein neben dem Rathaus bekommt man schon etwas, sie hat alles, und mit ihr kann man handeln, aber wissen Sie, das ist so ein Kramladen, da gibt es Kuhketten, Rübensamen, Dünger und Eimer ... so elegant ist es da ... Aber sie hat alles, die Silberstein, Soir de Paris und Shampons. Egal, ob Schuh, Orange, Handschuh, Shampon, Zahnpasta, das alles bekommt man bei der Silberstein.« (Mich wunderte, daß sie bei dieser Aufzählung Dinge, die es doch paarweise gibt,

wie zum Beispiel Schuhe, in der Einzahl nannte, doch lassen wir's dabei.) »In Lemberg ...« (Dieses »In Lemberg« klang und tönte wie eine Rhapsodie, eine Kantate, eine Ballade, wie ein persisches Märchen vom fernen, erträumten und mythischen Bagdad, und ein Schleier legte sich bei diesem Namen über Emma Bovarys Augen) »... als ich dort im letzten ... mein Gott, Frania, wann sind wir noch dort gewesen? Im vorletzten Herbst waren wir in Lemberg einkaufen, wir waren in der Revue im Semafor und haben im Hotel Krakowski zu Abend gegessen, und auf der Sykstuska habe ich eingekauft ... Bei euch ist das alles ganz anders.«
Als ich Emma Bovary eine Zigarette anbot, geriet sie aus einem ganz banalen Grund in einen ekstatischen Verzükkungszustand. Und das lag an folgendem:
Kürzlich hatte das staatliche Tabakmonopol eine neue Art Zigaretten namens »Hele« in den Verkauf gebracht, die nach amerikanischem Muster hergestellt und parfümiert waren, sogar die bunte Zellophanverpackung unterschied sich von der, in welcher die Zigaretten verkauft wurde, die man bisher gerne geraucht hatte, die aus türkischem Tabak mit Pappfilter.
Als ich nun meine »Hele« in ihrer Zellophanverpackung aus der Tasche nahm, leuchteten Emma Bovarys Augen auf wie bei einer Offenbarung. Hier, in diesem Provinznest, inmitten all seiner Fadheit und Alltäglichkeit und Gewöhnlichkeit, zwischen diesen ewig gleichen Gesichtern, Mauern, Dächern und Gärten, krummen Sträßchen, dem trägen Leben der erdnahen Bauern, in der kleinen Welt der Träume, die sich hier entspinnen, umgeben von der Wirklichkeit der Hühner, die in Dreck und Unrat des Hofes scharren, dem Muhen der Kühe, die mit schwankendem Gang von der Weide zurückkehren, im Staub und Gepolter der Fuhrwerke auf dem Weg

zum donnerstäglichen Wochenmarkt, neben der kleinen Beamten- und Handwerkerwelt mit dem muffigen Geruch nach ungewaschenen Körpern, altem Gerümpel auf den Dachböden, nach moderndem Holz unter rissigen Traufen und gärenden Pflanzen, die im Hochsommer in den Gärten und Gräben wucherten, der kleinen Welt der verrotzten Kinder, die auf den verlassenen Straßen spielten und mit Erdbrocken nach anderen, jüdischen Kindern warfen, mit dem in die Luft aufsteigenden Geruch nach Vesperweihrauch und dem Wachs der Altarkerzen, inmitten von alldem wurden hier nun »Hele«-Zigaretten gezückt, angeboten, hervorgezaubert, in ihrer Zellophanverpackung herbeigebracht aus der fernen Welt, ein Traum, der das Herz schmerzlich ergriff.

Es hat geregnet. Ich gehe durch die engen Sträßchen der Stadt, und der Flieder schiebt seine feuchten Blätter zwischen den Zaunlatten hindurch, in den Löchern der Fahrbahn hat sich das Wasser zu Pfützen gesammelt. Die Wolkendecke hängt schwer, schmutzig, dunkelblau, an einzelnen Stellen wird sie etwas dünner, da scheint das Licht gelb hindurch und spiegelt sich im Wasser. Die Zweige sind feucht und schlüpfrig, das Holz ist schwarz geworden, und der Rost an den blechernen Dachrinnen der Häuser ist zufrieden und freut sich an der Nässe. Die Enten sind ebenfalls zufrieden und beglückt über Schlamm und Wasser. Es ist angenehm kühl und frisch, die Luft riecht nach frischem Grün, nach Üppigkeit und Feuchte. Über den unebenen Gehsteig geht man in einer Art Zickzacklinie, wie betrunken, weil man immer wieder Pfützen ausweichen muß. Ab und zu fährt ein ruckelndes Fuhrwerk vorbei, der Schlamm spritzt unter den Wagenrädern hervor, die Pferde haben die Schweife zu Knäueln gebunden, damit sie sich nicht zu sehr besudeln.

Ab und zu überrascht ein bereits vertrautes Gesicht, das unter einem schiefen Regenschirm hervorschaut, ein unbeschreiblicher Regenmantel, der Kragen hochgeschlagen, nur eine Nase schaut hervor, die von irgendwoher bekannt vorkommt. Ein Dienstmädchen läuft zum Geschäft, den Überrock hat sie sich über den Kopf geworfen, die bloßen Beine sind rot vom Regenwasser. Und alles wie ausgestorben. In einem Holzschuppen schlägt jemand Holz, die Schläge der Axt in das trockene Holz klingen wie ein Xylophon.
Die Fleischhauerei oder das Wurstgeschäft, ein Teil der marmornen Thekenplatte ist fettig vom Schmer, Würste hinter Glas, an Haken aufgehängt Vorderschinken. Der Holzklotz mit Millionen kleiner eingekerbter Narben. Ein einsames Kalbshirn, zusammengesackt auf einem Bord. Die Tür steht offen, man sieht den gefegten, mit Sägespänen bestreuten Fußboden. Ein Hund schaut zur Tür herein, und die Wurstmacherin mit fettglänzenden Wangen schreit: »Weg mit dir, du Köter!«
Es gab Einladungen zum Mittagessen, lange Sitzungen, zu denen auch ich gebeten wurde, obwohl ich mich keineswegs dazu drängte »wie der Hund an die Fleischbank«. Hochrot vom Herd reichte Maruska die Schüsseln herum, vor dem Gedeck von Herrn Bazyly Skoworoda glänzte eine silberne Zigarettendose mit Monogramm. Kommissar Wijun erzählte Zoten, Pfarrer Suchecki trank sich einen Schwips an und schäkerte mit Mieczyslawa Kwilecka (»Fräulein Miecia im Sonntagsstaat/steckt sich den Finger in den A ...«). Direktor Braun schwang große Reden (»Meine Herren! ... als die Inflation war, meine Herren! .. ich hätte damals diesem Grabski einen Orden aus Zwiebeln ... meine Herren! ...«), Doktor Eisennagel steckte sich die Serviette hinter den Kragen, Hauptmann Trznadel wehrte sich gegen eine weitere Portion

gefüllten Rinderbraten (»Meine werte Dame, nicht vor meinem Arzt ... köstlich, aber meine Diät!«), Advokat Wnękowski gab eine Charakteristik der Familie Starorus (die er ganz entschieden nicht mit den Talerhofiec verwechselt sehen wollte), das Bier, der Bierschaum trocknete ringförmig an den Wänden der Gläser mit »Gravur«, das Fruchtgelee mißriet an diesem heißen Nachmittag, die Kinder von Doktor Owocowicz beschmierten die Sesselchen im Salon mit Sahne, ihre Mama verteilte rasche Klapse und rieb mit einem Batisttüchlein die Spuren weg, der Ratsherrenklub machte seinen Einsatz im anderen Salon, von dort ließ sich das Rascheln der ausgeteilten Karten vernehmen und der Baß von Professor Leliwa-Podhajski.

Emma Bovary war nicht da. Ich ging in den Garten hinaus, wo ein Pfad in den unteren Teil führte, rechts davon standen Himbeer- und Johannisbeersträucher, die Johannisbeeren hingen in bunten Dolden an den Büschen, weiter unten waren sie mit Staub überzogen. Der Rasen war uneben, krummstämmige Kirschbäume wölbten sich darüber. Unter den Bäumen spielten die Kinder der Owocowicz, der kleine Sohn von Professor Podhajski und noch ein Mädchen, ich erinnere mich nicht, wer ihre Eltern waren.

Sie waren in ihr Spiel vertieft, doch als ich näher kam, wurden sie hölzern und gehemmt. Entschuldigend erklärte ich, ich sei gekommen, um mich zu verjüngen. Meine Erklärung wurde mit einer Spur Verlegenheit aufgenommen, die Mädchen kokett und errötend. Der kleine Jurek Owocowicz pulte aus den Ritzen der Baumrinde die erstarrten Harzstalaktiten, die aussahen wie Bernstein.

»Jurek, brich mir ein Stückchen ab!« sagte Andzia Owocowicz, das unbekannte Mädchen lachte prustend auf und warf dabei einen Seitenblick auf mich.

»Oooh, eine Raupe!« Das jüngste Owocowicz-Kind hockte am Kohlbeet und stupste mit einem Grashalm eine grüne Raupe, die ihren blinden Kopf nach rechts und links reckte. Unter den Kindern kam ich mir plump und deplaziert vor, und ich wußte nicht, was ich sagen sollte. Sie schubsten einander, da sah ich meine Gelegenheit gekommen und sagte: »Wer hat denn so was schon gesehen – ein Mann schubst doch kein Mädchen!« Das war an Jurek gerichtet, der daraufhin etwas brummte, was ich nicht verstand, und das unbekannte Mädchen kreischte mir in hohen Tönen zu: »Hören Sie, wissen Sie, was der gesagt hat ...« Jurek verpaßte ihr für die Petzerei einen Schlag zwischen die Schulterblätter, daß sie husten mußte.
»Er hat ›Scheiße‹ gesagt«, denunzierte Andzia seelenruhig. Jurek hing jetzt kopfunter mit den Knien an einem Kirschbaumast und skandierte in dieser Stellung:
»Dumme Petze, alte Hexe.«

An einem anderen Tag ging ich einfach hinaus vor die Stadt, anstatt meine Messungen zu machen. Es war gegen neun Uhr morgens, und die Sonne brannte schon sehr heiß. Die Bebauung hörte auf, nur noch ein Haus stand ganz am Ende auf der linken Seite, ein Haus, in dem es spukte, die Fenster leere Löcher ohne Rahmen, und an den Wänden löste sich stellenweise die geweißte lehmige Epidermis und ließ das schräge Netz der Schilfmatten sichtbar werden, das diese tragen sollte. Sogar am hellichten Tag hatte dieses Spukhaus etwas Schreckliches an sich. Seine leeren schwarzen Augenhöhlen starrten mich an. Danach kamen keine Häuser mehr, ach, nein, Pardon, noch das niedrige Häuschen der Lumpensammlerin, rissig und abstoßend, umgeben von schmutzigem Plunder. Der Lumpensammler selbst zog irgendwo im

Bezirk seine quietschende Karre durch die Gegend und sammelte die Lumpen und Knochen ein, die er bei den Frauen auf dem Land gegen Tücher aus Perkal tauschte und bei den Kindern gegen kleine Hähne aus Zinn.

Den Weg hatten einst Bäume gesäumt, die am Feiertag des Baumpflanzens gesetzt worden waren, doch auf rund ein Dutzend dieser Obstbäume kam nur einer, der zwar armselig, doch immerhin lebendig war. Noch ein paar kahle Bäumchen standen da, nackt und einsam wie Stöckchen, wie Ruten, von den anderen keine Spur mehr. Bis zum Anfang der Felder dann nichts als Schutt, Ödland, ausgehobene Lehmgruben.

Eigentlich war der Tag zu heiß für einen Ausflug über Land. Nun, das war Pech, jetzt war es zu spät. Ich ging auf die flachen Hügel im Süden zu, auf denen man einen unregelmäßigen Streifen Wald erkennen konnte. Jetzt führte der Weg zwischen Feldern mit kräftigem Roggen entlang. Grau von der festgebackenen Erde, von den Rädern der Fuhrwerke zerfurcht, wand sich der Weg. Im Gras am Wegrand hüpften die Heupferdchen, als schnellten sie auf grünen Federn voran.

Es war sehr melancholisch und öd an diesem heißen Tag. Die Landschaft, die Gestalten und Formen der Pflanzen erschienen so einförmig und eigenartig. Mich ergiff dort eine Sehnsucht und ein unbestimmtes Verlangen nach etwas anderem, Fernem, doch ich wußte, ja, dessen war ich mir völlig bewußt, daß es nur die Wirklichkeit war, die ich hier mit den Schritten des Müßiggängers durchstreifte, die mir diese Träume von etwas Fernem, Fremdem eingab.

In der vormittäglichen Gluthitze wanderte ich über die Hügel, einen sanften Wiesenhang am Waldrand entlang, wo sich mir dichtbelaubte, feste Haselnußzweige entgegenbogen. Die

Felder waren hier zu Ende, der Waldrand war licht und die Wiese, wo unrechtmäßig weidendes Vieh das Gras abrupfte, ziemlich kahl. Frauen, die hier unbewachtes Eigentum zu plündern pflegten, hatten die Bäume bis zu einer gewissen Höhe gehörig gestutzt. Diese Äste und Zweige und Stöckchen waren das inoffizielle Servitut der Armen des Städtchens, die hier ihr Feuerholz sammelten.
Dahinter dann das dichtere Unterholz des Waldes, Farn an schattigen Stellen, Straußgras, Winden, dornige Brombeer- und Himbeerbüsche, verfaultes Laub vom letzten Jahr, Moos und Schimmel. Das alles ist vertraut und wohlbekannt wie die Furchen und Falten der eigenen Haut, die Haare auf dem Handrücken, Pusteln im eigenen Gesicht, das man im Spiegel sieht, die ausgekämmten Schuppen zwischen den Zinken des Kamms.
Dieser Narzißmus läßt mich erschauern, deshalb wende ich die Augen ab und suche nach etwas Außergewöhnlichem, anderem, Erträumtem.
Ich mußte zurück in die Stadt, wieder den von silbrigem Wermut gesäumten Weg entlang. Am Himmel ballten sich kleine weiße Wolken, es war sehr, sehr heiß, und von irgendwoher wehten ein paar Regentropfen herüber, nur ein paar dünne Tropfen, auch diese trugen zur Melancholie der Hitze bei, verdampfend, bevor sie noch den Straßenstaub trafen, weckten sie in all der Ödnis den Trost, daß es auch für die Hitze ein Erbarmen gibt.
Am Rand des Städtchens traf ich eine alte Frau. Sie trug einen Sack und blieb stehen, um die Last mit einem Seufzer der Erschöpfung zu Boden zu setzen.
»Gelobt sei ...«, sagte sie zu mir ...
»In Ewigkeit ...« Ich hatte das Gefühl, daß es sich gehörte, ein paar Worte zu ihr zu sagen, und begann: »Das da ist

also ...« (hier bitte ich Kopczynce oder Rawa Ruska oder dergleichen einzusetzen).
»Oj ... da da ...«, stöhnte sie.
Ich kann mit den sogenannten einfachen Leuten nicht reden. Durch eine sonderbare Equilibristik der Erziehung befand ich mich auf der nächsten gesellschaftlichen Stufe, genauer gesagt auf der Stufe des Bildungskleinbürgertums, und war damit der Schicht entflohen, der weiter zurückliegende Generationen meiner Vorfahren vage angehört hatten. Wenn ich es genauer überlege, ist in dieser Abgetrenntheit von dem Nährboden, von dem Substrat, dem ich entstamme, etwas Unnatürliches, und das rächt sich, wie die Symptome der Nekrose bezeugen. Ehrlich gesagt, habe ich nämlich auch eine Abscheu vor der Welt der höheren Gesellschaftsschichten, das Instinkthafte der alten Zeit ist mir geblieben, das Ergebnis ist – man bleibt allein. Deshalb waren wir immer allein. Meine Mutter und Tanten konnten es meinem Onkel, ihrem einzigen und heißgeliebten Bruder, nie verzeihen, daß er als Plenipotent oder Soundso-Rat, in einem Dorf vergraben und selbst ein Instinktmensch, seine Köchin heiratete, ein Bauernmädchen – eine Mesalliance, derentwegen es mir nicht vergönnt war, ihn so kennenzulernen und zu lieben, wie sie es taten, diesen liebenswerten Menschen mit seiner schönen Stimme und seinem spöttelnden Humor. Bis wir im Jahre achtzehn unseren ukrainischen Krieg hatten, da kamen sie nachts zu ihm, zerrten ihn auf den Hof seines Guts hinaus, erlaubten seiner christlichen Seele noch ein Gebet und erschossen ihn dann. Sie verscharrten ihn irgendwo im Mist und Dreck auf dem Hof. Bis heute höre ich den Schrei, den meine Mutter in ihrem Schmerz und der Verwundung ihres Herzens tat, als uns diese Nachricht Wochen später erreichte, und bis heute weiß ich noch, wie wir damals mit

dem Wagen auf einen wunderbaren Sommerausflug zu diesem viele Meilen weit entfernten Ort fuhren, wo man ihn aus dem Mist ausgegraben und ihm ein Begräbnis gerichtet hatte, und wie seine Bauernehefrau hinter dem Sarg herging und weinte. Es erscheint mir so paradox, daß er durch seinen Tod dem Leben näherkam, indem er in seinem Tod mit dem jauchigen Nährboden eins wurde.
Die alte Frau war müde, aber zu einem Schwätzchen bereit. Es war etwas Vertrautes an ihr, was ich erst nicht genau bestimmen konnte, aber dann wurde es mir plötzlich ganz klar. Sie sagte nämlich:
»Ach, der Herr ... so viele Jahre bin ich jetzt hier, schon den zweiten Mann hab ich begraben, aber ich bin ja aus (hier bitte Kopyczynce oder Rawa Ruska oder dergleichen einzusetzen). Mein erster verstorbener Mann war dort Bäcker, ein Bäckermeister. Und ein Haus haben wir gehabt, und er war Gemeindeküster und belieferte das Infanterieregiment. Damals war hier die österreichische Grenze, und dem Volk ging's gut ...«
Ihr verschleierter Blick ging mitten durch mich hindurch, in die weite Ferne, ohne etwas zu sehen. In ihrer Verliebtheit in Zurückliegendes, ihrer Sehnsucht nach der Vergangenheit lag dieselbe verträumte Abwesenheit wie bei Menschen, die in die Zukunft verliebt sind. Zum Teufel! Das waren doch dieselben Symptome, dieselbe Emma Bovary, nur umgekehrt, zurückblickend. Jene war bloß in eine imaginierte Zellophanzukunft verliebt, nur anders sollte die Welt sein, weit weg, damit man fortkonnte, fort von diesem immer gleichen Kreis der Gesichter, fort von dem Seufzen, wenn man sich am Ende des Tages in sein knarrendes Bett legte, wenn man am folgenden Tag mit einem metallischen Geschmack im Mund erwachte.

Die Augen der alten Frau, vom Alter ausgebleicht, blickten mich an, durch mich hindurch, nichts fixierend, aus dem Netz der Runzeln in ihrem Gesicht, als sie sich stöhnend auf ihren Sack mit werweißwas niederließ und die Träume, die Erinnerungen der Vergangenheit heraufbeschwor. Genauso wie Emma Bovary in ihrem Kleid aus lila Tüll.
»Nun, da hat man ja ein langes Leben hinter sich«, sage ich in diesem unentschiedenen Chinesenpolnisch, weil ich nicht weiß, ob ihr nicht eigentlich das »Ihr« gebührt. Ich wollte sie, um Himmels willen, nicht kränken, denn sie war doch eigentlich zu ihrzen, sie hatte zwar keinen Hut, aber ihr erster Mann war doch immerhin Bäckermeister gewesen ...
Sie hörte mir gar nicht zu, sie redete immerfort mit sich selbst, und als ich mich schon weiter auf den Weg in die Stadt machte, hörte ich immer noch hinter mir:
»Bäckermeister war er ... der Herr ...«

Wenn es hingegen darum geht, über ferne Orte zu schreiben, so ist das nicht so einfach. Ich sehe sie auf bestimmte Art und Weise vor mir, als Novize, als Neuankömmling, aber da braucht bloß ein Hiesiger zu kommen, ein Ansässiger, und das Werk zu betrachten, er wird sie nicht wiedererkennen und meinen, es gehe um eine völllig andere Gegend. Vor kurzem las ich wieder die »Briefe von einer Reise nach Amerika«. Wie anders ist dieses Sienkiewiczsche Amerika, und wie unecht. Vielleicht ist es seinem Genie, vielleicht seiner Jugend anzulasten, oder er konnte einfach nicht so aus eigener Anschauung heraus schreiben, er verstand es nur, sich auf geniale Weise fremde Chroniken, Tagebücher und Briefe zurechtzuschneiden. Sein Amerika ist dermaßen chateaubriandsch, wie ausgeschnitten aus Papier, mit angeklebten Dekoratiönchen, alles sehr hübsch geschrieben und mit Humor,

aber nichts davon ist wahr. Und so ein Henry James, der nach der Rückkehr, nach langjähriger Abwesenheit sein Amerika wiederentdeckte, der beschrieb einen amerikanischen Sommer in zwei Worten so wahnsinnig ausdrucksvoll. Wie er an einem heißen Sommertag im Hotel auf dem Hotelkorridor die Eiswürfel in einem Wasserglas klirren hört, das ein schwarzer Diener trägt. Darin liegt der ganze amerikanische Sommer, so schrecklich heiß, schwül, schwer, man kann ihm nicht entfliehen, höchstens in Form dieser sehr amerikanischen Flucht mittels Eiswürfeln im Wasser, und darin liegt die Sommerhitze und der Sonnenfrost, in diesem Klirren der Eiswürfel in einem Wasserglas, das ein Neger trägt.
Man möchte etwas auf so universale Weise schreiben, daß es im Ohr eines jeden Wiederhall findet, daß es diesen objektiven Wert hat. Da sammelt man Einzelheiten, Authentisches, Exotika, die das Leben abwirft, und im Schweiße des Angesichts macht man sich ans Schreiben, doch schon schleicht sich das Klischee ein, irgend etwas führt die Hand, daß sie so schreibt und nicht anders, und was kommt bei alldem heraus? Unwahrheit, die jeder erkennt, jeder spürt instinktiv, daß es nicht die Wahrheit ist. Dabei reichen zwei Worte.
Es ist Morgen, gegen zehn. Schon herrscht eine zähe Morgenhitze, ein Licht wie geschmolzenes Platin, das überall eindringt, wie mit Meißeln von oben herabstößt und alles ringsum durchsetzt. Grell die riesige Reklametafel darin, die roten Farben der Reklame sehen aus wie ein gehäuteter Körper. Jedes Ding wird überdeutlich, so deutlich, daß es blendet. Die Blätter der Feigenbäume im Garten sind dunkelgrün, blechern, stumpf gezackt, und darunter dieser Feigenschatten. Das Holz der Häuser und Zäune sieht aschen und grau aus. Mitten darin wuchert und spreizt sich das Grün, und die Blätter glänzen blau in der Sonne.

Und in der Nachmittagshitze kommt ein Regenguß, in diese Hitze hinein, die eben noch wie eine angespannte Saite in der Luft bebte. Der Regen kommt plötzlich, unerwartet, es gießt sofort, ohne Ankündigung, so als wäre es eine behördliche Sache, die erledigt werden muß. Die Blätter an den Bäumen zittern unter den aufschlagenden Tropfen. Auf Fahrbahn und Gehsteig sieht es aus, als ginge der Regen wie ein Schluchzen darüber hinweg, so fegt er in Wellen Erde und Blätter davon. Plötzlich zerbirst das alles in einem Blitzschlag, dann fühlt man sich wie in einer rasend gewordenen Orangerie bei einem Erdbeben, umgeben von sprühenden Fontänen, die sich im Glas der Wände und Dächer widerspiegeln.

Und am Abend stehen große Pfützen auf den Boulevards, weite Wasserflächen. Alles wirkt durchsichtig, und über dem Wasser steigen opalisierende Wolken auf, die sich bis an den Horizont ziehen; im Unterschied zu dem flachen zweidimensionalen Wasser sind sie dreidimensional, und das versöhnt die Elemente irgendwie. Die Luft ist um diese Abendstunde schwer und heiß. Am Ufer sieht man jemanden fischen, dazu benutzt er ein Netz, wie man es hier »butterfly« nennt. Bevor das mit Schwung ausgeworfene Netz auf die Wasseroberfläche trifft, sieht es aus wie eine in der Luft schwebende Qualle, die dort in der Höhe schwimmt und sich raubgierig auf ihre Beute werfen will. Das Netz wirkt geradezu klebrig, aber leicht, wie aus Gallert oder wie ein Spinnennetz. Diese Ähnlichkeit bringt eine menschliche Tätigkeit wieder näher an das Urlebendige.

Die Stufen, die zum Wasser hinabführen, sind naß von den daranklatschenden Wellen. Das Wasser kommt grünlicholivfarben herangeplätschert und leckt an den unteren Stufen, die immer von einer grünen Schicht überzogen sind.

Immer noch ist es heiß und schwül, aber draußen im Freien setzt es nicht so zu. Es ist schon Abend, oder besser gesagt die Tageszeit, wenn sich der Tag mit der Nacht vermischt wie eine getrübte Lösung in einem Glasbehälter. Es wirkt, als sei die Zeit stehengeblieben, um ein irgendwann gegebenes Versprechen zu halten, und schwanke eine Zeitlang auf der Stelle, inmitten der vorbeieilenden sichtbaren Dinge und Angelegenheiten. So steht man an diese angehaltene Zeit geklammert, versunken in den Anblick der Wasserfläche. Träge, sehr träge steht in der Ferne ein dreieckiges Segel, ein zweites, ein drittes, sechstes, zehntes. Weiße Dreiecke, eines davon halst und sieht im Gegenlicht braun aus, wie dunkelhäutig. Die Segel wirken reglos, scheinen auf der Stelle zu verharren, aber wenn man den Blick abwendet und dann wieder auf sie richtet, sind sie weiter voneinander abgerückt oder einander näher gekommen.

Dann die Sterne, einer, zwei, tausend, zwischen diesen Wolken aufgehängt, die jetzt leuchten, als hätten sie sich im Laufe des Tages mit Sonnenlicht vollgesogen und strömten das geborgte Licht jetzt wieder aus.

Doch von der entgegengesetzten Seite der Stadt kommt ein anderes Wasser, der gewaltige Fluß, der sich in großen Windungen dahinzieht, von dem man allerdings nichts sieht, weil ein Damm *levée* ihn verdeckt. Im Querschnitt ist der Damm ein unregelmäßiges Trapez, dessen stadtseitiger Abhang dicht mit Gras bewachsen ist, das in dem hiesigen Klima nach jedem Schnitt wieder schnell und üppig emporschießt. Die dem Fluß zugewandte Seite ist steiler, der technische Fachausdruck für sie ist *batture*.

Zwischen *batture* und Fluß liegt ein Niemandsland. Die Hälfte des Jahres ist es vom reißenden Fluß überspült, die andere Hälfte des Jahres über ist es eine Schlammfläche, mit Schilf bewachsen, durchzogen von Furchen des ablaufenden Wassers, Müllablagerungen markieren die verschiedenen Wasserstände, die der Fluß geführt hat. Die Monotonie wird nur hier und da von einem Schwimmdock unterbrochen, ein paar Brettern und Stöcken, den Überbleibseln einer Hütte, die sich irgendein armer Schlucker auf diesem Niemandsland errichtet hatte.

Einmal spazierte ich die Deichkrone entlang, als von der Seite der *batture* her die Stimme eines Menschen an mein Ohr drang. Mitten im Schilf, das die Schlammfläche überwucherte, war eine kleine Menschengestalt sichtbar, leicht zu erkennen, weil sie mit einer Art weißem Hemd bekleidet war und dieses Weiß von weit her leuchtete. Im Näherkommen konnte ich die Gestalt immer besser ausmachen und schließlich nach kurzem Rätseln erkennen. Es war ein alter schwarzer Mann von kleinem Wuchs. Die Schläfenmulden seines greisenhaften Gesichts waren mit schütterem weißem Haar bedeckt. Zwischen den Schilfstengeln stand er bis zu den Knöcheln im Wasser. Neben ihm stand, in den Flußschlamm gerammt, ein Kreuz, etwas größer als der Mann, ungeschickt aus jämmerlichen Stöcken zusammengebastelt. Der Mensch sprach laut und mit Inbrunst, unschwer war er als *preacher* zu erkennen, ein selbsternannter Priester, offensichtlich ein armer Kerl, der nicht ganz richtig im Kopf war, denn da stand er und predigte in dieser Wasserwüste, kein Lebewesen weit und breit, allenfalls die Libellen auf den schwankenden Schilfgräsern und weit hinten Möwen, die über dem reißenden gewaltigen Strom kreisten. Und ich war der gänzlich zufällige Zuhörer der Botschaft, die dieser Verwirrte hierhergebracht hatte und verkündete.

»... God is the man ... All nations come to see me ... When you baptized ... I am in the sight of God ... Trickle of water ...

We need God ... God hears about you ... Judgment at hand ... Time is ready, come down to the water ... If you is at ... If you want to be saved ... not be damned ... Water is your witness ... Come one into the water to see power of God ... This river should be crowded by hundreds and thousands ... Man command no mess when going back in darkness ...«

Hochzeit auf dem Lande

Frau L. war Leiterin eines Landfrauenzirkels, wenn ich mich nicht irre, im Bezirk R. Ich kenne mich in der Fülle der sozialen Unterfangen der von der damaligen Regierung initiierten Vereinigungen nicht gut aus. Wahrscheinlich verfolgte sie, wie jede totalitär angelegte Regierung, auch damit das Ziel, in die Tiefe der Gesellschaft einzudringen. Anläßlich der bei Tisch geführten Gespräche hatte ich, ob ich wollte oder nicht, die Möglichkeit, meinen Horizont zu erweitern, wenn es um die Frage der sich eher nebelhaft abzeichnenden Arbeit der Frauen in der Gesellschaft ging, als wäre nicht genug, was sie instinktiv, auf biologisches Geheiß hin, tun. Eine dieser Damen aus der Gruppe Wólka Tarnowiecka sollte sich nun verheiraten, was in den frisch gegründeten Zirkeln ein Ereignis, im Prinzip aber eine alte Geschichte war, alt wie die Wälder der Gegend.

Eines Tages fuhr ein mit Stroh gepolsterter Wagen an der Küchentreppe vor, und die zukünftige Braut, gerötet von Fahrtwind und Verlegenheit, trat ein. Unter dem Getuschel der Dienstmädchen lud sie mit einer tiefen Verneigung – nicht wie ein erfahrenes Mitglied des Landfrauenzirkels, sondern ganz novizenhaft – zur Hochzeit ein.

Dann vergingen ein paar Tage, mehrmals rief man sich gegenseitig die Einladung in Erinnerung, konnte sich, wie es auf dem Lande so Brauch ist, nicht entscheiden – niemals habe ich auf dem Land eine klare Entscheidung erlebt –, und zu guter Letzt wurde beschlossen, ihr zu folgen. Da es ziemlich weit war, entschloß man sich, mit dem Auto zu fahren.

Der Kies knirschte unter den zischenden Reifen des Buick mit sechzig Pferdestärken, der an der Veranda vorfuhr, und gleichzeitig traf vom Vorwerk unter Hufgetrappel und mit dem Pferdeknecht auf dem Rücken des Leitpferds ein Gespann mit vier Pferden ein, deren Beine nachlässig »nach Damenart« umwickelt waren. Diese Pferdequadriga, die die Stellwaage über die Ackerschollen zog, war unverzichtbar. Sie sollte die sechzig Pferdestärken, die nur darauf warteten, loszubrausen, die ersten fünf Kilometer weit schleppen. Fünf Kilometer, die nach dem Regenwetter der letzten Zeit eine mit zerbrochenen Wagenrädern durchsetzte Schlammstrekke waren, mit Sandverwehungen, wo es am Wegrand steil abfiel, und seegroßen Pfützen.
Frau L. bestand darauf, im Andenken an die eleganten Zeiten der ersten Panhard-Levasseur, die Motorhaube zu schmükken, die Dachshunde wimmelten kläffend zwischen den Reifen des Gefährts und den Fesseln der geduldigen Pferde umher, während Herr L. in der Haustür stand und skeptisch, aber beifällig die Vorbereitungen verfolgte. »Los«, hieß es, der Pferdeknecht spuckte durch seine Zahnlücke auf den Kies der Einfahrt, und die seltsame Kombination aus Neuzeitlichkeit und Tradition trat in einem Bogen um das Rasenrondell ihre Reise an. Die Mädchen, die an den Mieten gegenüber den Stallungen arbeiteten, hoben die ockergelben Gesichter und sahen uns teilnahmslos hinterher. Rauchschwaden stiegen aus dem rostigen Schlot der Brennerei auf, in kühner Selbständigkeit machten sie sich auf den unbekannten Weg in nordwestliche Richtung, starben unterwegs, zu nichts verweht, und überließen neuen, dem Untergang geweihten Generationen das Feld. Das blauweiß bemalte Steinkreuz am Scheideweg versank in den ausladenden Schlehenbüschen. Zur Rechten ließen wir lange Reihen Katen hinter uns, die

Eisenglieder der Stellwaage, die die General-Motors-Maschine zog, klirrten, der Wald kam schnell näher, vom Schlamm war kaum etwas zu spüren. Unter den Reifen klatschte das Wasser der ersten Waldpfützen, das reine Bild des Himmels trübte und brach sich darin. Zwischen den niedrigen Baumstämmen flatterten Vögel umher, auf einer Rodung schimmerten die Baumrinden rötlich. Dann hallte schon der feste Belag der Chaussee unter den Pferdehufen, und wir hielten an, um abzuschirren.

Von der Chaussee bogen wir auf die Straße nach Wólka Tarnowiecka. Das Fahrzeug schwankte heftig auf den ausgefahrenen Furchen hin und her, und die Hofhunde hinter den Zäunen schlugen an. Man sah kleine Gruppen von Leuten, die Männer in neuen knittrigen Drillichjacken, die Frauen lehnten mit aufgestützten Ellbogen an den Gartenzäunen. Atemlos liefen Kinder neben dem vorwärts kriechenden Auto her. Vor einem Haus stand eine größere Gruppe Leute, die Braut war zu erkennen, die in ihrer Aufregung wegen der Hochzeit und der sagenhaften Gäste weit vors Haus hinausgekommen war, um zu begrüßen, und sie tat das mit dem selbstsicheren Stolz der Geehrten, ein wenig verwirrt, großgewachsen, häßlich, rotgesichtig, in einem Kleid aus billiger weißer Musseline, das ihre Jungfernschaft symbolisieren sollte. Dieses arme Kleidchen hatte etwas Friedhöflich-Begräbnishaftes an sich, Brautkleider wirken immer so auf mich, in ihrer Billigkeit, in ihrer Einmaligkeit – sie werden ja wohl nur ein einziges Mal getragen – haftet ihnen etwas Särgliches an. Es erschienen auch noch weitere Haupt- und Oberfreundinnen, alle Gesichter drückten eine selbstzufriedene, mit einer gewissen Portion betonter Gelassenheit verbundene Bewunderung dafür aus, daß hier nicht so sehr die Leiterin des Zirkels als vielmehr die Gutsbesitzerin zu Besuch kam, mit einem herrlichen Automobil, was an sich schon Ausdruck der Zugehörigkeit zu schwindelnd hohen Sphären von Wohlstand, Reichtum, märchenhaftem Erfolg und menschlicher Bedeutung war, und daß sie nun auf gleicher Stufe mit ihnen an Feier und Vergnügungen teilnehmen würde.

Blonde Kinder, verrotzt und mit fassungslos aufgerissenen Augen, kletterten auf die Erdbänke am Haus, klammerten sich an die Beine der Erwachsenen und krochen nervenaufreibend zwischen den Rädern des Autos umher, das durch das Gedränge zu manövrieren war. Die Sonne schaute hinter den Wolken hervor und warf goldene Flecken auf die Hauswände. Schließlich konnten wir auch den gutaussehenden Bräutigam in der Menge der Versammelten ausmachen. Er war einen halben Zoll kleiner als die Frau Braut, trug ein schwarzes Jackett und eine leicht angeschmuddelte weiße Krawatte.

Wir wurden ins Haus gebeten. Man konnte nicht umhin, über die vorspringende Schwelle zu stolpern, in dem engen Flur war kaum Platz, sich umzudrehen, doch zu guter Letzt führte man uns in den rechten Teil des Hauses, wo es im Unterschied zum linken, durch die Küchennähe brüllend heißen Teil kühl und leerer war. Bunte Heiligenbilder hingen unter der Decke aufgereiht, darunter die typischen Familienfotografien, außerdem sah man die Spuren von Möbeln, die offenbar beiseite geräumt worden waren, wahrscheinlich um Platz für eventuelle Tanzvergnügen zu schaffen. Nur ein länglicher kleiner Tisch und Bänke standen im Raum, in den Ecken der Stube einige Stühle.

Das Orchester traf ein, durch den Flur gingen sie gleich in den anderen Teil des Hauses, die Trommel mit opalisierender pergamentartiger Haut, grob gestanzten messinggelben

Glöckchen, die blankpolierte Fiedel unter dem Arm des Geigers. Der Anführer der Truppe war ein junger großer Bursche mit fröhlichem, resolutem Gesicht. Mädchen und Frauen eilten hin und her und schauten neugierig und verlegen in unsere Stube. Unsere Gastgeber kümmerten sich mit übertriebener Aufmerksamkeit um uns, mit der fatalen Folge, daß gelegentlich in ihrer aufdringlichen Beschäftigung mit uns eine peinliche Pause eintrat, in der weder wir noch sie wußten, was wir anfangen sollten. Schließlich fand man einen Ausweg, indem man Wodka in einer Karaffe aus milchigem Glas hereintragen ließ und dann immer weitere Gläser brachte, die aber nie reichten. Zitternd vor Rührung schenkte man den Wodka in die Gläser und drängte ihn geradezu auf. Beim Kredenzen kam man mit der Rangfolge der würdigen Gäste durcheinander, der auf Tablett und Tisch verschüttete Alkohol dampfte leicht in der Atmosphäre der Stube und verbreitete einen berauschenden Geruch. Das Glas, das auf die von Frau L. als Toast ausgebrachte Gesundheit des jungen Paares getrunken wurde, war scharf und jagte die Gedanken im Schädel im Kreis. Dann hieß es ein zweites zu trinken, und unter Geklapper von Tellern und einem Sammelsurium von Besteck unterschiedlichster Herkunft wurde der Tisch gedeckt, denn eifrige Hände trugen aus dem glühenden Schlund der Küche und dem Gewimmel herumwirtschaftender rotgesichtiger Köchinnen bereits die ersten Gerichte herein. Es gab verschiedenerlei Zubereitungen aus dem anläßlich der Hochzeit geschlachteten Schwein, die zum Wodka gereicht wurden. Dann wurde es wieder zeremoniell, als man die Gäste bat, Platz zu nehmen und zuzugreifen.

Von der anderen Seite des Hauses her erklang plötzlich Musik. Die Geige erhob sich violinös und zart als Dominante, die sich weder von der tiefen Klarinette noch vom rhyth-

mischen Dröhnen der Trommel übertönen ließ. Die Musik brachte Leben in die Gesellschaft, die ohnehin schon ziemlich angeregt war, sie ließ die Frauen kühn werden und wirkte wie elektrisierend auf die Kinder, die sich am Tor und an den Fenstern drängten. Neue Gäste trafen ein, mit denen wir ziemlich chaotisch bekanntgemacht wurden, auf der Hut vor Frau L.s kritischem Blick mußte unbedingt noch ein Gläschen getrunken werden.
Das alles geschieht in einer Landschaft, die ganz und gar zu beben scheint, ihre Felder, Wälder, sandigen Hügel schwingen und vibrieren von der Ungewöhnlichkeit dessen, was sich hier tut, in der Mitte zwischen Horizont und Horizont.
Der Rückweg führt durch das Rata-Tal, zwischen Kiefernwäldern und an Sandhügeln entlang. Kleine Bäche fließen dort, die sich unentschlossen winden, wie bäuerliche Mäander, Irrfahrer; unter dichtem grünem Gras senkt die schwere Erde ihre steilen Ufer hinab, Schilfrohr rauscht an den Weihern, und der Wind neigt die hohen Grashalme auf den Wiesen. Die Bäume ziehen sich als grüne Perlenschnur am Weg entlang, und die bunt, indianisch gemusterten Feldervierecke fügen sich in die Krümmung der Raine und treffen bei den Kalvarienstätten an den Wegkreuzungen zusammen. Die Bauernkinder, die ihr Vieh auf den Triften weiden, spielen ihre wilden unzusammenhängenden Kinderspiele oder denken sich die verblüffendsten Dinge der Welt aus. Der Verwalter des Vorwerks, den Nacken lilablau von der Sonne, geht querfeldein über die Ackerfurchen, zerschlägt mit dem Ende seines beschlagenen Stabs die Erdschollen, und bei seinem Anblick lassen die wie Perlen über das Feld verstreuten Mädchen schneller die Hacke schwingen, aller Anmut beraubt in ihrer Haltung, über die gejäteten Rüben gebeugt. Nur der Pferdeknecht, der mit den gestutzten Gutshofkleppern vor-

überfährt, ist zynisch, unbekümmert und unabhängig. Er wirft den Mädchen grobe, anzügliche Worte zu, und seine Stimme wird ganz weich, wenn er zärtlich die Leitstute ermahnt.

Die Zielona fließt an uns vorbei. Die selige Ruhe ihrer grünen Wiesen, roten Stämme, silbernen Wipfel der Kiefern, ehrwürdigen Waldränder, Waldeslichtungen, wo Rehe im roten Licht des Sonnenuntergangs entlangziehen, ein Anblick, bei dem namenlose Rührung das Herz ergreift.

Der Habicht steht am Himmel, und an der Krümmung des Horizonts nimmt der Fuchs listig und langsam Witterung auf; ihn langweilt die Eintönigkeit des Waldes.

Die Entropie tendiert gegen Null

Wer sich je mit Thermodynamik beschäftigt hat, ist sicher schon auf die pessimistische Formel gestoßen, wonach »die Entropie gegen Null tendiert«. Unterschiedliche Temperaturen streben nach Ausgleich. Das gleiche Phänomen der Involution kommt überall vor. Elektrische Spannungen wollen sich entladen, vermischte Farben ergeben einen Grauton, wir sind Zeugen der allmählichen Nivellierung der Erdoberfläche, die dazu führen wird, daß die Berge eines Tages die Täler ausfüllen und mit den Meeren eine große ebene Fläche bilden. In der Sphäre des menschlichen Lebens entsteht eine ebensolche Vergrauung und Einebnung als Ergebnis des allmählichen Prozesses der Vereinheitlichung und Standardisierung, und zwar nicht nur durch die mechanisierte Zivilisation, die bis in die kleinen Einzelheiten des alltäglichen Lebens und der Kleidung billig und einförmig wird, sondern Radio, Presse und Film machen uns langsam zu Millionen und Milliarden von Menschen, die alle auf dieselben vorgestanzten Ideen fixiert sind. Die Entropie tendiert gegen Null.

Wenn man so durch die Welt wandert, hat man den Eindruck, daß sogar die Jahreszeiten ihre selbstverständlichen Grenzen verlieren und in eine einzige graue Jahreszeit verfließen – die selbst dann, wenn es der ewige kalifornische Frühling wäre, grau bliebe.

Mein Land – von einem Flußtal zum anderen, von Schlucht zu Schlucht, von Miodobory und Pantalicha bis zur gezackten Sierra der Karpaten –, mein Land im üppigen Sommer, wenn das Grün der Baumkronen mit dem Grün der Wiesen wetteifert, im roten Herbst, wenn am Allerseelenabend die Friedhöfe ringsum bis zum Horizont wie Alarmfeuer brennen, in den mattweißen Winternächten, wenn der Wind ein pulvriges Banner über den Schneewehen hißt und Triumphgeheul über die Ohnmacht des Menschen anstimmt und die kahlen Äste der Bäume gotteslästerlich den Himmel peitschen, an den Vorfrühlingstagen, wenn über den Schlammpfützen ein unbeschreiblicher, berauschender Geruch aufsteigt, mein Land der Pflanzen, die dem Menschen nutzen und sich zu seinen Füßen betten und sich über seinem Kopf zu einem unendlich kostbaren Hintergrund verzweigen, Land der Tiere, die in ihrer Gestalt und im Zauber ihrer Bewegungen sanfter und seltsamer sind als an jedem anderen Ort, Land der naiven und einfachen Menschen, vom Beamten der XI. Kategorie im Finanzministerium, dem Schmied und dem Seiler in der kleinen Stadt bis zum asthmatischen Verwalter des Vorwerks, dem Mädchen mit goldenen Haarsträhnen im Nacken und roten, leicht geöffneten Lippen, das sich über die Kartoffelmiete beugt, dem Wilddieb, dem man auf der Waldschneise begegnet, dem unrasierten jüdischen Fahrer des ramponierten Autobusses – mein Land ist ein Land aller vier Jahreszeiten.

Es ist heißer Sommer. Die Hitze ergießt sich aus der dunkelblauen Himmelskuppel. Die Felder mit den unberührten Getreideähren sind um die Mittagszeit gespenstisch leer. Nur die Poludnica, die Mittagshexendrude, tanzt und wirbelt, wo die Feldraine aufeinandertreffen. Ein ultramarinblauer Schatten über der Erdbank an der Kate. Ein kleiner dunkler Flur und die leere Armseligkeit der Stube mit dem

Geruch alter Blumenkränze und dem Mief bäuerlicher Armut. An der Wand gegenüber der Tür hängt eine billige Uhr mit einem kleingeblümten Kirmesmuster. Das Zifferblatt mit abblätternder Emaillierung ist übersät mit kleinen Pünktchen aus Fliegendreck. Als es knirschend zwölf schlägt, wendet sich eine kräftige junge Frau mit einem quengelnden Säugling im Arm von den Töpfen auf der rauchenden Feuerstelle ab. Sie wirft einen Blick auf die Uhr, hebt die Gewichte, sie sind rostig und schwarz.
Auf Spreu und Spänen im Hof steht breit ein Kutschwagen, die hochgestellte Deichsel zeigt auf den Zenit. Die Naben und Schellen der Räder sind makellos ausgezirkelt, mit Feile und Schleifstein hat sie der Stellmacher angefertigt, der sein Können aus ungeschriebenen Gesetzen ganzer Generationen von Lehrern übernommen hat und es im Schweiße seines Angesichts an den kurzen Wintertagen ausübt. Ich weiß nicht, ob dabei ein Gedanke seine Stirn furchte, ich glaube eher, daß Instinkt und Impuls ihn in den rituellen Verrichtungen und gebotenen Handgriffen leiteten. Er stößelte die Holzfasern mit dem Schaber ab, dämpfte die Weißbuchenringe der Schellen, als zelebriere er einen Gottesdienst mit seiner ganz eigenen Liturgie. Dann rollte er das Werk seiner Hände hinaus ans Tageslicht und begutachtete mit dem Blick für makellose Proportionen das Verhältnis von Langbaum, Lünse, Runge, Gewichten.
Die Eggen an der Wand blecken die Zähne der Sonne entgegen, Holzzuber, schwarz von Alter und Feuchtigkeit, mit Baststrängen zusammengehalten, hängen an dem Schwengel über dem schwarzen Wasserspiegel des Brunnens. Unter dem Traufvorsprung des Strohdachs, vor dem Hintergrund der geweißten und geblauten Wände aus Stroh und Lehm hängen goldene Maiskolben. Im Licht der Sonnenstrahlen, die

durch das Spitzenmuster der Ahornblätter fallen, wirken sie wie eine japanische Bambusverkleidung. Neben den Hütten wachsen Brennesseln, Kletten, Winden, ein Gedränge homophiler Pflanzen, Gefährten des Menschen, Parias des Kehrichthaufens. Aus den zentralasiatischen Steppen sind sie den Menschen hierher gefolgt, halten ihnen die Freundschaft in Freud und Leid. Malven ranken in einem prunkvollen Muster vor dem Hintergrund der Wände empor, ein Kirschbäumchen zeigt sich von seiner hübschesten Seite, immer zauberhaft und entzückend im dörflichen Schmutz.
Im heißen Sommer ging man zu einem fernen Badeplatz, mit allen Poren verlangte die Haut danach, in das stehende Wasser der Teiche einzutauchen, ich erinnere mich an die Pfade, die dorthin führten, biegsam, weich, trugen sie das getreuliche Abbild der Spuren menschlicher Schritte, der kleinen Nägel unter den Schuhen der Burschen, zwischen den tief herabhängenden Weidenzweigen, auf den abgelegenen Auwiesen eine Schar weiß gefiederter Gänse. Das stehende Wasser in den Tümpeln strömt einen beißenden Geruch nach faulendem Schilf aus, scharf und fischig. Mit einer Mischung aus Genuß und Ekel tauchte ich in die dunkle Flut, die mit Schilf überwuchert und mit Froschlaich überzogen war. Wasserläufer auf stelzigen Beinen eilten über die Wasserfläche. Die dicken ledrigen Blätter der Wasserlilien lagen flach auf dem Wasser. Wasserpflanzen umschlingen und umschmeicheln die Beine mit ihren Stengeln, kleine Sumpfgasbläschen steigen gluckernd rings um mich auf und zerplatzen. Der Damm, der die Teiche begrenzt, ist mit faulendem Reisig gedämmt, und träge sickert das Wasser am Wehr unter einer pelzigen Schicht Wassermoos. Die Wagenräder der bis zur Achse im Wasser stehenden Fuhrwerke werden naß, und Kreise laufen auseinander, wo von den Mäulern der trinkenden Pferde

Tropfen fallen. Danach lag ich nackt auf dem niedergetrampelten Gras am Ufer und hatte eine Gänsehaut von der Berührung mit etwas so Rohem, ohne die schützende Schicht der Kleidung. Ich blickte in den Abgrund der Himmels – wölbte er sich über oder unter mir?
Ich betrachtete die Wolken. Angeblich war das der liebste Zeitvertreib der persischen Könige – das Betrachten von Wolken, von Gewölk. Die wundersamsten erblühen im Südwesten. Sie entwickeln sich in die Tiefe, das ist evident. Diese Stereoskopie entsteht durch den Winkel der Sonneneinstrahlung am Nachmittag. Die Wolken werfen ihren Schatten übereinander und nehmen eine violette Farbe an, die sich vom weißlichen Rosa der sonnenbeschienenen Teile unterscheidet. Eine von der Sonne erwärmte Säule aus heißer Luft entwickelt an der Spitze ihres Kamins eine Ballung von Cumuluswolken. Laune und Phantasie kleiden deren zufällige Formen in Vergleiche von banalen visuellen Assoziationen bis hin zu surrealistischen Kompositionen. Danach zerfließt die Erscheinung zu dem typischen Wolkenamboß. Die Kunst der Wolkenbetrachtung ist unauflöslich mit dem Zustand des völligen Sichgehenlassens verbunden, der sachliche Erwägungen und nüchterne Logik unbedingt ausschließt.
Dann gab es noch andere Wolken, wenn ich mit meinem Onkel Mamert Gorski in dem kleinen, sogenannten amerikanischen Wagen mit einem einzigen großen Sitz zur Arbeit aufs Feld hinausfuhr. Neben den himmelhohen Getreidehaufen qualmte der Schlot der Zugmaschine, in dem entsetzlichen Staub und der Spreu der Mähdrescher liefen Mädchen in roten Schürzen umher, und der Dreschflegel dröhnte düster in den freien Momenten zwischen zwei Bissen knirschender Garben. Das Vierergespann des Vorwerks pflügte unterdessen die Stoppeln zwischen den Heustadeln unter,

und die schwarze Erde der glänzenden Schollen dampfte in der untergehenden Sonne.
Längs des Weges spreizten sich Bäume, und während ich darauf wartete, daß mein Onkel sein Gespräch mit dem Ökonom zu Ende führte, betrachtete ich die Wolken im Südwesten, Wolken, die sich zu Kompositionen formierten, wie Hintergrundlandschaften bei den Malern des Quattrocento, die sich zu fernen Perspektiven dehnen, Fernen, in denen sich die Kuppeln und Minarette eines Wolkenbagdads ballen, dantesche Kreise, stilisiert zu einem Zauber von klassischer Harmonie.
Ich hatte kein Bewußtsein, wenn ich so schaute, ich hatte kein Gespür für die verrinnende Zeit, oder es kam mir so vor – vielleicht ganz zu Recht –, daß dieser Augenblick allein mir für immer reichen mußte, daß er, aller Vergänglichkeit trotzend, mein unveräußerliches Eigentum sein wollte, ein für allemal festgehalten und einzigartig.

Nachmittags unternahm ich lange Spaziergänge über die Hügel. Bei diesen Wanderungen begleitete mich ein junger Hund, der Bastard einer Vorstehhündin und irgendeines Straßenköters, von dem er das ordinäre schwarze Fell geerbt hatte, während er von ihr die schöne Gestalt hatte. An seinen Namen kann ich mich nicht mehr erinnern. Wie alle jungen Hunde hatte er dicke, schwere Pfoten, mit denen er hechelnd an mir hochsprang und mir die Kleidung beschmutzte.
Wir gingen einen Pfad enlang, der auf die südlichen Hügelrücken führte. Den Bahnübergang mit den emporragenden Schranken ließen wir hinter uns. Dann kam man an den Gebäuden der Ziegelei vorbei, das Gelände ringsum war voller Gruben, aus denen Lehm gewonnen worden war. Dahinter stiegen die parallel verlaufenden Höhenzüge an. Minderwer-

tiger Kalkboden bedeckte die Hänge, wo eine ärmliche Ernte stand. In der Ferne erstreckten sich Wälder.

Wir schlugen einen wenig begangenen Trampelpfad ein. Vom Hügelrücken stieg man in schmale Alluvialtäler hinab und klomm bald wieder den nächsten Wall hinauf. Im Mai waren die Täler wunderschön. Herrliches Gras wuchs hier, durchwebt mit Blumen, deren Frische und unirdische Zartheit mir die Kehle zuschnürten, so sehr rührte mich ihr Anblick. An dem Bach, der mitten durch das Tal floß, standen krumme Weidenbäume, die, in ihrer Jugend verstümmelt, wulstige Äste trieben. Die Triebe mit ihrer jungen glänzenden Rinde kreuzten und verflochten sich mit denen der Nachbarbäume. Das Gras wuchs gerade und aufrecht und verlieh damit dem ganzen Gelände einen jungfräulichen Zauber, als habe seit Erschaffung der Welt kein Mensch seinen Fuß hierhergesetzt. Der Bach sickerte zwischen den steilen Ufern dahin und plätscherte über Vorsprünge und herabgestürzte Äste, die den Fluß behinderten. Die schwankenden Köpfe der Pusteblumen setzten blasse Punkte auf die Felder, Kohlweißlinge flatterten durch die Luft. Die ganze eigenartige, verschwenderisch vielfältige Welt der Blumen erfüllte das Tal. Es war einem dort so wohl, daß es geradezu unruhig machte, man nicht an einer Stelle verharren konnte, sich dieses Übermaß von Harmonie und Ruhe nur kurze Zeit aushalten ließ.

Tiefstes Bedauern und grenzenlose Erleichterung erfüllten mich, als ich wieder aufbrach.

Der Zauber dieses Ortes währte eine Zeitlang im Frühjahr. Im Herbst hingegen wurde die Wiese leer und kahl, ihre ganze Gestalt verflüchtigte sich mit den Kugeln der Pusteblumen, ihre starre Leblosigkeit hatte nichts Anziehendes mehr. Mit meinem treuen Hund marschierte ich eilig durch die

Täler und fühlte fast Beschämung über die unbegreiflichen, weichen Gefühle im Frühling.
Wir hatten nun Wichtigeres zu tun. Uns interessierte die für das Auge kaum merkliche Veränderung in der herbstlichen Färbung der Landschaft. Nach der Ernte, wenn die Äcker gepflügt waren und bevor die Wintersaat eingebracht wurde, schimmerte die Erde wie gehäutet, rötlich und lehmfarben. Die Wälder dunkelten zu schwarzen unregelmäßigen Flekken und gingen am Horizont in kobaltblaue Streifen über.
Es herrschte schon eine scharfe Kälte, an den schroffen Steilhängen der Lehmhügel schimmerten bereits die ersten weißen Flecken Rauhreif, als ich eines Tages mit dem Hund dort entlangwanderte. Wir drangen durch einen uneroberten Dschungel aus Baumstämmen, Unterholz und Lichtungen, auf denen das gelbe, noch sommerliche Gras mannshoch stand. Hainbuchen und Eichen, Fichten und wilde Birnbäume. Zugänge in die geheimnisvollen perspektivischen Verläufe des Waldes, versperrt von einem grob behauenen Baumstamm, von dem wir einen goldfiedrigen Fasan aufscheuchen. Ein Falke steigt wie ein Hawker-Hurricane hoch in den Himmel. Mit bebendem, beklommenem Herz begeben wir uns ins Dickicht. Der Wald strömt eine Leere und Fülle von Dingen aus, die sich der Erkenntnis des Menschen entziehen. Der Wald ist unbegreiflich, und ich fühle mich klein angesichts seiner Verschlossenheit. Lindernd wirken da nur die anmutigen, mädchenhaft schlanken Birken. Ihre seidige Rinde schimmert, sie sind eingehüllt in das Rieseln ihrer kleinen gelben Blätter. Es ist ein besonderes Gelb, sehr warm, eine Farbe, wie sie nur den Birken vorbehalten ist.
Ich beuge mich über den Kadaver eines Fuchses, der auf dem krummen Waldpfad liegt. Sein Fell leuchtet noch rot, mit den im Tod gebleckten Zähnen drückt er Spott aus, seine Ab-

grenzung von der Welt, bis ihm die Sperber und Krähen ein schweigsames Ende bereiten.
Gegen Abend erreichten wir wieder den Rand des Dorfes. Zwischen den Hügeln, Baumgruppen, Weilern und Einöden ragten die orthodoxen Kirchen empor. Drei sich übereinander türmende Pyramiden aus Dächern, vier- und achteckig. Die alten Schindeln sind an vielen Stellen durch bläulichweißes Zinkblech ersetzt worden. Von weitem sehen sie aus wie Galeonen, die alle Segel gehißt haben. Sie segeln von Osten nach Westen in geheimem Fahrwasser, nach einem unergründlichen Kompaß. Bei Sonnenuntergang färben sie sich rot, dunkeln schwarz vor dem Hintergrund des sternenübersäten Himmels, schaukeln im Aufruhr des feiertäglichen, sich überschlagenden Dröhnens der Glocken, drinnen brennen die Ikonostasen und Zarenpforten, die treue Mannschaft der Diakone, Popen und Ältesten beweihräuchert ihre heiligen Grundfesten und Stützbalken. Die äußeren Traufe verdecken die naive Primitivität der byzantinischen Malkunst, die heute ohnehin von billigen Jahrmarktsdrucken verdrängt wird. Die dargestellte Dreifaltigkeit scheidet grob das Gute vom Bösen, den Himmel vom Höllenschlund, vor dessen rotem Hintergrund schreckliche und komische Teufel ihre traurige Pflicht erfüllen, die Verdammten zu quälen. Bei ihrem Bau ist keine Unze Eisen verwendet worden. Ihre Wände aus kreisförmig angeordneten Balken sind auf komplizierte Art und Weise zusammengefügt, diese seit Jahrhunderten geheiligte Versatzung kam mit der Erinnerung an die Jahresringe der Zedern von Pamir in die Gegend oder aus den Zeiten, als die Wikinger, die ihre Kirchen verlassen hatten, ihre ersten Gontynen aus umgestülpten Booten errichteten. Den Friedhof neben der Kirche, geheiligtes Gelände für Spiele, die fast so alt sind wie die alluvischen Täler mit ihren

Totenstätten, umgibt ein uralter, lückenhafter Zaun aus altersgebleichten Brettern.
Als wir nach Hause zurückkamen, staken schon die Sterne wie scharfe Nägelchen in der Dekoration aus Strato-Cumuluswolken im Süden.

Abends saßen wir unten im Zimmer, dem Zimmer, das während der Wintermonate als Salon, Eßzimmer, Unterrichtszimmer und dergleichen diente. Es war mit spartanischer Einfachheit eingerichtet, soweit die Kombination einer Garnitur viktorianischer Möbel mit einer schweren Danziger Kredenz und Korbsesseln dies zuließ. Auf dem gekachelten Kaminsims standen ein paar griechische Miniaturkrüge mit blassen Spuren aufgemalter Akanthusranken und ein silbernes Mokkaset, poliert und kalt glänzend.
Der Salon war »pompejischrosa« gestrichen, von den Wänden hoben sich nur die ovalen goldfarbenen Fragonardkopien ab, die aus den Feiertagsnummern von *L'Illustration* ausgeschnitten waren. Ein schwerer grüner Filzvorhang trennte den Salon von der Eingangsdiele. Hier stand düster ein schmaler hoher Uhrkasten. Das nachgedunkelte Mahagoni glänzt im Schein des Feuers. Hinter dem Glas geht das Pendel lautlos hin und her. Oben das blasse, matte Zifferblatt mit den langgezogenen römischen Ziffern XII, I, II, III, IV, VII, wie Radspeichen, die zum Zentrum streben. In der Mitte des Zifferblatts die ziselierte Inschrift: *John Wait London*.
Umgeben von blechern-trockenen Erntekränzen spreizen ausgestopfte Adler und Fischreiher ihre Flügel. Überall Plunder aus dem Dorf und dem Adelsgut. Grünspanbedeckte Fischpfannen aus Kupfer, Bockshörner, Hirschgeweihe auf Holzscheiben mit eingebrannten Angaben, an welchem Ort und Datum die Trophäe erjagt wurde: »Hurcza 1878«, »Zie-

lony Kąt im März 1838«, »1867 Halileja«, Hauer und Schädel von Wildschweinen, ausgebleichte Dachsfelle, Meeresmuscheln, weiße und bunte, glatte und sprenklige mit dem unvergeßlichen Rauschen ferner Meere, wenn man die rosigen Wölbungen ans Ohr legt, Kohlreiben, Fässer, Truhen, Kästen, Möbel und Sessel mit herausquellendem Füllhaar, durchtränkt von Zigarrenrauch, Nippes aller Art, Kerzenhalter, Pfeifen, Aschenbecher, alte und abgewetzte Teppiche mit eingewebten Phantasieszenen in Tavernen, wo Kavaliere in straußenfedergeschmückten Hüten und Stulpenstiefeln mit großbusigen Fläminnen in Spitzentracht poussierten oder riesenhafte Rassehunde ihre sanften Augen auf Pfauen und Perlhühnern ruhen ließen. Stiche, Farblithographien, Drucke.
Draußen bilden mächtige Bäume den Hintergrund. Sie überragen das Haus, die Stämme umgeben es wie Säulen, die oben in das schwarzviolette Netz aus Ästen und Zweigen übergehen. Auf der Rasenfläche vor dem Haus, die jetzt mit Schnee überzuckert ist, eine Sonnenuhr auf einem steinernen Empirepostament. Die graue, von Wind und Regen schwarz verfärbte Platte trägt den eingezeichneten, eingestochenen *sun dial*, der eingesetzte spießförmige Zeiger ist grün angelaufen.
Wenn es draußen düster ist, der Tag mit Wolken überzogen, der vom Wind herbeigetragene Schnee gegen die Fenster und grauen Mauern des Hauses peitscht, scheint es, als strahle die Sonnenuhr das an heißen Sommertagen angesammelte Sonnenlicht aus.
Ich brachte das Fräulein an den Bahnhof, als sie nach Lemberg fuhr. Es war ein Sonntagnachmittag, eigentlich schon Abend, wenn der Dämmer sich so rasch auf die frostblauen Schneefelder senkt. Ich wollte dem Fuhrmann nicht den Sonntag verderben und ging selbst in den Stall, um anzuspannen.

Hinter dem Stalltor, das sommers wie winters stets offen stand, gähnte ein dunkler Schlund. Der scharfe Geruch von Pferdemist. Im Dunkeln trete ich von hinten an das Pferd heran. Wo das Zaumzeug ist, weiß ich auswendig. Das Sielengeschirr aus Werg mit den knotigen Gurten, die rauhen Zügel, die Zuggurte mit den Schellenketten bleiben immer an der Deichsel des Pferdeschlittens. Auf die laute Anweisung »Steht über!« drängen sie sich an die Trennwand der Box, reißen sich eine Zeitlang von dem knisternden Futter los, in dem ihr Maul steckte. Wenn ich ihnen das Zaumzeug anlege, umfasse ich ihren bebenden Hals mit beiden Armen. Sie widersetzen sich, als ich sie zäume und aus dem Stall führe. Die Schlaufen der Zuggurte sind hart wie Eisen und lassen sich schwer am Ortscheit befestigen.

Die Zügel sind entwirrt. Von der Seite bringe ich den kleinen Schlitten heran, der mit Stroh als Unterlage bedeckt ist, so daß man die niedrigen Kufen im Schnee nicht sieht. Ich straffe die Zügel, und die nun schon ungeduldigen Pferde setzen sich in Bewegung. In einem Bogen fahre ich vor der Veranda vor. Das Fräulein ist in einen großen Pelz gehüllt, im Fuchskragen verschwindet ihr Gesicht, nur ihre Augen funkeln unter der Hutkrempe. Über das Stroh breite ich eine karierte Decke, über unsere Beine einen schweren Schafspelz. Die Pferde traben los. Der Schlitten gleitet zwischen den undeutlich erkennbaren Wegrändern dahin. Der Schnee ist leicht und pulverig. Als wir die letzten Zäune des bebauten Geländes hinter uns lassen, schlagen uns Wind und aufgewirbelter Schnee ins Gesicht. Vor mir sehe ich nur die dampfenden Hinterteile im Rhythmus des leichten Trabs. Das Weiß des Schnees verschmilzt mit der milchigen Himmelswölbung zu einer weißen Kugel. Die Luft flattert wie eine Standarte im Wind und knattert wie die Segel einer Brigantine. Von Zeit zu Zeit neigt sich der Schatten einer einsamen Weide am Wegrand zu uns, hinter dem dünnen Schleier aus Schneegeflimmer ist der Baum kaum sichtbar. Der Frost brennt auf den Gesichtern, und trotz der Handschuhe fühle ich seine Krallen in den Fingerspitzen. Schneebrocken, von den Hufen hochgeschleudert, wirbeln an uns vorbei.

Wenn die ersten Sonnenstrahlen des Frühlings den Schnee auf den ausgetretenen Pfaden der Menschen zum Schmelzen bringen, jagen oben im Zenit die Wolken über die dunkelazurne Himmelskuppel. Ein kalter Wind rüttelt an den kahlen Ästen der Bäume. Das schwarze Wasser der Pfützen und Tümpel spiegelt die Himmelsjagd getreulich wider. Zu dieser Zeit ist der Himmel der Erde vielleicht am nächsten. Zu anderen Jahreszeiten spüre ich die *splendid isolation* des Himmelsabgrunds nur allzu deutlich, die olympische Abgeschiedenheit seiner Angelegenheiten von dem sogenannten Erdental.

Über den Frühling läßt sich schwer schreiben, allzu leicht verfällt man in Banalitäten, Emphase und Pathos. Angesichts seiner Herrlichkeiten, die sich Jahr für Jahr auf wundersame Weise wiederholen, bleiben uns allenthalben nur Pleonasmen und Platitüden, auf die wir zurückgreifen können, man möchte meinen, daß alles schon bekannt und bis zur Erschöpfung abgedroschen ist.

Morgens trat ich hinaus auf das Rasenstück, wo ein verstümmelter Baumstamm stand, der Rumpf einer Kastanie. Er war auf anderthalb Meter Höhe schräg abgesägt worden, aber man hatte ihm einen Ast gelassen, der grotesk und kapriziös verdreht wie auf einer chinesischen Tuschezeichnung aus der abgestorbenen Masse des Stumpfes herausragte. An den Verdickungen und der Spitze trieb der Ast pralle, braune, klebrige Knospen. In ihnen spürte man das dichte, aufgespeicherte Leben. Jeden Morgen konnte man den beharrlichen Fortschritt dieser selbstzufriedenen Entwicklung sehen. Schon sind die Knospen nicht mehr fest und geschlossen, leise lokkern und spreizen sie sich. Die braune Hülle öffnet sich, das zarte Grün im Innern wird sichtbar. Wenn man eine Woche lang diesen auserwählten Stamm immer wieder aufsucht und sich das Beobachtete verkürzt vorstellt, hat man den Effekt eines Films *au ralenti*, eine Art populärwissenschaftlichen Film über das Leben der Pflanzen. Man braucht nur die Augen zu schließen, schon setzt sich der Ast in Bewegung, er windet sich beängstigend, wächst sichtbar und wird länger, mit der ganzen Kraft und Energie der Natur vollzieht sich für das Auge wahrnehmbar eine Geburt ohne jede Scham. Bienen, früh und mutig, die ersten Bienen des Frühlings lassen sich vom scharfen Geruch der Knospen anlocken und heften sich an ihre von Pflanzensaft tropfenden Hülsen. Dann strecken sich die ersten Blättchen. Sie sind hellgrün, haben noch ihre zarten Falten und Fältelungen, und bis sie auswachsen, haben sie etwas Abstoßendes, miniaturhaft Verunstaltetes an sich, wie Embryonen in den ersten Schwangerschaftsmonaten.

Dann aber brechen in schwindelndem Tempo gefiederte Büschel resoluter Blätter hervor, die sich so natürlich anfühlen, als seien sie schon seit den Farnwäldern des devonischen Zeitalters hier. Wenn es ein Jahr ist, in dem die Maikäfer schwärmen, dann werden sie sich bald an diesen Blättern gütlich tun. Abgenagte Stengel werden von ihnen übrigbleiben, und der Baum wird sich lange damit mühen, eine nächste Ausgabe herauszubringen, die, anämisch und kränklich, erst in der Hitze des Hochsommers erscheint.

Doch wir wollen uns nicht auf die Betrachtung der Kasta-

nie im Frühling beschränken, so leicht es auch wäre, sich darauf zu konzentrieren, wir müssen uns auch den Dingen zuwenden, die sich ringsum tun. Das Gras ist natürlich schon längst und unbemerkt an Gräben und Böschungen, auf Wiesen und Weiden, im Garten, zwischen Beeten, auf alten Dächern und Mauern gesprossen, überall, wo man es nicht braucht. Es kommt als erstes, ist aber nachgiebig. Es bahnt den Weg, gibt unzähligen phantastischen Pflanzen und Gewächsen ein Beispiel, und diese wetteifern jetzt darum, sich in Form, Originalität und Erlesenheit der Erscheinung, in ihren Schattierungen von Grün, im Zeitpunkt des Erblühens und Vergehens hervorzutun. Alles wächst auf den Gräbern der Vorfahren vom vergangenen Jahr, hier vollzieht sich das Ritual des Liebesakts, hier verbrennen sie in der Glut der heißen Sonne und verfaulen an langen Regentagen. Der Fuß des ungeduldigen Menschen trampelt über sie hinweg und der Huf des geduldigen Tiers. Sie neigen sich im Wind, der von Nordwesten weht, und die Sonne sprenkelt sie mit Schattenflecken. Die Blüten der einen schauen zum Himmel, die Kelche der anderen neigen sich nachdenklich dem Staub zu. Sie fallen, wo sie niedergetrampelt werden, und richten sich auf, wo Sonne und Wasser es begünstigen. Sie duften nach den Namen, die Wald- und Wiesenquacksalber oder Verliebte ihnen in Aufwallungen von Begeisterung gegeben haben.
Ins Städtchen fuhr man durch die sogenannten *Czarne*. Die Straße wand sich gemächlich über einen flachen Hügelrükken, auf dessen Gipfel das Kreuz eines vergessenen Soldatenfriedhofs die Arme ausbreitete. Dann ging es zwischen Äckern mit grüner Wintersaat weiter, über ein breites Bachbett, Hasen sprangen am Wegrand auf, in der Ferne flatterten Kiebitze mit tieftraurigen Schreien empor. Nach dem wei-

chen Schaukeln über tiefen Schlamm verfiel der Wagen in einen raschen Rhythmus, sobald er an der Wegkreuzung hinter der Schenke die befestigte Landstraße erreichte. Panko, steif und vorschriftsmäßig auf dem Bock, fand mit großem Können die besseren Stellen der schlecht erhaltenen Verkehrsstraße. Er war fest gegürtet und hatte sich die karierte Reisedecke umgewickelt, er blickte sich nie um und brauchte selten die Gerte für die Pferde, die auch ohne diese schnell vorantrabten.
Die mit kantigen Schotterbrocken markierte Straße verlief zwischen den Kehren schnurgerade. Zu beiden Seiten wuchs grünes Gras, hier und da unterbrochen von sandigen Stellen. Es wehte ein Frühlingswind, die Frühlingspfützen glänzten. Kleine verkrüppelte Kiefern neigten ihre silbriggrauen Kronen. Ratternd passierten wir die Brücke am Mühlrad im Schatten des trutzigen Mühlenbaus. Am Einfahrtstor war das runenartige Bild eines Fuchses zu erkennen, das Wappen des herrschaftlichen Eigentümers. Wieder eine Kehre, und die Straße führte in einen dichten Kiefernwald. Die fernen lichten Perspektiven der Baumreihen und Waldschneisen liefen auf uns zu. Zwischen den Bäumen gaben die Elstern den Ton an mit ihren langen Schwanzfedern und leuchtend weißen Flecken im Gefieder.
Dann war der Wald zu Ende, und unvermittelt erschienen die Gebäude des Städtchens. Ein Gewirr von Dächern, trostlose Telegrafenmasten, das schimmernde Weiß ihrer Isolatoren. Langes Warten an den geschlossenen Schranken des Bahnübergangs, hinter denen eine schweißbedeckte Lokomotive vorüberkeuchte.
Endlich kam ein buckliger Eisenbahner aus dem Stellwärterhäuschen und kurbelte die Schranke hoch.
Das Städtchen mit seinen Häusern, denen Schlamm und

Elend ihre Lepraspuren aufgedrückt hatten, lag grau und flach unter dem großen Himmel. Die Gassen, die zum Markt führten, waren gesäumt von dichtgedrängten jüdischen Lädchen. Die Türen standen offen, an dem abblätternden gestrichenen Holz hingen Eisenzeug, Ketten, Fabriktand, Zwiebelzöpfe und Emailschilder, die schreiend bunt Zichorienkaffee anpriesen. Armseligkeit und Elendigkeit dieses Städtchens entrückten es in geradezu mystische Sphären. Das Fräulein und ich gingen durch die Gassen, um irgendwelche Besorgungen zu erledigen, aber in Wirklickeit waren wir wie benommen. Der blaue Himmel schimmerte zwischen den Dächern, die der Rost an den Stellen anfraß, wo die silbrige Verzinkung fehlte. Lehm- und Schlammspritzer bedeckten die Wände der blaßblau und blaßrosa getünchten Häuser.
Der ausgedehnte Marktplatz ist ungeebnet und miserabel gepflastert, doch er liegt im Schatten der herrlichen Kollegienkirche, deren Renaissancelinien so rein sind, daß sie geradezu physisch wohltun. Die Harmonie des Bauwerks, sein Stolz, seine Ruhe und Vollendetheit verkörpern die Geschlossenheit eines menschlichen Gedankens. Dabei spielt es keine Rolle, daß sich diese Architektur vor dem denkbar ärmsten Hintergrund ereignet, daß das Elend und die Öde um sie herum, die unverhüllte Drohung von Vergessen und Vergänglichkeit ihre Herrlichkeit gleichsam mindern wollen. Wir gehen um die Kirche herum, berühren verstohlen die bröckelnden Mauern, tauchen in den Schatten ihres Innern. Der rosafarbene Marmor schimmert frisch, als seien die Wände erst gestern und nicht vor dreihundert Jahren damit verkleidet worden. Die schweren Leinwände der Altamonti-Gemälde dunkeln in riesigen Quadraten an den Wänden der Querschiffe und legen sich am unteren Rand wie Segel in Falten. Der Alabaster der Grabmäler wirkt warm wie weib-

liche Haut. Die Kuppel über dem Transzept ist geborsten und läßt eine Lichtkaskade hereinfallen.
Zwischen jüdischen Kindern und schwachköpfigen städtischen Wasserträgern bleiben wir draußen stehen und bewundern das Portal, das schon barock ist, mit der eingeschnitzten Inful und dem Wappen des Bischofs, dessen schwarzes Skelett unter der abgetretenen Grabplatte im Hauptschiff liegt, dann wandern wir wieder durch die Gassen des Städtchens, blicken in den bodenlosen Brunnen am Zugang zum Teich, gehen vorbei an den Häuschen, den holzgerahmten, verglasten Veranden der Bürger, über die schlammbespritzten hölzernen Gehsteige, die unbetretbaren, die nur für die Würdigen und Geachteten sind, wie für heilige Kühe in Indien.
Es war zur Zeit des jüdischen Hamansfestes, und die Kinder, die hinter uns herzogen, hatten die Gesichter unbeholfen und rührend komisch mit Farbe und Kohle bemalt, auf den Köpfen trugen sie Papierhüte. Die Kinder lärmten, offensichtlich waren sie von uns angetan. Sie hielten das Fräulein an der Hand, mit Mühe balancierten wir zwischen den Pfützen dahin, in denen sich unter unseren Füßen der Abgrund des blauen Himmels auftat. Wir gingen durch das ganze Holzlager, zwischen den Bretterstapeln hing der Geruch von Harz und Terpentin in der Luft. Wie gelbes Mehl bedeckten die Sägespäne den Schlamm. Wir verließen das Holzlager und stießen wieder auf die apokalyptischen Kinderumzüge.
Die Sonne zog über dem Städtchen ihre Bahn und tauchte Dächer und Zäune in einen verzaubernden Glanz. Panko wickelte die Zügel vom Pfahl und zäumte die ungeduldigen Pferde. Lange schräge Strahlen lagen quer über der Straße. Die Baumwipfel leuchteten wie in Gold getaucht. Der Fuhrmann warf keinen Blick zurück.

Der Jesuitengarten

Stundenlang kann man unter den hohen Bäumen des Jesuitengartens sitzen. Er liegt an einem sanften, nach Norden hin abfallenden Hang, deshalb brennen die Sonnenstrahlen nie senkrecht darauf nieder, während die hohen Bäume ihm immer Schutz bieten.

Die hohen Bäume! Sie wachsen in Gruppen, senkrecht ragen die Stämme empor, verzweigen sich erst in schwindelnder Höhe von etlichen Metern. Das silberne Laub der Weichselpappel im Wechsel mit dem roten Laub der Buche. Kaum etwas anderes auf der Welt macht unser Streben nach der Sonne, unsere Abhängigkeit von ihr so deutlich wie die Zweige der Bäume. So aus der Erde emporschießen, sich in tausend Äste und Zweige aufspalten, die eifersüchtig und zielstrebig ihren eigenen Weg zur Sonne suchen, sich dann in Begeisterung in der errungenen Höhe unter dem einzigen, unirdischen Blau wiegen – das können nur die Bäume. Die vielleicht würdigste Form des Überdauerns, die herrlichste Form der Reinkarnation für den Menschen wäre, glaube ich, die Verwandlung in Bäume, ein Philemon-und-Baucis-Paar zu werden und als Bäume ewig zusammenzubleiben.

Von Zeit zu Zeit mußte ich auch mit ansehen, wie ein Baum zu Tode kam. Ein energischer Leiter der städtischen Parks hatte sich in den Kopf gesetzt, den Baumbestand auszudünnen oder kranke und überflüssige Einzelbäume zu beseitigen. Dann sah man tagelang phlegmatische Holzhauer, die sich am Fuß des ausgewählten Baums zu schaffen machten. Umringt von den unvermeidlichen Gaffern, sägten sie mit

Hilfe ihrer von vieler Benutzung und Handhabung glattpolierten Werkzeuge am unteren Ansatz des unbezwungenen Kolosses. Es war ein seltsamer Anblick, wie die Baumkrone oben, auf sechzig Meter Höhe, lebte und rauschte, während unten die breite gezahnte Säge mit Schwalbenschwanzblatt in Rinde und Fasern schnitt und die Stahlnacken der Äxte Keile mit gespreizten Köpfen in das Holz trieben.
Irgendwann stockte dann der unvermittelt aus dem Leben gerissene Baum in seinem Schwanken, sah sich am Abgrund des Unausweichlichen, und plötzlich stürzte diese grüne Welt, die Seile zerreißend und krachend, Äste und Hindernisse ringsum zertrümmernd, verzweifelt zu Boden. Dann knackt es noch einige Male, ein paar alte Blätter kreiseln von irgendwoher durch die Luft und landen im Gewirr der Zweige – und Stille ...
Anschließend sind Tagelöhner lange damit beschäftigt, den Stamm in riesige Teile zu zerlegen, die Axt holt weit über den Astgabelungen aus, es sind jetzt weniger Schaulustige da, und sie betrachten das ganze eher philosophisch, leisten Beistand bei diesem Begräbnisritual. Erst Wochen später ist die Stelle ausgereutet und umgegraben, das zartgrüne Vlies frisch gesäten Grases erscheint zwischen den roten Erdbrokken, und nur an dem frischen Holz und dem neugezogenen Draht in dem ausgebesserten Zaun sieht man, wo der Baum gestürzt ist.
Einen Tod zu beobachten gehört nicht zu den vergnüglichsten Beschäftigungen, und der Tod eines Baumes kann ebenso erschütternd sein wie der Tod eines Menschen.
Dort im Jesuitengarten saßen Kinderfrauen mit jüdischen Kindern aus fortschrittlichen Familien, Arbeitslose, Veteranen des Aufstands von 1863, Jurastudenten mit ihren Pandekten, und sonntags nachmittags die Dienstmädchen, die Aus-

gang hatten, und Soldaten auf Urlaub (*les servantes et les militaires*, wie die Großmutter des Fräuleins zu sagen pflegte). Das Haus der Großmutter stand dem Garten gegenüber.

Die schwarzen Zweige der Parkbäume zeichneten sich vor dem Hintergrund der Wand dieses Hauses ab wie ein Netz auf altem, von Rissen durchzogenem roten Lack. Die Fenster waren vergittert, und das Fenster zum Zimmer des Fräuleins, direkt über dem Eingangstor, sah aus, als könne jeden Augenblick die Kastellanin ihren Kopf herausstrecken, soviel absonderliche Künstlichkeit und kranke Romantik verband sich damit, und überhaupt wob sich eine komplexbeladene Atmosphäre um das Ganze.
Einmal kam ich ins Krankenhaus, als sie auf dem Weg der Genesung war (es war Besuchstag bei den Kranken mit dieser schrecklichen »Von 14-15 Uhr«-Regelung), im Gewimmel all derer, die ihre hier leidenden Nächsten liebten und mit allen möglichen Nahrungsmitteln und anderen unnötigen Dingen beladen waren, ging ich in das doppelt verglaste Sanatorium, über das glänzende Linoleum in den Saal, in dem ihr Bett stand, und ich sah, daß es leer war. Die kranken Genossinnen erklärten mir mit einer Mischung aus Neugier, Genugtuung und Mitleid, daß das Fräulein heute schon in Begleitung der Tante das Krankenhaus verlassen habe, in einer Droschke seien sie abgefahren. Das traf mich wie ein Keulenschlag!
Ich kehrte in die Stadt zurück, Stunden vergingen, in denen ich mir in die Lippen biß, vor Kummer und Zorn tanzten mir rote Flecken vor den Augen, schließlich machte ich mich daran, einen Brief zu schreiben. Ich klebte ihn zu, leckte eine Briefmarke an und setzte sie in die obere Ecke.
Den Brief trug ich auf die Post, dann ging ich auf die Seite

des Jesuitengartens, die dem Haus ihrer Großmutter gegenüberlag. Ich wußte, daß sie dort war, daß man sie an keinen anderen Ort gebracht haben konnte, und ich wanderte über die gewundenen Parkwege, die Bäume zogen an mir vorbei und durch mich hindurch, und das rote Haus verschwand und erschien hinter den Mulden und Anhöhen des Gartens. Der Schotter knirschte unter den Sohlen später Passanten, und der ferne Straßenverkehr raunte.

Ich bekam sofort Antwort von ihr, einen ungeheuer verschreckten Brief mit allen möglichen Erklärungen, vor allem aber mit der Einladung, zu ihr zu kommen, und sofort, auf der Stelle, machte ich mich auf zu dem roten Haus. Sie stand an diesem Fenster über dem Tor, lustig, reizend und lieb, wie die Schloßherrin in einem Dienstmädchenroman. Sie kam zu mir hinaus auf die Treppe und führte mich in den schweren viktorianischen Salon, ich sah nur sie.

Wir ignorierten die Hausgenossen, die, von den Zimmermädchen bis zu den Tanten, pikiert, hochnäsig und aristokratisch, wie sie waren, mit Diskretion und Höflichkeit ihren Widerwillen gegen diese unabwendbare Situation bekundeten.

Ein zwerghafter Jagdhund tauchte in der Ferne auf, As, Asik, er war der einzige, der sich uns beiden freundlich zugetan zeigte.

Mein Puls schlug mir die Sekunden.

Das Fräulein holte einen einfachen Fotoapparat, und in der Sonne auf dem Balkon zum Hof machten wir alle möglichen »snapshots« voneinander und mit As.

Danach bedurfte es keiner weiteren Erklärungen, ich ging fort, und wir würden uns wiedersehen.

Es war schon später Nachmittag, Abend, und diesen Nachmittag, diesen Abend werde ich mein Leben lang in Erinnerung behalten.

»Herr Meister, ham'n Se nich 'ne Kippe für mich?«
Dziunek Fisz redete den ärgsten Slang und hatte zarte Hände mit langen sensiblen Fingern.
Einmal, nachdem ein sagenhafter Schneefall eine dicke weiße Decke über die ganze Stadt gebreitet hatte, schaufelte Dziunek Fisz drei Tage lang Schnee vom Dach des Hotels Krakau, das war die längste Lohnarbeit in seinem Leben.
Als der Fürst d'Aosta Abessinien besiegte, machte sich jener Dziunek nach Addis Abeba auf und trug viele Wochen lang den Spitznamen »der Abessinier«.
Dann zog er in den Spanischen Bürgerkrieg, wobei es ihm und anderen unklar blieb, ob er auf der Seite der Falangisten oder der Republikaner stand.
Normalerweise jedoch verkaufte er in der Mikolasch-Passage Draht, in kleine Stücke geschnitten, als »Feuerzeugsteinchen«, oder Präservative namens »Olla Gum?!«, ein Patent, das auf der Hygienemesse in Cluj mit der Goldmedaille ausgezeichnet worden war, und abends konnte man ihn rezitativisch auf der Straße skandieren hören: »Falanga – Zeitschrift gegen die Juden zehn Groschen – Falanga!« stieß er triumphierend den Slogan in einem Atemzug aus.
»Geben Se mir doch 'n Zug!«
Aber Dziunek Fisz traf ich erst ganz spät am Abend.

Als ich gegen Abend aus dem Haus der »Großmutter« meines Fräuleins kam, knirschte Glas unter meinen Sohlen. Schwere Wolken waren aufgezogen, tiefdunkelblaue Wolken. Nur an einer Stelle verdarb die Farbe zu einem schmutzigen Orangerot, und diese Wolke allein war vor dem Hintergrund der anderen, leblos in der Luft hängenden Wolken lebendig, sie wurde mal voller, mal dünner, und von unten stiegen neue, dicke Wolken auf, die ihr zu Hilfe kamen. Mir wurde klar,

daß es keine Wolke am Himmel war, sondern daß es irgendwo brannte.
Es brannte in der Gegend der Kazimierzer Straße.
Neben der Post knirschte mir wieder Glas unter den Füßen. Die Rolladen der Geschäfte waren heruntergelassen, einige jedoch hingen schief, andere waren gar nicht geschlossen, und da waren die Schaufensterscheiben zerschlagen, die Scherben lagen auf dem Gehsteig.
So gedankenverloren ich auch war, die Unordnung und die Unnormalität fielen mir allmählich doch auf und beunruhigten mich.
Die Straßen waren leer, ausgestorben, das Abendlicht entfachte ein Flackern in dem gläsernen Besatz des Pflasters.
Nirgendwo war Verkehr.
Als ich auf die Kazimierzer Straße hinaustrat, sah ich, daß es nicht dort brannte, sondern weiter oben, vielleicht am Anfang der Gródek-Straße, wo Lagerhäuser standen, und dort sah man auch rote Funken, die in der Luft flackerten, in den Straßenbahnschienen spiegelte sich der rote Widerschein.
Quer über die Straße lag eine umgestürzte Straßenbahn, sie wirkte sehr filigran ohne die Scheiben, die zu Glasstaub zertreten überall verstreut lagen. Sie war rot wie Lippenstift, und ihre Unterseite, abstoßend wie der Unterbauch eines Maikäfers und ganz anders als die glatte, angestrichene Karosserie, legte die normalerweise verborgene Maschinerie des Elektromotors von Siemens-Schuckert und das komplizierte System der pneumatischen Bremsen von Brown-Bovery offen. Und trotzdem sah sie blechern und billig aus, wie ein Aufziehspielzeug, das kaputtgegangen und mitten in der Unordnung eines Kinderzimmers liegengeblieben war.
Jetzt knirschte das Glas unablässig unter meinen Füßen, und

in diesem Knirschen kam jemand auf mich zu, und es war ein Bekannter – Dr. Chełdziarz.
Dr. Chełdziarz hatte sich auf Kardiologie spezialisieren wollen, aber war jetzt Arzt in der Notfallabteilung.
Er stürzte auf mich zu und sagte:
»Haben Sie keine Zigarette für mich?«
Erstaunt bot ich ihm eine an, denn eigentlich verabscheute er Tabak. Er nahm einen Zug und fluchte:
»Zum Teufel, verstehen Sie, zum Teufel mit dem Humanitarismus und dem ganzen Rest. Wissen Sie, wie viele ich heute verbunden habe?« Er stopfte die befleckten Manschetten seines Hemdes weg …
»Was ist passiert?«
»Was passiert ist? …«

Am Abend zuvor war ich mit Tadeusz Wara auf unsere Versammlung gegangen.
»Warte – sofort«, sagte Tadeusz Wara an der Tür zu mir. »Ich hab's!«

»… als ich das erste Mal dies Haus betrat,
hat mir einer der dortigen Burschen gesagt,
wie es dort um die Dinge stand:
die Mama ein Hure, der Papa ein Dieb,
am Sohn bin ich nicht interessiert …
doch gern wär ich mit der Tochter bekannt …«

Wir gingen ganz beiläufig hinein. Diese Treffen waren halboffiziell, die seltenen Sitzungen der Troubadoure und der Trouveren, mit einem Vorsitzenden und dem Einsammeln von Beiträgen (zu unbekanntem Zweck) in einem Hut. Unweigerlich auch ein paar Mädchen im Schlepptau derer, die es am meisten nach einer prickelnden Atmosphäre gelüstete. Wir hatten uns verspätet und trafen gleich auf Bochenek, in ausgebeulten Hosen und schiefgelaufenen Schuhen saß er tief in einen Sessel versunken, ohne eine Spur der Verlegenheit und Tölpeligkeit, die er auf der Straße an den Tag zu legen pflegte; mit einer Mischung aus Seminarbelesenheit, Vorliebe für Paradoxa und der Originalität einer Schmalspurmanie hielt er Grundlagenvorträge zu philosophisch-literarischen Themen.

Tadzik Wara mit seinem Totenschädelkopf und den tief in den Höhlen leuchtenden blauen Augen bleckte beim spöttischen Lächeln die Zähne wie ein *caput mortis* und unterbrach ihn mit Witzen, die in ihrer Brutalität und Obszönität sogar uns blasierten Kerlen gegen den Strich gingen.

Połmiński setzte sich an den Flügel, er hatte einen unangenehmen Tick: Vor dem Spiel reckte und streckte er sich und rieb sich die Augen, oder vielmehr drückte er auf die Augäpfel, bevor er die Finger auf die Tasten legte und sie sich im glänzenden Lack des Deckels spiegelten, wo in goldenen Lettern »W. Szkielski und Sohn, Klavierfabrik« stand; dann erfüllte Rachmaninow das ganze Zimmer. Ich mochte Połmińskis Interpretationen nicht, unter seinen Händen wurden es paranoische Stücke mit einem brausenden Höhepunkt, voller Snobismus und Affektiertheit.

Neue Gäste warfen ihre Mäntel auf den Stapel im Flur und ignorierten unbekümmert die Dame des Hauses, der es an diesem Tag zugefallen war, Gastgeberein der Versammlung zu sein. Das war an diesem Tag wohl Frau Bentz, auch »Mercedes« genannt, doch ihre von den Troubadouren der Reihe nach angehimmelte Tochter hatte eine realistischere Sichtweise der Dinge als die Mama.

Alle redeten laut und fast gleichzeitig.

»Wir Menschen der Kunst«, übertönte Wara alle anderen, »wir sind, wie man beinahe verallgemeinernd sagen kann, wir sind charakterlos. So traurig das einerseits sein mag, so gibt uns doch andererseits eben dieser Charaktermangel, dieses rachitische Rückgrat, die Teigigkeit der Psyche, Möglichkeiten, ein Material, wie es nicht jeder erste beste monumentale und eintönige Vertreter von Solidität und Fadheit hat.«
»Vom Heldentum«, wandte Halina Chwacka ein, »vom Heldentum kann nur ein Mensch richtig schreiben, der rasende, bis zur völligen Hoffnungslosigkeit gesteigerte Angst erfahren hat.«
Wara: »Aber, mein Feldmäuschen, es kann sich dabei nicht um eine Atonie des Charakters handeln, denn das würde eine Mattheit zum Ergebnis haben, wie sie diesen Monumentalen anhaftet.«
Halina Chwacka mochte Wara nicht und beschränkte sich darauf, ihm die Zunge herauszustrecken.
Połmiński (am Flügel): »Das werden wohl eher stete Beunruhigungen, Bekehrungen und etwas Phönixhaftes der Erscheinung sein.«
Bochenek: »Gleichwie, dieser Charaktermangel ist nichts Angenehmes. Passiert es euch nicht auch, daß ihr jemanden außerhalb unseres Kreises trefft, und seid ihr dann nicht – ich rede hier von einem Beispiel außerhalb, denn für uns selbst haben wir die Sensibilität verloren – und seid ihr dann nicht auch wahnsinnig enttäuscht? Dem läßt sich nicht abhelfen. Was auffällt, ist die offensichtliche Disproportion und Unechtheit im Verhältnis zwischen ihrem Schreiben und Leben, ihrem Aussehen, ihrer Ungehobeltheit und Unmanierlichkeit, natürlich in diesem metaphysischen Sinn, ihrer Anmaßung, oft vereinen sie eine ganze Menge allgemeiner Fehler in sich.«

Wara: »Und obendrein natürlich auch noch das Komödiantentum.«
Bochenek: »Es sieht so aus – und vielleicht sieht es nicht nur so aus, sondern es ist wirklich so –, daß die Künstler nach ihrer Lossagung von der erfahrenen Wirklichkeit um eben diese verpaßten Gelegenheiten fürchten, die sie in fetter Druckerschwärze verdammt haben, und versuchen, sich an irgendwelchen Spielchen schadlos zu halten, die im Grunde nicht nur ihrer, sondern der Menschheit im allgemeinen nicht würdig sind.«
Wara: »Aber das Spielen, die Schauspielerei, liegen doch in der Natur des Menschen. Ich glaube, nur sehr pflanzenhafte Instinktmenschen sind frei davon. Das ist das Bewußtsein, die Gier nach einem Bewußtsein der Existenz, das spielt dabei eine Rolle. Unterbrich mich nicht, Feldmaus, das ist dein Heldentum, das namenloseste Heldentum, wenn das Subjekt sich seines Heldentums nicht bewußt ist, dann ist es eigentlich gar kein Heldentum mehr, dann ist es gar nichts. Wenn wir uns zum Beispiel eine konzentrierte, atemberaubende Tat vorstellen wollen – ohne einen Hintergrund, gegen den sie sich abhebt, ohne Zuschauer, ohne dramatische Begleitbedingungen ist sie nichts, das will ich noch einmal betonen. Wenn sich in den ersten Tagen der Schöpfung auf der Erde herrliche, furchtbare Dinge taten, phantastische Eruptionen, Orgien schillernder Farben in Spektren von Flammen, die seit Millionen Jahren nicht wieder emporgelodert sind, die ausgebrannt sind, oder gigantische Klangsymphonien, herrliche, erhabene Augenblicke des Werdens der Dinge – und kein bewußtes Gehirnexemplar war dabei zugegen, kein wahrnehmungsbereites Bewußtsein zur Apperzeption dieser Dinge, dann ist es so gut wie nicht existent für uns, es ist ganz einfach vergeudet, und zwar so gründlich, daß

es sich nicht lohnt, auch nur einen Gedanken daran zu verschwenden.«
Połmiński: »Aber ich sage euch, das Erforschen dieser Dinge, wie zum Beispiel die archäologische Untersuchung einer Sprache, wie sie vor tausend oder zweitausend Jahren gesprochen wurde, um aus den erhaltenen Bruchstücken einen Schatten von dem zusammenzufügen, was war und lebte, das ist eine Manie, soviel wert wie das Sammeln alter Korken. Des Menschen würdig ist allein das Erleben des Jetzt. Das ist das Edelste und Erhabenste – das Leben! Daher rührt die instinktive Anhänglichkeit ans Leben bei allen, bei den Menschen, ohne Unterschied, bei den Tieren, den Pflanzen. Die ganze Fülle des Lebens erwächst aus der Bestätigung seiner Existenz. Ein bestimmtes Maß dieser Bestätigung tragen wir schon in uns, weiteres erwerben wir hinzu, dank unserer Fähigkeit zur Kontemplation des Sichtbaren. Weil wir diese Erfahrung des Zuschauertums haben, wissen wir, wie groß der Wert der doppelten Erfahrung im Schauspielertum ist, deshalb spielen wir Rollen, und daher rührt auch diese Bochenskische Schauspielerei.«
Er verstummte, spielte eine Passage, damit ihm niemand ins Wort fiel, und schloß dann unwillig:
»Und der Preis für diese Genugtuung ist die Bitterkeit unseres Bewußtseins ...«
Danach tranken wir Wodka, die Stimmen tönten durcheinander, jemand erklärte:
»... aber Kamena ist doch eine Waldnymphe ...«, jemand bedauerte, daß Bronek Wojtski nicht da war, ein Meister auf der Mundharmonika.
»Auf die Gesundheit der Damen trinkt man deshalb«, falsettierte Wara, »weil, wenn die Damen gesund sind, sind wir auch gesund.«

Es war schon spät am Morgen, als wir betrunken über den Markt nach Hause gingen. Berge von Grünzeug auf dem Gemüsemarkt, morgendlicher Handel und Betriebsamkeit.
Mit Mühe gelang es uns, Połmiński von einem Stand wegzuzerren. Er klammerte sich daran fest, um eine Rede an die Händler zu halten.
Zwei Stunden später stand dort eine große Menge Arbeitsloser, und ihre Delegierten kamen aus dem Bürgermeisteramt.
Eine weitere Stunde später wurde einer von ihnen bei einem nicht genehmigten Marsch über den Akademieplatz von einer Kugel aus einem Polizeirevolver getötet. Die Leiche warf man auf eine leere Möbelkarre, spannte die Pferde und schleppte die Karre in einem eilig gebildeten Demonstrationszug auf den Bernhardinerplatz, wo sie stehenblieb, als die Menge in rasender Angst vor dem breitgestreuten, ungezielten, entfesselten Feuer aus den Maschinengewehren der Polizei die Flucht ergriff …
Da war es schon Nachmittag, und ich war zu diesem Zeitpunkt im Haus der Großmutter des Fräuleins, dort am Jesuitengarten.

»Was ist passiert?«
»Wissen Sie, wenn man seit der ersten Vorführung des Prosektors da drinnen sitzt, dann kann man ganz blasiert werden. Ich bin sogar stolz auf meinen Zynismus – aber wenn man mit einem solchen Phänomen von Massenepilepsie in einer Menschenmenge konfrontiert ist, das kann einen schon erschüttern, wissen Sie? Stellen Sie sich doch mal zwei Menschenmengen vor, eine große, Chaos, Aufgeregtheit, Furcht, und eine zweite, kleine, ein gutes Dutzend Feiglinge, und diese Angst, und weder hier noch dort ein klarer Gedanke.

Wissen Sie? Ein Streifen im Maschinengewehr, Zirkus, Lotterie, der zweite Streifen, verstehen Sie? Ich bekomme einen Menschen-Blutsturz geliefert, und alle sind ganz erregt, stinken nach Schweiß und Urin vor tierischer Angst, und weil sie nicht wissen woher, wer, warum ...
Wo ist der Ursprung davon? Was ist daran? Das läßt sich nicht unterdrücken. Hören Sie, als ich Student war, fuhr ich mit einer Antityphuskolonne hinaus. Wir haben immer noch schwelende Herde von Flecktyphus in Pokuta, was sag ich – hier! Vierzig Kilometer von hier in Jaworowski, da sind auch diese schwelenden Herde, und ebenso haben wir Kreise, Nester einer permanenten Hungersnot, nicht nur vor der neuen Kartoffelernte, mein Herr, eine permanente Hungersnot, mit aufgedunsenen Hungerbäuchen – verstehen Sie? Einmal haben wir in einem solchen Typhusgebiet eine Bettlerin aufgegriffen, sie wurde geschoren, gebadet, neu eingekleidet – und wissen Sie was? Wir mußten sie ins Bett stecken und zur Ader lassen, weil sie Bluthochdruck bekam, verstehen Sie? Soviel hatten ihr die Typhusläuse jeden Tag abgezapft ...
Nehmen wir mal an, daß irgendeine Riesenhand diese Stadt, dieses Elend ernähren und in Wohlergehen wiegen würde, hätten wir dann auch Bluthochdruck, oder haben wir den schon jetzt, wo man sie anzapft ...«
Er machte eine wegwerfende Bewegung mit der Hand und ging. Das Dunkel verdichtete sich, nur noch die Notenlinien der Telegrafenleitungen hoben sich scharf vom Himmel ab, und von diesen wiederum das feste Überlandkabel der Telefonleitung, und diese schnitten den Himmel in willkürliche, beunruhigende Rechtecke.
Wieder knirschte Glas, und mit schleppendem Schritt näherte sich Fortunat Zajączkowski, der mich erkannt hatte:
»Das paßt nicht zu dieser Stadt, nicht wahr? Zu diesem gro-

ßen Dorf – einmal ist es schon vorgekommen, da gab es ein Massaker auf dem Strzelecki-Platz, als Leon Piniński Statthalter von Galizien war, und unterdessen saß dieser Komödiant bei sich zu Hause und spielte Chopin auf dem Flügel, der Narr!« empörte sich der in seinen Urteilen unerbittliche »Zając«.

»Wer sind diese Leute, was ist das für eine Stadt? Gehört die Stadt den Professoren? Den Beamten? Nein, und auch nicht der Bourgeoisie, die dieser Kugel eine dünne Glanzschicht verleiht. Auch nicht den ›armen‹ Juden, die man um die Investitionsanleihen betrogen hat, diese ›armen‹, denn ich rede nicht von ein paar Multimillionären. Und auch nicht den Komsomolzen vom Ghetto an der Krakowskie Przedmieście, die das Paradies in den Schillerschen Dramen besetzt halten, noch den Eisenbahnern von der Gewerkschaft. Mein Herr, diese Stadt ist ein Dorf, wer auch immer hier angewandert kommt – allzu viele Weiler, Sandhügel, Schluchten und Berge dieses Landes sind schon von der städtischen Mimikry durchdrungen und erfaßt –, bringt seine Sprache, seine Worte mit, und das alles mischt sich in diesem Tiegel und verschmilzt, bekommt seinen eigenen Akzent, der nicht besonders lieblich ist – einigen wir uns darauf, daß das Lembergerische nicht besonders lieblich ist, es wird zu einer Sauce, polnische Sitte, russisches Vorurteil, jüdischer Schmonzes, und langsam wird daraus etwas Neues, Eigenes, Einzigartiges ... Einmal hat mir doch jemand gesagt, vom Stryjer Friedhof herab sehe es aus wie Florenz mit der Brunelleschi-Kuppel und der Signoria ... Lassen wir das ...«

Zając stand kerzengerade an seiner Krücke, aus irgendwelchen mir unbekannten Gründen sagte er »Entschuldigung« und ging in Richtung Stadtwall und Bonifratrów-Straße, wo er wohnte.

Ich war schon fast zu Hause, da scharrten die Reifen eines einsamen Taxis an der Ecke, und die Bremsen quietschten. Es war eine »Liebesgondel«. Hinter dem Steuerrad neigte sich ein Kopf mit Helm und Schal heraus, und ich wunderte mich, daß es nicht der Besitzer war, der fuhr.

»Was ist mit Machorski los?«

Machorski war der Besitzer des Fahrzeugs, ein großer und gutaussehender Mann, der an Wintertagen in einer Gruppe anderer Chauffeure an der Ecke meiner Straße zu stehen pflegte, denn dort befand sich ein Taxistand. Ich machte leider meistens einen Umweg, um nicht an diesem Stand vorbeizukommen, denn er grüßte immer mit einer Verbeugung, und das war mir komisch und ihm unangenehm. Ich war ein sehr seltener Kunde, deshalb gebührte mir diese Reverenz gar nicht, doch hatte er nun einmal vor den anderen Chauffeuren damit angefangen, da konnte er es nicht gut wieder aufgeben, und so war es für uns beide eine peinliche Situation.

Machorski war ein paar Monate im Knast gewesen.

»Herr Redakteur« – so nannte mich Machorskis Gehilfe, weil in dem Haus, wo ich wohnte, auch eine Redaktion war – »gehen Sie heim, Herr Redakteur? Wissen Sie, die von der Untersuchungsbrigade sind gekommen und haben gefragt, was mit seiner Frau ist. Sie ist weggegangen, sagt er ihnen. Sie ist weggegangen – und dann? Weggegangen und nicht wiedergekommen? Ja, nicht wiedergekommen. Da haben sie ihn monatelang festgehalten, und schließlich haben sie ihn freigelassen, und er ist gegangen und hat Wodka getrunken und hat ein Orchester für sich aufspielen lassen, zwanzig Zloty hat er hingeworfen und hat *Dieser letzte Sonntag* spielen lassen und hat sich erschossen, da haben sie den Rettungsdienst geholt, aber bevor sie ankamen, ist er in dieser Bude verendet.

Ich hab ihm damals in der Werkstatt geholfen, und jetzt nimmt die Familie das mit in die Masse (dieses »Masse« sprach er mit vielen »s« aus), in die Erbmasse, und ich fahr noch ein bißchen Taxe für sie ... Heute hat der Unterinspektor von der Sicherheitsabteilung die Taxe requiriert.« Der Taxifahrer senkte die Stimme. »Er hat sich von der Wojewodschaft zur Kaserne fahren lassen, und ich hab gehört, wie der Anführer des Infanterietrupps ihn auf dem Kasernenhof ausgeschimpft hat. ›Raus!‹ hat er geschrien und mit dem Fuß aufgestampft, und fast hätte ihn der Schlag getroffen. ›Will ihre Wojewodschaft Unterstützung? Raus! hab ich gesagt ... so ein ehemaliger Ulan ... Wie ein Mädchen ... in einen Bürokraten verzaubert ... Raus, habe ich gesagt! ... Es ist nicht weit von den Ulanen- zu den Bürokratenhämorrhoiden ... Raus!‹ und ihn traf fast der Schlag auf diesem Hof ...«

Ich war an meinem Haus angekommen. Und da traf ich noch eine Monologisierer dieses Abends – Dziunek Fisz.
»Ham'n Se nich 'ne Kippe für mich, Herr Meister?«
Ich hatte keine Zigaretten mehr.

Kapitän Blood

Kehrt man nach langer Abwesenheit in seine Stadt zurück, stellt sich unweigerlich Traurigkeit ein. Sie tötet unsere Freude über die Rückkehr zu Dingen, Angelegenheiten und Menschen, die uns am Herzen liegen, die uns viele Monate lang gefehlt haben. Diese Dinge rächen sich für die Monate der Vergessenheit, indem sie uns zynisch und ohne die narkotisierende Wirkung der tagtäglichen Daseinsmühle die verronnene Zeit zu Bewußtsein bringen. Der Zug fährt durch Wälder am Stadtrand, die mir vertraut und fremd zugleich sind, dann erhasche ich einen Blick auf die Abfallhaufen der Vorstädte, die Mauern und Schlote von Fabriken, der Zug schwankt und quietscht, wo die Gleise an den Weichen auseinanderlaufen.

Vor dem Bahnhof das Gedränge der morgendlichen Ankömmlinge. Trübe Dämmerung an einem Himmel wie aus rosarotem Papiermaché. In der Morgenkühle gehe ich über das Trottoir, mich frappiert die Ruhe, die Idyllischkeit der Stadt, die für mich einst, als die Mutter mich das erstemal hierherbrachte, eine labyrinthische Metropolis war. Nur die ehrwürdigen Kastanien, groß und ausladend wie eh und je, nehmen in den schrägen Strahlen der Sonne einen rosigen Schimmer an. Das Elend sieht den Hausmeistern an den Türen der großen Zinshäuser aus den Augen, während im Schatten Stadtstaub in opalisierenden Wolken von den gefegten Trottoirplatten aufsteigt und sich das Gras in dünnen Schnittlauchhälmchen zwischen den Pflastersteinen aufrichtet.

Gerührt und traurig erreichte ich meine Unterkunft. Nichts

hatte sich zwischen diesen Wänden verändert, die ich vor so langer Zeit zum letztenmal sah. Auch beim Waschen war ich noch bedrückt, während das Wasser fröhlich und ungestüm aus den Wasserhähnen im Waschraum spritzte. Ich streckte mich auf dem Bett aus und verfolgte die schwarzen Striche der vor den Fenstern vorbeischießenden Schwalben. In der Leere meines Arbeitszimmers hallten die Geräusche aus dem Hof wider. Ich war müde von der Reise und merkte selbst nicht, wann ich einschlief.

Mich weckten der Hunger und der Lärm der Druckerei unter meinem Arbeitszimmer, ein beharrlicher Lärm, an den ich nicht mehr gewöhnt war. Der Pessimismus bei meiner Ankunft am Morgen hatte sich irgendwohin verflüchtigt. Ich war neugierig auf die Stadt und die Begegnung mit ihr.

Die Stadt begrüßte mich mit Kohn, »der seinen Hut um die Ecke lüftet«. In seiner Begleitung sollte ich sie nun wieder aufsuchen.

Er fragt mich aus und informiert. Es gibt eine Morgenlesung junger Lyrik. Es ist schon spät, aber wir werden noch etwas mitbekommen. Unterwegs sorgfältiges und genaues Studium einer Affiche, die die Lesung ankündigt. Sachliche Kritik der grafischen Gestaltung, die ein Amateur entworfen hat, ziemlich prätentiös, mit einem schwarzen Kreis, Punkt, Akzent, der ideell und gestalterisch die Modernität unterstreichen soll, eine Absage an alles, was von Vergangenheitsbezogenheit und Blümchen künden könnte.

»Mit dieser jungen Lyrik«, erklärt mein Cicerone kritisch, »mit dieser jungen Lyrik ist es so, als erzähltest du, du wärest mal Tennisvizemeister des Przemyśler Gymnasiums gewesen. Das hört sich ganz überzeugend an, wenn du ›Vizemeister‹ sagst, ›Meister‹ hingegen wäre bereits Prahlerei und blanke Lüge. Man könnte das nie Lyrik nennen, nicht einmal neumodisch und kleingeschrieben. Also, die größten Lorbeeren, darauf tippe ich, wird das ›Onkelchen‹ einheimsen.«

»Onkelchen«, so nannten wir aus irgendwelchen mir nicht bekannten Gründen einen Dichter und äußerst gefährlichen Duellierer, der geradewegs einer Komödie von Balucki entstiegen schien.

»Aber Wara nimmt heute nicht teil, dafür werden wir ihn mit dem ganzen komsomolzischen Schlägertrupp genießen, na, und wenn Połmiński auch da ist, dann bleibt ja kein Platz für die Reaktion ... Tadzio hab ich gestern übrigens mit seiner neuen Flamme gesehen, sie gefällt mir überhaupt nicht, sie wirkt wie eine magere Blumenfeld.«

Die Vorstellung findet im »Varieté« statt, auch bekannt unter dem Namen Haus des Volkes oder Haus der Nation, und es ist schwer zu ergründen, auf welchem Wege es zu Bestimmung und Nutzung dieses mit blattgoldenem Stuck verzierten Lokals gekommen ist. Wir nehmen den kürzesten Weg dorthin.

Ich lebe in der Stadt immer ein außenseiterisches Leben, doch niemals habe ich mich so unzugehörig gefühlt wie an diesem Tag. Die Straßen bekannt und sattsam betrachtet, wie die bis zum Überdruß vertrauten Gesichtszüge eines nahestehenden Menschen. Zwischen den wohlbekannten Mauern und Wänden verliert sich das Raumgefühl, es gibt nichts, woran sich die dreidimensional ausgerichteten Sinne beleben könnten, sie verkümmern spürbar. Die eigenen Anliegen eilen uns voraus oder hinken hinterher. Bin ich nicht eher an dem Ort, dem ich zustrebe, während meine Gedanken schon neue Bedingungen vorhersehen und sich auf sie einstimmen? Ich habe die Vision eines Klimas, frühere Erfah-

rungen verhelfen mir zu einer sehr genauen Einschätzung aller Eventualitäten, die Deduktion arbeitet mit Volldampf, dabei bin ich doch erst unterwegs an den erwarteten Ort, habe ihn selbst noch gar nicht erreicht.
Die Stadt. Etwas unerhört Zufälliges und Planloses eignet dieser Ansammlung von Häusern, Höfen, Plätzen, Grünflächen, Parks und Gärten. Von der Stadt kennt man eigentlich nur den kleinen Prozentsatz der für das Auge des Passanten sichtbaren »kommunalen« Räume, der Straßenfassaden, eingerahmt in die gestufte Fluchtlinie der Häuserfassaden, und man ist überrascht, in der bekannten Umgebung der Gebäude auf einen Hof oder ein Stockwerk zu geraten, wo sich dem Verblüfften die Exotik eines von der Straße nie erblickten Ortes offenbart. Das ist wiederum genauso wie mit den bekannten Gesichtern, hinter denen sich absonderliche, frappierende Abgründe verbergen, wenn wir durch eine Laune des Zufalls hinter ihren Alltagsausdruck geraten. Die Stadt hat Tausende solch unbekannter Gesichter, und weitere Tausende in der Vergangenheit, es ist ein Vergnügen eigener Art, einen Blick in diese vergangenen Antlitze zu erhaschen, die man sich aus antiquarischen Stahlstichen und naiven Biedermeieraquarellen zusammenzuphantasieren versucht.
Die Stadt nun, das sind Oberleitungen, Schilder, Bordsteine, Umzäunungen von Grünflächen, Zigarettenkioske, Aushänge mit Zeitungen, Kanalisationsrohre (wo die Straßen ausgeweidet werden), glänzende Schaufensterscheiben (Mossant-, Stetson-, Habig-, Borsalinohüte, gebrannter Kaffee und lachsfarbene Damendessous und -korsette), barocke Fassaden von Kirchen und Zinshäusern.
Die Zinshäuser in meiner Stadt nun erschienen mir als das Traurigste unter der Sonne. Die Fassade zur Straße gereckt, waren sie zum Hof hin stereotyp angelegt, nach ein und dem-

selben schematischen Plan, das Treppenhaus bildete einen Rumpf mit einem Mezzanin und Stockwerken, auf denen nach zwei Seiten die Zimmer und Wohnbereiche mit oder ohne »Korridorsystem« abgingen, ungenügend isolierte Wohnungen mit einem Bad, in dem ein verrosteter Kohleofen stand, ein chronisch unbenutztes Bad, das abstoßender war als sämtliche Aborte des Hauses. Einzelne Eckhäuser waren verziert mit Glorietten, *turret windows*, venezianischen Fenstern, andere zeigten eine abgeflachte Eckfassade. Und überall die Balkonkäfige, in deren eisernen Geländerschnörkeln sich bürgerliche Trübsal und Langeweile verflochten. Hier und da, näher am Zentrum, ein Haus mit der makellosen Linienführung der Empirearchitektur. Doch die langen Straßen, die einst Zufahrtswege in die Stadt waren und in den achtziger Jahren bebaut wurden, als man sich nach einer wirtschaftlichen Krise darauf verlegte, Kapital in Gebäude zu investieren, diese Straßen sind geprägt von einer Architektur der Reminiszenzen, in denen sich alle klassischen Stile mischen, vorherrschend ist der Typ italienischer Renaissancepaläste, eines Palazzo Chigi, Aldebrandini, Ricardi in bürgerlichem Maßstab, mit Bossenwerk und Rustika, mit Gipsdetails, geformt in der bewährten alten »Grisaille« aus Sand vom Piaskowa-Berg (von jenem Piaskowa-Berg wird der Sand in einspännigen Sandkarren angeliefert, wie aus einer Sanduhr rinnt er durch die Ritzen zwischen den Wagenlatten aufs Pflaster, und nebenher geht der »Hü! Hott!« rufende Fuhrmann). Der Wiener Jugendstil hat in Gestalt von Girlanden aus Seerosen und Muscheln reiche Blüte getragen. Dann kam ein neuer Stil. (In den Zeichensälen blätterten junge Architekturstudenten mit zerzausten Schöpfen und feinen Pullovern eifrig in *Wachsmuths Monatsheften für Baukunst*, *l'Architecture d'Aujourd'hui* und Lloyd Wright, begeisterten sich für Dudok, Häuser aus Hilversum, eine Architektur aus Kacheln, Glas und Metall aus Haarlem oder Rotterdam, kritisierten Le Corbusier, machten ihre Diplomentwürfe und wurden Architekten in der Bauabteilung der Stadt, und unter dem überwältigenden Druck der alten Ordnung klopften sie die Fasssaden der alten Häuser ab und klebten ihnen holländische Gesichter an, schwelgten, sehr zur Freude der frischgebackenen Steinhersteller, in buntem Terrazzo.)

Nichts von alldem konnte der Schönheit der Stadt etwas anhaben. Vielleicht war es ihre Lage, in einer von Hügeln umgebenen Senke, wo die Wogen der Dächer von den Hängen auf das enge Tal zuliefen, in dem die Stadt qualmte und vibrierte. Auch die elendeste, traurigste Straße unter der Sonne hatte ihre in die Ferne aufsteigende Perspektive, eine unerwartete, zauberhafte Neigung oder Kehre. Die Unordnung und Planlosigkeit der Bebauung sorgte für romantische, überraschende Wildnisse, an betriebsamen Stellen war hier und da ein Haus stehengeblieben, das noch mit vergessenen, ehrwürdig bemoosten Schindeln gedeckt war, mit einem Garten-Anachronismus hinter einem hohen Palisadenzaun oder den rostigen Stäben einer schmiedeeisernen Umzäunung. Die Straßen verengten und krümmten sich auf eine Weise, die allen Grundsätzen von Fluchtlinien, Logik und Rationalität widersprach, und führten auf majestätische Plätze und Foren, die von Leere gesäumt waren. Oder man ging beispielsweise eine normal gepflasterte Straße entlang, über das städtische Mosaik, zu beiden Seiten des Weges ragen Laternenpfähle der elektrischen Straßenlampen auf, olivgrün schimmern die kleinen Transformatorenhäuschen, das Email blättert von den Hydrantenschildern, im herabgefallenen Kastanienlaub liegen die genormten Abfalleimer aus Metall – und daneben, hinter einer geschlossenen Häuserzeile, ein Garten der Hesperiden. Grünes Gras bedeckt die flachen Hügel, die sich bis zu den ferne leuchtenden Fenstern der Klinikgebäude hinziehen, auf den Hängen krumme alte Apfelbäume, moosbedeckt und altersschwankend. In einem letzten Versuch, spärliches Laub und ein paar wenige saure kleine Äpfel hervorzubringen, spannen die Zweige und Zweiglein ein zartes Netz aus schwarzen Spitzen vor dem blauen Himmel auf. Altersschwachsinnig sind sie, ohne Gedanken, ohne Lebensahnung, doch in ihren Wurzeln und Ästen steckt noch der einst so herrliche Impuls, der Lebenselan. Sie sind ein vergessener Baumfriedhof inmitten der Stadt ...

Es war gegen zwölf, eigentlich waren wir schon verspätet. Auf den Wällen hatten wir lange warten müssen. Das war unangenehm. Eine ungeordnete Menge wogte ringsum. Ich war so mit meinen eigenen Dingen beschäftigt, daß ich nichts sah und merkte. Ich könnte jetzt nichts mehr über diese Menge sagen. War sie dichtgedrängt oder locker, fiebrig oder ruhig, war sie wie eine Woge, ein brodelnder Kessel, oder wie Öl in einem Bottich, wurde sie geführt, von einem Menschen oder einer Idee, war sie aktiv oder träge? Ich bin jetzt selbst verwundert, wie man so etwas vergessen, so tumbe daneben einhergehen kann. Wenn mich jetzt jemand fragen, in mich dringen würde, müßte ich sagen: ich kann mich nicht einmal erinnern, und wenn jemand beharrte und mich in die Ecke drängen würde: Mensch, wie geht das denn, du kannst dich an nichts erinnern? Hör mal! Kein Eindruck? Keine Form, Farbe, nichts? Nicht mal ein Geruch? ... Ach ja, doch, ein Geruch, wie von alter stockiger Kleidung, Schimmel ... Weit entfernt, über den Köpfen, erschienen die Umrisse der berittenen Polizei.

Die Sache verhielt sich so. Jedes Jahr im Winter setzte der Magistrat auf der Haushaltssitzung einen Etat für Bauarbeiten fest, zu denen die Arbeitslosen angestellt werden sollten. Sagen wir, vierhunderttausend Zloty. Dann kam der Frühling, und es war kein Geld da. Es sollte da sein, irgendwohin war es verschwunden, irgendwo im tropischen Dschungel der Wirtschaftsgesetze wuchs ein Farn, im Dunst des Gewächshausklimas die zartbesaiteten Mimosen und das empfindliche Knabenkraut des Goldes. Doch nach außen – hypnotisierte das Zuckerkartell mit einer blendenden suggestiven Reklame (»Zucker kräftigt« ... ausländische Schweine), das Zementkartell tat das Seine ... wenn bloß Devisen ...

Es kam der Sommer, das Geld war und blieb verschwunden, die Arbeitslosen sonnten sich auf den Wolecker Hügeln, bei Góra Stracenia, wo die Städtischen Bienenhäuser sind. Brot kaufte man in Hälften, Vierteln, Achteln ... In den Ritzen zwischen den Pflastersteinen wuchs grünes Gras.

Und für die Investitionsanleihen, zu ihrem Nutzen schrieb Tadzio Wara einen suggestiven Slogan:

Bürger – steh und staune!
Der Zins ist klar, ist rein wie Glas.
Der Staat, er borgt, der Staat gibt zurück,
für einen eintausend, für hundert eine Million!

Dabei mußte er selbst über seinen Scherz lachen.

Gegen Ende des Herbstes kamen endlich die ersten Fuhren mit Ziegeln an, und der rote Ziegelstaub färbte den vom frühen Frost harten Schlamm der Baustellen. Der Kalk wurde nicht richtig fest. Auf den Haushaltssitzungen bestimmte der Magistrat die Summen für die Bauarbeiten im kommenden Jahr.

Schließlich sind wir im »Varieté«. Ich komme vom Land, ein wenig betäubt vom Rummel einer Welt voll Menschen, die sehr schnell ihr *attachement* an Dinge ändern, wie das in der Stadt so ist, und mir wird traurig zumute. Aus den Kulissen des Theaters, das wir aufgesucht haben, dringt seltsam und verändert die Stimme der Rezitatoren, es schimmert der stählerne Helm des Wächters, der unbeweglich den Alliterationen und Assonanzen der jungen Dichtung lauscht.
Nach dieser Morgenlesung gehen wir, alle durcheinander, Bekannte und Unbekannte, in eine Kneipe am Markt zum Mittagessen. Da steht der altehrwürdige Brunnen, in der Mitte die Muschelrosette, die das Wasser aus braunen Delphinmäulern auffängt, auf den Sockeln gerade und anmutig kontrapostiert die mythologischen Gestalten: Neptun, Diana mit den Windhunden, die ihre Hand lecken, und einem verendenden Hirsch, Aktäon mit dem Fuß auf der Stirn eines hauerbewaffneten Ebers. Dazwischen flattern unschuldig und rein die Tauben, während zynische Dohlen die stolzen Häupter der Götter und Halbgötter mit ihren Exkrementen beflekken. Auf dem Marktplatz wird aufgeräumt, der Markt hat um zwölf Uhr geschlossen, und die verschiedenen Gemüse- und Blumenreste werden zusammengekehrt, die Tische und Stände mit der Aufschrift MUT (Miejski Urząd Targowy – Städtisches Marktamt) zusammengerückt.
Die Eckkneipe am Markt befand sich in einem alten Stadthaus aus dem siebzehnten Jahrhundert. Es ruhte auf einem Laubengang, in dem sich Eingänge zu Läden und Kellergewölben befanden. Schon vor Betreten des Lokals sog man den säuerlich-gärigen Geruch ein, der einem von dort entgegenwehte, betäubend, wohlig und abstoßend zugleich. Es war einer dieser Orte, die man mit einem gewissen Widerwillen, aber dennoch immer wieder aufsucht. Alle waren lärmend,

ungezwungen und unbekümmert, wie es sich gehörte. In dem Durchgang zwischen einem Buffet mit Bergen von Heringsbroten und der Kassiererin, die apathisch wie eine Pflanze hinter ihrer Kassentheke saß, stritten sich zwei aufgeblasene Hammel in angetrunkenem Zustand (»... ich muß doch bitten ... wissen Sie, mit wem Sie es zu tun haben?«), dahinter lagen kleine Gasträume unter schweren Deckengewölben.
Bei Tisch schwang der große beleibte Professor Deresz seine Reden. Er hob den schweren Kopf über den auf dem Tisch gefalteten Händen, seine Brillengläser blitzten, beim Lächeln zeigte er die Plomben zwischen seinen fleischigen Lippen. Er redete von seinem letzten Aufenthalt in Paris.
»... dieser Kongreß der Ästhetologen, nach dem Sie mich fragen« – er sprach wie am Vorlesungspult in der Universität mit Pausen und rhetorischen Verzögerungen, mit tiefer emphatischer Stimme – »das war eine sagenhaft interessante Sache. Ich habe dort Lalo getroffen, ich kenne ihn von früher, er hat sagenhaft interessante Konzeptionen – aber ich muß Ihnen sagen, er hat mich mit einem sagenhaft interessanten jungen holländischen Maler bekannt gemacht. Ich war in seiner Werkstatt, und was er mir dort gezeigt hat, das war schon eine Offenbarung. Es geht mir nicht um die formale Seite, darüber kann man streiten, aber er hat seine ganz eigene Art, das Problem der Perspektive zu lösen. Das interessiert mich im Hinblick auf meine eigenen Forschungen, mein Thema der umgekehrten Perspektive, bei ihm hat man es mit etwas sehr Ausgeklügeltem zu tun, das aber gleichzeitig den Eindruck macht, als entströme es einer außerirdischen Inspiration. Womit kann man es vergleichen, also meine Herrschaften, das erinnert irgendwie an, meine Herrschaften, eine Art Selbstbewußtsein wie bei den Holzschnittkünstlern des frühen ...«

Wir tranken Wodka in verschiedenen Farben, die Spezialität des Hauses, neue Gäste trafen ein, die sich in dem engen Durchgang nur mit Mühe ihrer Hüte und Mäntel entledigen konnten. Der Alkohol stieg schnell zu Kopf. Jemand versuchte sich auf den Namen eines französischen Aperitifs aus Arles zu besinnen, ein Gast, ein Literat aus Warschau, saß gelangweilt inmitten der aufdringlichen Lustigkeit der anderen; auf dem Tisch standen Schüsseln mit blutrotem litauischen Schinken, zu dem Sauce Tatare und Kapern gereicht wurden, irgend jemand redete über Phylogenese. Die schweren kirschfarbenen Holzvertäfelungen an der Wand schimmerten im Schein der Lampen, die auch am hellichten Tag brannten, weil durch die kleinen Fenster so wenig Licht hereinfiel, und der elektrische Ventilator brummte. Das Stimmengewirr der Redenden übertönte jeden Sinn der einzelnen Sätze, nur Waras scharfes Falsett war deutlich vernehmbar:

»Solche wie ihr werden als erste an die Wand gestellt, am gefährlichsten für die Gesellschaft ist das Lumpenproletariat ...«

Jemand versuchte ein großes Grammophon an der Wand in Gang zu bringen, und die ihm zu guter Letzt entlockten Klänge eines heiseren Walzers schwebten hinauf zu den bunten italienischen Weinetiketten an den Wänden. Ich erinnere mich noch an FIESOLE, AQUILEA, CAPRI, FORLI, CATANIA, PALERMO, LAGO MAGGIORE, die von den rauchvergilbten Wänden den Tönen entgegenglitten. Die Tischplatten waren im Laufe vieler Jahre vom Scheuern weiß und rauh geworden.

Man hörte die Stimme von Major Bliski, wie er erzählte:

»... die fünfte Ulanenschwadron, abgesessen und im Gelände versprengt, lenkte das konzentrierte Feuer der Bolschewiken-Maschinengewehre auf sich. Der General wurde beim Warten auf die zweite Chevaulegerschwadron ungeduldig und schickte ihnen seit dem frühen Morgen immer wieder jemanden entgegen. Schließlich kam die Reihe an den Leutnant ... gleich ... jetzt hab ich vergessen, wie er hieß ... der gerade von irgendwoher zurückgekommen war, sein Pferd war ganz abgehetzt, er protestierte schwach: Herr General, meine Stute, aber der General nur so von oben herab, da saß der auf und ritt los, die Stute war wirklich mager wie ... im Galopp stürmte er davon, fünfzehn Minuten später spüre ich, jetzt komm ich an die Reihe. Seit dem frühen Morgen war ich schon dreimal ausgeschickt worden, aber ich versuchte nichts zu sagen, ritt los. Ich war hundert Meter geritten – und die zweite Chevauleger kommt an. Na, da hatte ich einmal Glück gehabt ...«

»... was ist Zeit?« schrie Wara unnötigerweise, Wara mit seinem *caput-mors*-Schädel, in dessen Augenhöhlen seine hellblauen Augen leuchteten. »Gibt es die Zeit gar nicht? Ist die Zeit nur eine Täuschung? Wir verändern uns nur räumlich, und das vermittelt uns den Eindruck verfließender Zeit. Die Materie fließt durch uns hindurch wie durch eine Maschine, ein physiologisches Maschinchen, und danach kehren wir zur Materie zurück, verbinden uns wieder mit demselben Bestand an Materie. Wenn wir also den Eindruck einer Veränderung – ich wiederhole, einer Veräääänderung! – als Zeit bezeichnen, dann ist die Zeit nichts anderes als Bewegung, und Bewegung wiederum ist abhängig vom Raum, also gibt es eine Einheit von Zeit, Bewegung und Raum. Bertrand Russell sagt, in unserer gegenwärtigen Welt hätten wir einen perfekten Querschnitt der Zeit mit der Zukunft in den Vereinigten Staaten, dem Rokoko in China und so weiter .... man kann das auf die geologischen Zeitalter ausdehnen, irgendwo an den Polen ist Eiszeit, aus dem Krater des Ätna strömt das Magma der Zeiten, in denen die Erde sich verfestigte, und auf Neuseeland leben Vögel aus der Diluvialzeit ....«

»... dann wurde diese Infanteriedivision hinter den Bug zurückgezogen«, unterbricht der Oberst Major Bliski.

»... wir ritten in der Nacht. Was war das für eine herrliche Nacht, Mondschein, die Wälder, all die Bäume, Laubbäume, Nadelbäume, ich hatte rasenden Hunger. Da sehe ich Häuser, der Stab bleibt stehen, vorher hatte der Stabschef noch zu mir gesagt: Leutnant, Sie warten hier auf die zweite Chevaulegerschwadron, ohne die kommen Sie mir nicht, ihr kennt ja diese dumme Situation, wie zu einem Unterleutnant. Aber Rittmeister Rupp sagt zu mir: Das sind meine Leute, sechzig Säbel, was wünschen Sie? Reiten wir jetzt los, oder warten wir auf die zweite Schwadron? Also warten wir auf die zweite Schwadron. ... Da sitzen zwei Ulanen vor dieser Hütte und essen aus einer Schüssel Käse mit Sahne und Zwiebeln, und ich hatte seit dem Morgengrauen nichts mehr im Mund gehabt. Ich also direkt zu der Frau, esse mich satt, und dann, Stab hin, Stab her, der Unterleutnant geht in die Scheune und legt sich ins Stroh. Am Morgen gehe ich raus, unterdessen hat die Batterie hinter einem Zaun Stellung bezogen, und es knallt mir um die Ohren! Wir reiten weiter, alles drängt sich zusammen, die Artillerie feuert hinter den zwölften Ulanen ...«

»O jaaa«, sagt der Oberst voll Überzeugung.

»Wir überqueren den Damm ...«

»Oh! Ah!« Die Zuhörer werden aufgeregt.

»... vor uns war eine Kosakenbrigade losgeritten, an die sechshundert Säbel, das hatten wir auf dem zweiten Kopf des Damms erfahren, Absicherung gab es keine, eine Divi-

sion folgte der Nachhut der vorangehenden auf dem Fuße, wir kommen an, da sind die fünften Ulanen schon in Stellung zum Kampf auf einer Art Feld oder Lichtung, ringsum Wald, wie auf dem Präsentierteller; Erkennungsschüsse, die Bolschewiken hatten zwei Batterien in Stellung gebracht, und die haben vielleicht geballert, sie feuerten sehr treffsicher, da kommt ein Ulan auf einem Pferd hervor, Granate, der nächste Ulan auf seinem Pferd ...« Major Bliski zeichnete mit dem Fingernagel einen Halbkreis auf den Tisch. »Unsere Batterie hatte hier Stellung bezogen, dahin stürmten die Kosaken zweimal zum Angriff, aber sie wurden mit Kartätschen abgewehrt, die fünften Ulanen saßen ab und schickten die Pferde hierher, die Kosaken schlugen sich dorthin und schossen vom Pferd aus die Artilleriepferde ab. Mich schickte der Stabschef zu den zweiten Chevaulegerern, sie sollten angreifen. Ich reite hin, keine Chevaulegers, Rupp hatte sich zum Glück selbst etwas Besseres ausgedacht, er ging neunzig Grad weiter in diese Richtung, und das war gut, da muß er auf eine Lücke getroffen sein, mit den Säbeln haute er zwei Batterien nieder ... und dahin ...« Die nächste Fingernagelzeichnung auf den Tisch.
»... natürlich hängt alles von der Wahl der Form ab«, führte Professor Deresz aus, »die bloße Fiktion gibt es nicht in einem literarischen Werk. Alles Geschriebene hat es schon gegeben, wenn es sich auch nicht genauso als Tatsache ereignet haben mag, aber es ist eben eine der zahlreichen Möglichkeiten, die das Leben bereithält. Wenn die Psychobiologen hinreichend nachgewiesen haben, daß ein menschliches Gehirn imstande ist, eine unglaublich große, doch letztendlich begrenzte Anzahl an Vorstellungen zu meistern, meine Herrschaften, sagen wir einmal zehn Millionen, dann sagt diese Zahl etwas über dieses Gehirn aus, und ob das früher

oder später verarbeitet wird, das ist nur eine Frage der Zeit, wie Tschechow sagen würde ...«
»... sie montierten gerade das letzte Geschütz ab ... Die Kosaken griffen an, ich schaue ... der ganze Sumpf übersät mit unseren Leuten und Pferden. Wir ziehen uns über den Damm zurück, unsere Pferde sanken sofort ein, und auf dieser Insel nimmt uns eine Kosakenabteilung unter Beschuß. Die Ulanen kommen an den Damm und ziehen an den Pferden, wir versuchen, sie auf dem Damm wieder aufzustellen, der Leutnant und ich, aber nur ein Achtel schafft es, man kann nur weggucken, der Leutnant schießt selbst, ich sehe, wie er mit der MG auf ein Lastpferd zielt ... der Stabschef sagt zu mir ... aber woher denn ... hier ist ein Sumpf, da ist ein Befehl, also, eine Decke, die zweite, Zügel, alles ins Wasser. Und plötzlich schwirren die Kosaken an. Ich gucke – da kommen die zweiten Chevaulegers, sie reiten in Zweierreihen, sie hatten einen Pfad gefunden, und stellt euch das vor, sie kamen einzeln herüber ... und die Kosaken auf dem Dammkopf hatten Angst vorzurücken ... Wir zurück zum Damm, wir sind im Wasser, mancher bis zum Gürtel, ich war fast verdurstet ... wenn ich mich hinlegte, fing ich an, das Wasser zu trinken, mit all den Mücken und Würmern, ganz warm und grün. Auf dem Damm ist es weiß, die Leute haben die Uniformen ausgezogen, sind in Unterhosen, ein schrecklich verweichlichtes Volk, ich befahl ihnen, sich anzuziehen, die Waffen zu nehmen, wir ziehen los, ich gucke, da kommt eine lange Kavallerie, aber das waren unsere, die soundsovielten Ulanen ...«
Das Mittagessen war beendet, und jemand schlug vor, in den Film »Kapitän Blood« zu gehen. Der Literat aus Warschau verbesserte den Provinzler, das würde ausnahmsweise nicht Blud, sondern Blad ausgesprochen. Als wir auf die Straße

hinaustraten, sahen wir, daß es in der Zwischenzeit geregnet hatte, aber jetzt war es wieder schön, und die Sonne schien uns hell ins Gesicht, und eine zweite Sonne, die sich in den regennassen Trottoirplatten spiegelte, schien und blendete von unten, und es gab kein Entrinnen vor ihr, aber wir waren guter Stimmung und lustig, wie wir in so einer großen Gruppe zum Kino gingen.
Auf der Leinwand lief der Film mit Errol Flynn, und die schwarzweißen Landschaftsszenen ferner Inseln wogten auf dem Viereck.

Nietota

Es könnte auf altertümliche Weise beginnen, beispielsweise so:

»Wołoczyszcze und Umgegend gehörten einst den Fürsten Zbaraski, die von den Fürsten Nieświcki abstammten, welche wiederum von den Fürsten Pińsko-Turowski abstammten. Im 15. Jahrhundert hatte Wasyl Nieświcki drei Söhne: Wasyl, Semen und Sołtan. Wasyl der Jüngere erbte Zbaraż und dreißig andere Dörfer, Soltan bekam Wiśniowiec, Dwór, Maniów und andere Dörfer im Bezirk Krzemieniec. Jener Wasyl hatte zwei Söhne, Michał und Semen, und die Tochter des letzteren, Marusza Zbaraska, die 1620 verstarb, war mit Wasyl Zahorski verheiratet, dem Kastellan von Bracław. Ihre Tochter Hanna ehelichte einen Konstantyn Wiśniowiecki, welcher, da sie eine große Katholikin war, auf ihr Geheiß von dem Jesuiten O. Nahaj zum Katholizismus bekehrt wurde. Der Sohn der beiden, Janusz Wiśniowiecki, war der Starost von Krzemieniec. Er hatte drei Söhne, Konstantin, Kryzsztof und Dymitro Jerzy. Die Töchter des letzteren waren Eugenia Katarzyna Koniecpolska, Zofia Leszczyńska und Salomea. Salomea, die den Schleier nahm und Äbtissin der Benediktinerinnen von Przemyśl wurde, verzichtete auf Wołoczyszcze (oder Wołoczysk mit dem Vorwerk Staromiejszczyzna) mitsamt der Dörfer Wołoczkowce, Dorofiejówka, Korostawa, Balkowce, Januszowce, Manaczyn, Pisarzówka, Zielone, Dederkały, Krzysztofówka, Medwedówka, Broniówka, Kaczorzyńce, Petrykowce, Sarnów, Kurniki, Porochnia, Niemierzyńce, Kociary und Hloch-

wasty zugunsten der Potockis, welche sie an die Moszyńskis verkauften.«
Diese ganze Einleitung wäre deshalb notwendig, weil zu der Zeit, als Nietota bei den Przemyśler Benediktinerinnen im Internat war, dort noch der Geist der Salomea spukte, obwohl die Äbtissin bereits 1716 gestorben war.
Aber es könnte auch im expressionistischen Stil beginnen: »Dieses Fräulein Winslow schrieb mal ein Stück, aus dem auch ein Film gemacht wurde. Der hieß ›Mädchen in Uniform‹. Schauplatz ist ein preußisches Internat für junge Damen, es gibt etliche Komplikationen psychologischer Natur und auch lesbischer, eine Atmosphäre, die für die damaligen Zeiten ganz schockierend war. Ich erinnere mich an eine Szene aus dem Film mit einer Virago-Erzieherin, die ein Pensionatsmädchen herbeirief: die und die Schülerin solle sich melden, heißt es. Und sie kommt, aber wie, aus der Fechtstunde in der Turnhalle, sie hat noch den enganliegenden Fechtanzug an, Strümpfe bis zu den Knien, flache Schuhe, die knappe Fechtweste, in der linken Hand hält sie die Fechtmaske mit dem Drahtvisier, in der rechten ein Florett mit glänzendem Handkorb, das Florett ist biegsam wie eine Rute, mit einer Kugel oben auf der Spitze der Klinge.«
Schon sehe ich Nietota vor mir, wie sie leibt und lebt, in der enganliegenden Fechtweste, hochgeschlossen bis unter den Hals, mit kleinen Schulterknöpfen zugeknöpft, und ihre Brust unter dieser Bluse ist hochgedrückt und engumschlossen, steil, und auf der Weste, bekanntlicherweise da, wo das Herz schlägt, hat sie ein gesticktes, aufgenähtes, gestopftes Herz aus rotem Saffian, ein rotes, ein scharlachfarbenes Cœur. Auf der »Planche«, vor dem ersten »En garde!« des Gegners grüßt sie, indem sie mit dem Florett salutiert, den Handkorb auf Gesichtshöhe gehoben, in einer herrlichen geschlos-

senen Bewegung, als schwinge sie eine Schärpe aus Stahl, in einem Schwung, einer Parade, die Garde vom Mund aus nach rechts unten, und so salutiert Nietota vor der Äbtissin, als sie zu dieser gerufen wird. Fechtlehrer war ein Sergeant, ein Fechter, Lehrer im Fach Leibesübungen in der Klosterschule, ein Sergeant des ersten Panzerregiments aus Żurawica. Quinta! Tertia! Patinando! Zum Patinando! Eins! Zwei! Drei! Ein rascher Stoß nach vorn, ein Ausfall mit dem rechten Fuß, ein scharfer Ruf und Stich! und – Rückzug.
Oder ich könnte aufschreiben, was ich im Gedächtnis stenographiert habe, Wort für Wort Nietotas eigene Rede. Einmal erzählte sie mir, wie sie sich zu einem Park außerhalb der Stadt am Flußufer aufgemacht hatte. Dort radelte sie auf dem Veloziped damenhaft über den Rasen, die Speichen glänzten, die Räder hüpften über die Unebenheiten, und die Gummireifen des Vehikels surren. Lassen wir sie selbst in ihren eigenen Worten weitererzählen:
»Auf der Böschung am Ufer saß ein altes Paar, ganz vertrocknet und verwelkt, die Gesichter faltig, krumm und müde waren sie vom Leben, so sanft und auf Alteleuteweise verschreckt von dieser Welt, die sich um sie herum bewegte, die Zeit hatte sie einfach weitergejagt, und schließlich waren sie zwei Alterchen geworden, noch lauschten sie aufs Leben, aber es drang wie von ferne an ihre Ohren, wie das Rattern eines davonfahrenden Wagens. Und stell dir vor, ich Tölpel, in meinem Ungeschick fahre ich dahin, und das Vorderrad wackelt und schwankt, und ich sehe, mein Gott, ich sehe, daß ich direkt auf sie zufahre, auf ihre gebückten, krummen Rücken zu, und irgend etwas schiebt mich weiter, ich kann nicht anhalten, dieses verfluchte Fahrrad ... Ja, und ich bin in sie hineingefahren, in diese Philemon und Baucis, komisch und blöd, und sie waren so erschrocken, die Augen wurden

ihnen ganz rund, und ich stand breitbeinig mit dem Fahrrad da, die Lippen zitterten mir vom Weinen und Verzeihungerbitten, ich dummes Huhn, da hatte ich die beiden aufgeschreckt, in ihrem Alter hatte ich ihnen Erniedrigung und Angst bereitet, und das tat mir leid, so leid ... Aber solche Sachen passieren nun mal, und damit hat es sich, nicht wahr?«

Während unser Leben aus Triumphen und Niederlagen besteht, geht es bei Nietota immer um Niederlagen. Dabei hatte auch sie ihre Triumphe und Freuden, aber aus Trotz oder einer ihr unbekannten Absicht, aus irgendeinem unverständlichen Grund war ihnen immer etwas von einer Niederlage beigemischt. Sie war unglaublich, himmelhoch, wundersam begabt, die schwierigsten Dinge begriff sie mit der größten Leichtigkeit, fast wider Willen, ohne die geringste Anstrengung, nur so am Rande anderer wichtiger Unterfangen. Im Internat, wo die anderen Büffler sich fleißig ihre Noten erarbeiteten, begriff Nietota alles sofort, auf der Stelle, saugte es auf, behielt es ohne Mühe im Gedächtnis, konnte noch nach Wochen Sätze, Gedichte, Regeln, Formeln wiederholen, die sie einmal gehört hatte, und gab es noch dazu doppelt wieder, verschönt, umgestaltet, harmonisiert, wunderschön komponiert. Und das Ganze wurde gekrönt von ihrem Witz, ihrem Humor, dem blitzartigen Erfassen der Paradoxien einer Situation, ihrem Staunen, ihrer Außergewöhnlichkeit. Bei ihr konnte selbst das Langweiligste fesselnd werden.

Nietota und ihre Niederlagen. Sie erzählte mir, wie sie einmal mit einer Freundin aus der Klosterschule im Zug in die Ferien nach Hause fuhr. Von Lemberg aus nehmen sie die Vorstadtbahn, der Zug schwankt hin und her und rattert in den Kurven und Weichen, er fährt an den Vorstadtbahnhöfen vorbei und hält hier und da, draußen vor den Fenstern zieht die Landschaft vorbei, Hügel mit Buchenwäldern, dann Felder, Felder und Äcker mit ihren Pfaden und Rainen, Weiden an fließendem Wasser, in der Ferne Bauernhütten. Der Waggon ist schwer, und die wenigen Passagiere schaukeln auf ihren Bänken hin und her. Unsere beiden Fräulein schwatzen, sie tratschen in aller Unschuld über die Ereignisse und Skandälchen der Kleinstadt, wie es junge Damen so tun. Nietota lachte, und als sie es erzählte, war sie immer noch verlegen über das, was dann geschah. Thema ihres harmlosen Mädchenklatsches war nämlich ein Herr, der sich durch nichts auszeichnete, sicher ein Bezirksbeamter, der sich auf seiner Arbeitsstelle abschuftete und seine eigenen Sorgen hatte, um die er sich kümmern mußte. Sie hat mir nicht gesagt, worüber sie damals geredet haben, es wird wohl kaum etwas besonders Interessantes gewesen sein, doch sei's drum, es war ein Thema, man urteilte über andere, dies und das erfand man vielleicht auch bei der Gelegenheit, Hauptsache, man konnte die Zunge daran wetzen. Und plötzlich unterbrach ein Herr, der mit ihnen im Abteil saß, die Geschichte, die die beiden Fräulein sich erzählten, und sagte, vielleicht sogar verlegen, aber auf jeden Fall sehr erregt, auf diese Art der Gebildeten: »Ich bitte die Damen um Entschuldigung, aber Sie reden von mir und meinen Angelegenheiten.«

Mein Gott, das war vielleicht eine Peinlichkeit, unangenehm und beschämend, da schießt das Blut in die Wangen, und man kann es einfach nicht mehr rückgängig machen. Ich kann mir auch die Verlegenheit des Herrn selbst vorstellen, es war ihm unangenehm, in Nietotas Erzählung wurde diese Verlegenheit, die sie bei ihm wahrgenommen hatte, irgendwie spürbar. Dieser Herr war ganz offensichtlich nicht ordinär, er griff die beiden nicht an, er benahm sich nur anständig und manierlich.

Dieser Herr aus dem Zug, den ich nie gesehen und nie kennengelernt habe, ist mir nicht weniger gut bekannt als das Innere dieses Vorstadtzuges. Er gehört zu der gesellschaftlichen Klasse, aus der ich selbst stamme. Woraus rekrutierte sie sich? In erster Linie war es die Beamtenkaste, überall und immer haben sich die Autoritäten ihre geschlossenen Systeme geschaffen, Einrichtungen mit Menschen, die im Sold standen, bezahlt wurden, spärlich genug, die in Zaum gehalten wurden, in Rahmen, in Formen, die von oben gelenkt wurden. Im Zarenreich wurde ja alles zu Beamten gemacht, der höhere und der niedere Adel, die Kaufleute, sie bekamen Ränge und Kategorien, wurden sogar geheißen, Uniformen zu tragen, Monturen, Fracks, was weiß ich, zur Belohnung bekamen sie Bänder und Orden, die sie anlegen konnten, aber wen interessierte es, ob Puschkin nicht den angezeigten Hut trug oder die entsprechende Mütze mit Schirm, wenn er auf Empfänge bei Hof ging oder mit der Trojka auf Besuch fuhr? Diejenigen, die etwas zu sagen hatten, mochten einander und führten andere am Bändel, indem sie sie verkleideten und ihnen diese und jene Titel gaben, Geheimräte und Hofräte und Councellors und Sekretäre, denn dann lassen sie sich leichter in Reih und Glied halten und identifizieren. In manchen historischen Systemen, beispielsweise in Byzanz, nahm man ihnen sogar die Männlichkeit, denn das hatte man am liebsten, wenn die Beamtenkaste aus Eunuchen bestand, aus Kastrierten, Geschlechtslosen, das reichte sogar bis in die militärischen Kreise – war Narces, der Admiral des Justinian, nicht auch ein Eunuch? In Rom wurden sie geschaffen, diese Konsuln und Prokonsuln, Quaestoren, Praetoren, Zensoren und Präfekten, und daher haben sich diese Titel bei uns überliefert. Daher auch diese unzähligen anderen Titel, die Konsiliaren, Dependenten, Referendare, Professoren,

Applikanten, Adjunkte, Assistenten, Prälaten, Dekane, Präsidenten, Direktoren, Koadjutoren, Kolaudanten, Assessoren, Prokuranten, Untersekretäre, Kuratoren, Kustoden, Plenipotenten, Prinzipale, Alumnen, Abiturienten, Inspektoren, Dozenten, Kommissare, Praktikanten, Ressortleiter, Supplenten und so weiter und so fort. Sie alle hatten Macht, die ihnen übertragen, mit der sie gesalbt worden waren, und ihre Titel hielten wieder andere im Zaum, in der Hand, »an der Nase«, im Gehorsam. Diese Menschen des Systems sollten von oben herab auf andere schauen und die »Arbeitsamen« verachten, die in Schmutz und Erde graben und wühlen, bohren, sich abmühen und besudeln, ohne die wir gar nicht leben könnten, denn wir fressen das Brot, das sie uns geknetet haben, wir schlürfen, was sie uns in Fässern und Töpfen gebraut haben und uns auf Knien in Kelchen darbringen. Wir ziehen Hemden an, steigen in Schuhe, bedecken uns mit Pelzen oder Fellen, die sie uns gewebt, geschustert und gegerbt haben, wir bergen uns unter einem Dach, das sie über unseren Köpfen errichtet haben, wir schaukeln auf Federungen, steigen mir nichts dir nichts auf die Sitze von Fahrzeugen, deren Räder erst einmal ein Stellmacher anfertigen mußte, Räder, die über eine Landstraße rollen, die mit Steinen gepflastert ist, Steine, die in Schwerstarbeit unter glühender Sonne von jenen mit dem Hammer behauen worden sind, die »am Wegesrand die Steine brechen«, und unter den Rädern dröhnen die Balken, die Beläge der Brücken, die sie uns gebaut haben (zu allem Überfluß haben wir ihnen sogar noch den Namen gestohlen, denn früher hieß derjenige, der uns eine Brücke baute, Pontifex, doch heute ist der Pontifex Maximus der höchste Priester all jener, die sich die Hände nicht schmutzig machen. Die Gebildeten, die sind es, die sich niedergelassen haben. Übel ist das! Sie haben sich nicht sogleich niedergelassen, denn das gilt als bürgerlich oder besitzerisch, und die Gebildeten sind weder Bürgerliche noch Besitzer. Sie haben sich in einer Schicht festgesetzt, wo Mangel und Ärmlichkeit herrschen, aber man bewahrt die Form, denn man macht sich die Hände nicht schmutzig, wo man »Sie« sagt, »meine Dame« und »mein Herr«, wo man dieser besonderen, literarischen, gebildeten Sprache verpflichtet ist, die in Wirklichkeit mit Banalitäten und Platituden überladen ist, *dictionnaire des lieux communs*, Eleganz, gewählte Ausdrucksweise, ein besonderer Dialekt, ohne Grobheiten, dieses besondere, literarische Polnisch, speckig wie die verschlissenen Ellbogen einer Anzugjacke, wie ein angeschmutzter Hemdkragen mit Krawatte – aber Kragen und Krawatte müssen sein! Und dazu ein ganzer Kehrichthaufen an Kleinigkeiten, Spangen, Uhrkettenanhängern, und natürlich die Zigarettendose, die sich auf dem Kartentisch mit einem kurzen Schnappen schließt, die Zigarrenschachtel, diese und jene Gamaschen, Westen, Boutonnieren und natürlich – wie sollte es ohne gehen! – Handschuhe! Grau, weich, aus Schweinsleder, Schirm, Filzhut, Raglanmantel oder Sacmanteau oder ein »Stadtmantel« mit Kragen, der immerhin aus Pelz ist, auch wenn er die Haare verliert, und bei den Damen die verschiedensten Kämmchen, Blusen, Kasacks, Spitzen, Biesen, Schnitte, Pellerinchen, Hütchen, Toques, Schuten und Federn von Reihern und anderen krepierten Vögeln, und was nicht sonst noch alles ... Eine besondere soziale Schicht oder Kaste, eine andere, priesterhafte, die ihr Gleichgewicht mit Balanceakten auf einem Niveau hält, mit Abitur oder Doktortitel, die sich immer in der dritten Person anspricht, mit »Sie« und »mein Herr«, »meine Dame«, bis es am Ende so geht wie mit dem Kollegen Przyboś in seiner Anthologie der Bauerndichtung (ach,

diese Anthologien!), wo der erste Vers dieser zauberhaften, lyrischen Sammlung von Bauerndichtung unheilvoll und unglückselig mit den Worten beginnt: »Der Teufel hol den Herrn ...« Aber regen wir uns nicht weiter über diese Leute auf. Unter ihren Titeln, unter den Hutbändern und der Pomade, hinter den Brillengläsern und *pince-nez*, unter der Krempe des Panamahuts, unter dem Briefbeschwerer auf dem Schreibtisch, dem Tintenlöscher, unter Stapeln von Steuerordnern ebenso wie hinter dem Paravent im Salon und hinter dem Johannisbeerspalier, hinter den Netzgardinen und dem wilden Wein, der die schiefe Veranda in der Stadt umrankt, oder hinter der Portiere im furchterregenden Vorzimmer einer Etagenwohnung, hinter alldem ...
Aber ich bin vorausgeeilt, wie jener Schuster Eilig aus dem Märchen, der den Faden mit Pech bestrich, das Leder klopfte und so mit dem Hammer schlug, daß ihm kein Paar Schuhe gelang, weil er sich zu sehr mitreißen ließ, und diese Art zu schreiben nennt sich *fleuve, stream of consciousness ...*

Nietota fuhr in die Sommerfrische in einen Ort am Dnjestr, da war der Sommer heiß und südlich, das Grün üppig, ein Dickicht von Pflanzen, die großen Kuppeln der Kirschbäume, Haine und Wäldchen, Hainbuchen, Eichen und Felder, Gärten, in denen es brodelt vor wucherndem Grün, ein dichter Hanfdschungel, Sonnenblumen, die ihre Köpfe zur Sonne drehen, Grünbohnen an himmelhohen Stangen, die süßen Erbsen, wie sie duften, Kürbisse, Wassermelonen, Honigmelonen, die dick in den Beeten liegen, Schoten, wachsige Bohnen, Himbeer- und Johannisbeersträucher und pelzige Stachelbeeren, und die Zweige der Apfelbäume, schwer von den noch grünen Äpfeln, und all das Grün der verschiedenen Möhren und Rüben und der Schatten der Kletterwinden an den Zäunen und die Weinranken, denn hier gelingt der Wein, und es ist süß, schläfrig, heiß und grell von Schlehdorn und Vogelbeeren und Kornelkirschen, und die Menschen dort, immer im Kreislauf ihrer Arbeit auf den Höfen und Feldern und in den Gärten, und natürlich die Fliegen, Schwärme davon, sie sitzen überall, und es wimmelt von allen möglichen Ameisen, Asseln, Käfern, Raupen, Läusen, und die Spatzen wühlen im Staub, und Vögel fliegen vorüber, schlagen mit den Flügeln, flattern, schnattern und pfeifen, und die »Wände« am Dnjestr, die flachen Steinplättchen, die sich von den Steilhängen lösen, und an den Uferböschungen des Dnjestr die schweren, schwankenden Kühe, die ausgetretenen Stufen, die zur Tränke führen, und über alldem die Himmelskuppel ein ganz blauer Himmel, wie eine Glocke aus blauem Glas. In diesem Schatten und diesem Sonnenschein nun sitzt man faul herum, ins Wasser, zum Badeplatz ist es nicht weit, Gras, Badetücher, alle möglichen Tücher, Schals, Weidenkörbe, barfüßige Kinderchen, Lätzchen, Fläschchen, Korken, Windeln, Spielzeug, Schäufelchen, Gießkännchen, der ganze Kinder- und Sommerfrischenplunder und eine faulenzerische Gesellschaft. In einer solchen Kumpanei von Sommerfrischlern, von Gebildeten in der Sommerfrische, entstehen natürlich Kontakte, man spielt Bridge, abends ging man manchmal zum Dancing in ein kleines Restaurant, wo die Manieren großstädtisch und die Menüs nicht alltäglich waren, es gab verschiedene Gänge, Spezialitäten der Gegend, Forellen, Berge von Früchten, Beilagen, Eis, der Gastwirt wand und verbeugte sich, die Damen bleckten die Zähne, es war Abend, Diner, doch noch stickig von der Hitze des Tages, am Klavier ein magerer Pianist und ein Geiger dazu, die spielen zum Tanz auf und »zum Zuhören«, Tangos oder wehmütige Volksmelodien.

Man tauscht Meinungen aus über Bücher, die man einander geliehen hat, Romane, eine Kunstform, die sich die Intelligenz exklusiv angeeignet hat, der einzige Menschenschlag, der Romane liest. Es sind in der Regel noch nicht aufgeschnittene Neuheiten oder bereits gut zerlesene Romänchen, heutzutage nennt man das nicht mehr »Romanzen«. Dinge allerunterschiedlichster Autorenschaft, die neuesten Autoren, aber auch Klassiker. Dostojewski mit seinen Grauslichkeiten, Unheimlichkeiten, mit seinen hysterisch aufgeblasenen und geschwätzigen, grauslich geschwätzigen Psychologisierereien; nichts tut sich bei ihm, aber man sieht auch nichts, keine Landschaft vor den Zugfenstern, keine Panoramen aus der Schweiz oder dem Rheintal, und auch nicht von Rußland, und wie die Gesichter und Grimassen seiner Helden aussehen, wissen wir auch nicht. Da ist es bei dem vielgelesenen Dickens schon besser, denn er ist mit Stichen von Cruickshank geziert, Herren in Frack und Halstuch, enge Hosen mit Strippen, und dann ihre Backenbärte bei glattrasiertem Kinn, und auf die Stirn fällt ihnen die zeitgenössische Locke; die Damen tragen indessen Schutenhut und Schäferinnenhauben mit einem Band unter dem Kinn oder *follow me*, unter den Falten der Röcke, der Krinolinen schaut die Spitze eines Schuhs hervor, eines um den Knöchel, die Fesseln gebundenen Halbschuhs, und der Vorreiter auf dem gesattelten Pferd im Geschirr der Diligence, und die Schilder von Gasthäusern und Herbergen. Und bei Schnitzler wiederum können wir uns die Staffage des Wiener Praters vorstellen, Stutzer in Waffenröcken mit pomadesteifen und hübsch über die Binde frisierten Bärten. Und dann Maupassant und überhaupt die französischen Novellisten, diese verfeinerten Psychologien und Perversionen, nur ein Hauch, raffiniert, »hauchdünn«, leider hatten die damaligen Ausgaben Illustrationen, die den Eindruck verdarben, darauf sah man in Federzeichnung, unweigerlich schraffiert, auch wieder Herren mit Schnurrbärten, mit hohen Krägen und die Damen mit Dekolleté und langen Röcken, mit unvorstellbar aufgesteckten Haaren und diesem oder jenem Hut. Ganz zu schweigen von unseren jungpolnischen Romanciers, in Umschlägen mit Jugendstilbordüren, die einzelnen Teile tragen rätselhafte Vignetten, und die Kapitel beginnen mit einem Großbuchstaben mit verschlungenen Schnörkeln. Neuere Verlage entstehen allenthaben, mit besserem Druckbild und guten Titeln. Und hinter alldem hervor schaut uns diese erfundene Welt an, eine unechte, imitierende, das Leben nachäffende Welt, Fabeln, die Anlage von Situationen, Charakteren, faustdicke Lügen, aber irgendwie haben wir uns an diese Betrügereien und Verstellungen gewöhnt, fürs Kopfkissen, für die Ferien, aus den Büchereien hierhergeschleppt.

Aber dieser Unsinn, diese Aufschneiderei, diese Verstellungen sind durch Übereinkunft zulässig! Selbst wenn wir als Personen abstoßend und unwürdig sind, wie es in der »Ungöttlichen« jenes »Grafen mit der langen Nase« über den Dichter heißt: »Du bist der, durch den der Strom der Schönheit fließt – doch du bist nicht selbst die Schönheit«, man schreibt aber doch für den Leser, man vertraut dem Leser, daß er uns helfe, uns die Verständigung erleichtere, denn, wie Coleridge sagte, der Dichter hat das Recht, vom Leser zu erwarten, daß er uns mit seinem Vertrauen die Täuschung verzeiht, daß er »freiwillig in sich die Ungläubigkeit unterdrückt«.

Den Regeln der Poetik zufolge soll die ernste Kunst auf einer Imitation einer ernsten Handlung gründen, und sie soll auch ein Ziel haben, sie soll ein in sich geschlossenes Ganzes sein und solche Begebenheiten enthalten, die Mitleid und Furcht

erregen. Das erweckt beim Rezipienten das ausgeprägte Empfinden einer »tragischen Annehmlichkeit, aus Mitleid und Furcht erwachsen«. Diese Bedingungen einer tragischen »Katharsis«, einer »Reinigung« erreichen wir auch dann, wenn die Helden einer Tragödie nicht von Grund auf schlecht oder gut sind, weder besser noch schlechter als andere. Es ist nicht ihr Hochmut oder ihre *Hybris*, sondern ein anmaßender Glaube an das eigene Glück, ein »fehlgeleitetes Urteilsvermögen«, die bewirken, daß sie nicht auf die Warnungen der Götter hören. Und in uns ruft das dann sogar ein um so größeres Mitgefühl hervor, weil ihr Unglück unverhältnismäßig viel größer ist als ihre Schuld, und das wiederum weckt in uns eine um so größere Angst, denn es weist uns auf die Möglichkeit unserer eigenen Niederlage hin.
Nietotas Geschichte ist mir schon so lange durch den Kopf gegangen, und ich habe sogar die Gedanken, die mir dazu gekommen sind, in einer Art Kürzel und Stichworten notiert und auch ziemlich viel dazu gesammelt, aber jetzt kann ich manchmal meine eigene Chiffre nicht mehr entziffern. Es fing an mit dem Namen, der auch der Titel sein sollte: »Nietota«. Ich schlug in Brückners etymologischem Lexikon nach und fand: »Nietota, eigentlich *nie to ta* – nicht diese da, bezeichnet Lycopodium (Bärlapp), eine Zauberpflanze. Zauberpflanzen werden oft nicht beim Namen genannt.« Auch mächtige Menschen, die in uns Furcht wecken, so ergänze ich Brückner, schreckensgebietende Menschen, nennt man nicht beim Namen, und auch nicht Menschen, die uns lieb und teuer sind, damit die Mißgunst jener neidischen Mächte (*phtonos theon* – der Haß der Götter) nicht auf sie gelenkt werde. Gleich darauf folgte die Bemerkung: Nietota schreibt mit links. Sie hatte diese Unart, die zu den damaligen Zeiten bei wohlerzogenen *bien rangées* Fräulein als ein

Makel und ein Nachteil galt, der bei einer solchen »Linkserin« erbarmungslos ausgemerzt wurde, denn sie wußten nicht, daß es »wandern« konnte, daß ein Kind, das man dazu zwingt, die rechte Hand zu benutzen, zum Beispiel anfangen kann zu stottern. Weiter steht da: Der Stern von Sibirien, und daneben eine ganze *commedia del'arte*-Truppe: Arlecchino, Dottore, Capitano Spavente, Pantalone, Rosalinda, Scaramouche ... Wo kommt das nun wieder her? Ja, die Theatergruppe im Internat gab Vorstellungen, und Nietota nähte (mit der linken Hand) ein buntes Pulcinella-Kostüm. Und dann: »Nietota – woher das blaue Auge?« Warum? Ich weiß es nicht. Und danach: Über Zawrat und Klamry zum Morskie Oko. Warum? Ich bin nie in der Tatra gewesen. Und dann weiter über Augen, immer wieder über Augen. »Mögen Sie lieber Brünette oder Blondinen?« Ich weiß, plötzlich sehe ich sie wie lebendig vor mir stehen. Sie kneift einmal das eine hellblaue Auge zu, dann das andere und fragt, ob ich Blonde oder Brünette vorziehe, denn irgendwo hat sie von jemandem gehört, der ein braunes und ein dunkelblaues Auge hat. Weiter steht da: »Zauberische Augen«, und dazu gibt es eine ganze Geschichte als Erklärung: Irgendwann in der Sommerfrische kehrte man spazierend von einer Wanderung zurück, so einer Gebildetenwanderung, bei der man langsam geht, im Straßenstaub, im großen Bogen um die Kuhfladen, und alle stechen so von ihrer Umgebung ab, die Mädchen in bunten Perkalstoffen, die Burschen im Hemd mit Słowackikragen, die Jacke über die Schulter geworfen, und ringsum das barfüßige Dorf, das nach Schweiß, Stall, Spülicht riecht, mit seinen Obst- und Gemüsegartendüften, ein Bildchen von Monet oder Podkiwiński. Als die Gruppe sich nähert, stürzt eine Bäuerin heraus, reißt das im Straßenstaub spielende Kind hoch und eilt, das Kind an die Brust gedrückt,

in ihre Hütte. (Die Schwelle ist hoch, eine Erdbank aus Lehm ums Haus, unter der Traufe Strünke mit Maiskolben vom letzten Jahr und Tongefäße, die aufgeregten Hühner laufen umher und verlieren Federn, ein ganzer Schwarm verflohter Hunde begrüßt alle, die von dem Klatschen nach den Fliegen des Schlafes erwacht sind.) Jemand im Dorf hat ausgestreut, daß Nietotas hellblaue Augen verzaubern können, daß sie zauberisch sind und daß es nicht gut ist, wenn ihr Blick auf ein Kind fällt, ein Aberglaube, ein häßliches Weibergeschwätz, wer auch immer es sich ausgedacht hat.
So machte ich mir meine Notizen und hatte auch ein Motto. Heutzutage ist das nicht mehr Mode, man setzt es nicht mehr an den Anfang einer Geschichte. Es ist aus einem elisabethanischen Drama:

Cover her face ... my eyes dazzle ... she died young.

Und in diesem Kehrichthaufen von Worten steht am Ende noch: Münzen. Lange habe ich über dieses Wort nachgedacht, bis es mir einfiel: Ich hab's! Auf die zauberischen Augen legte man Münzen, Kupfermünzen, die die für immer geschlossenen Augenlider beschwerten.

Wieviel kann man erleben in so kurzer Zeit? Was kann ein so kurzes Leben umfassen? So wenige Frühjahre, so wenige Sommer und Winter, dabei ist die Welt so riesig, die Zeit dehnt sich, schleppt sich hin, da ist Platz für alles, für Freude, für Leiden, Langeweile, Tiefschläge und Enttäuschungen. Mal kommen einem die Tage vor wie ein Augenblick, dann schleppen sie sich unendlich lange hin, zäh, gerade dann, wenn es in uns bebt vor Ungeduld, vor Fieber, denn es heißt ja, daß die Schwindsüchtigen eine ganz andere Physiologie haben, daß diese fiebrigen Zustände ganz wie ein Rausch sind, wie unter Alkoholeinfluß. Wie mag ihr das Leben vorgekommen sein, was konnte ihr die Zeit vertreiben, mit welchen Schleiern von Träumen, Erinnerungen, Nachdenklichkeiten umhüllte sie sie in diesem fernen einsamen Haus?

Die Steppenhexe

»Mit diesem unserem Schreiben tun wir vor aller Augen und jedem einzelnen, der es zu wissen bedarf, kund, daß wir der Wohlgeborenen Salomea Wiśniowecki gestattet haben und forthin gestatten, ihrem lebenslänglichen Rechtsanspruch auf ihre Güter in Wołoczyszcz sowie den im Bezirk Krzemieniec gelegenen Dörfern Wołoszczowce, Dorofiejowka, Korostawa, Balkowce, Januszowce, Manaczyn, Pisarzówka, Zielone, Matwijowce, Medwedówka, Kaczorzyńce, Petrykowce, Sarnów, Porochnia, Niemierzyńce, Kociary i Hłochwasty einschließlich aller Vorwerke, Gebäude, Äcker, Felder, Wälder, Haine und Gebüsche, Wiesen, Weiden, Flüsse, Bäche, Teiche, Weiher, Mühlen, Schenken, Untergebenen und deren Arbeitskräften, Mieten, Abgaben und anderen Entrichtungen, die sich nach Recht und Gewohnheit von alters her dort in Besitz und Nutznießung befinden, zu entsagen, um ihrem löblichen Wunsche nachkommen zu können und das Reinheits-, Frömmigkeits- und Gehorsamsgelübde im Haus der tugendhaften Fräulein vom Orden der Benediktinerinnen, durch seine Verdienste in der Kirche Gottes und der Menschen berühmt, abzulegen und eine Braut Christi zu werden. Zur Bekräftigung der Glaubwürdigkeit und Gültigkeit bestätigen dies die mit eigener Hand Unterzeichneten mit dem Siegel der Krone ...«

Diesem von der königlichen Kanzlei ausgegebenen Dokument war es zu verdanken, daß der Geist der Oberin, des bereits 1716 verstorbenen »Fräuleins von buckliger Gestalt«, schreckenerregend in dem Kloster umging, wo Nietota im Internat war.

Gewiß, die Furcht war groß. Es ist etwas Merkwürdiges mit der Bangigkeit, mit der Angst, mit Zittern und Beben vor furchtbaren Dingen, gleichzeitig ziehen sie an und locken, während sie doch ängstigen und schaudern machen, und es ist dieses Schaudern, dieses Beben, zu dem es hinzieht und lockt, so wie uns auch die Schneide der an die Wand gelehnten Sense anzieht, kaltblau, aus drohend erstarrtem Stahl, oder wie uns unfehlbar eine Schlucht, ein Abgrund, ein Felsensteilhang anziehen, ein Loch im Eis, die Tiefe des bodenlosen Wassers, der Rachen des Treppenschachts in einem vielstöckigen Haus, der Sims an einem Turm, der dazu einlädt, zwischen Himmel und Erde zu spazieren. Die Dunkelheit macht Angst, die Nacht, die Schatten, in denen sich unheimliche Dinge verbergen, jede Art von Leere, leere Wohnungen, verlassene Häuser, in denen es spukt. Dazu trägt noch das Gerede bei, das Erzählen, ein aus den Fingern gesogener und irgendwie glaubwürdiger Unfug, und wieder lassen wir uns betrügen, wir wollen es ja selbst, wir persönlich leisten die Beihilfe dazu, bringen in uns die Ungläubigkeit zum Schweigen, um genau an den Punkt der Angst, der schwindelerregenden Angst zu gelangen. Aber dann wiederum kann es der hellichte Tag sein, der uns schaudern läßt, der Mittag, mit einer grausamen Sonne hoch am Himmel, die mit ihrem brennenden, unerträglich grellen Auge die Welt in der Tiefe umfängt, wo sich nichts vor ihr verbergen, nichts sich verkriechen kann, wo der Horizont graublau verschwimmt und die Luft, ein in der Hitze zitternder Kristall, rosig schimmert, und nur ein Staubkreisel wirbelt rasend in der heißen Stille, ein Kreisel, ein Teufelskorkenzieher, der unvermittelt von der Erde aufsteigt, ein Staubnebel, der sich zwischen

den Ähren ausbreitet, aufsteigt und fällt, wie Poludnica, die Mittagshexe, die sich in einem wahnsinnigen Tanzsolo unter dem Himmel gedreht hat. Und dann setzt sich die Poludnica plötzlich mit ihrem Weiberhintern zwischen Rainen und Kreuzwegen nieder und pinkelt nach Weiberart in der Hokke, und schon hat es doch aus der blauen Kuppel des wolkenlosen Himmels inmitten von Hitze und Trockenheit wie aus dem Nichts ein paar Regentropfen zu uns verschlagen.
Angst am Mittag. Da kommt mir eine Erinnerung aus der Zeit des Ersten Weltkriegs. Da geschah es nämlich, daß wir flüchten mußten, als Familie, mitsamt Kindern, Bündeln, Körben, aller in der Hast zusammengerafften Habe, die sich tragen ließ. Wir flüchteten, denn die Flucht ist für uns alle eine kinetische Verlängerung des Lebens, die letzte Verteidigung, auf der Flucht wollen wir noch mehr von diesem Leben in hastigen Schlucken trinken, zwischen uns und dem Schrecklichen einen heilenden Abstand schaffen, uns davon abgrenzen, dem Ungeheuerlichen den Rücken kehren. Der Bahnhof war ein Knotenpunkt, wir sitzen im Bahnhofsrestaurant, es ist vollgestopft mit Menschen, gerammelt voll, doch auf jedem Tischchen liegt noch eine Tischdecke, glänzende Gedecke, eine kleine Vase mit Blumen, Salz- und Pfefferstreuer, obwohl der Boden mit Abfall übersät und bespuckt ist, und an manchen Tischen schlafen Leute mit dem Kopf auf der Tischplatte. Ein Mann am Tisch neben uns klopft mit seinem Fingerring auf die Tischplatte, so verlangt er nach seiner Suppe. In diesem Klopfen nun, das wie in der »Totenfeier« klingt, obwohl es nicht Nacht ist, sondern hellichter Mittag, mitten in einem Bahnhof, an einem Eisenbahnknotenpunkt, wo es von Flüchtlingen wimmelt, schmutzig, voller Menschentrauben, Koffer, Bündel, Krempel, im Bahnhofsrestaurant, wo es von Menschen und Fliegen schwirrt,

am hellichten Tag, am sonnigen Mittag, in diesem Klopfen also vernehmen wir eine Warnung. Da ist dieser Gebildete, ein Herr, besorgt und ungeduldig, aber immer noch korrekt, und er klopft auf seine Gebildetenart mit dem Fingerring nach dem Kellner des Bahnhofsrestaurants, obwohl dieser Kellner womöglich entweder zwei Tage zuvor selbst mit dem ersten Zug geflüchtet oder mir nichts dir nichts im Bahnhofsmagazin »an die Wand gestellt« worden war, weil ihn jemand für einen Spion hielt. Und jetzt dieses Klopfen wie in Mickiewicz' »Totenfeier«: »Kinder, kommt ans Pult ... Was brauchst du, Geist? ... ich bitte um drei Gebete ...« Und wir Kinder starrten diesen Herrn an, der inmitten des Chaos, der Kriegswirrnis, der Flucht den Anschein einer Fassung wahrte. Wir Kinder starrten ihn an und lauschten auf dieses Klopfen, dieses Pochen, das am hellen Mittag ertönte.
Die Erfüllung der Warnung ließ nicht lange auf sich warten. Ein Flüchtlingszug traf ein, und sofort drängte die Menge in die Ausgänge und auf die Bahnsteige, durcheinander, mit Koffern und Bündeln, verschwitzte Gesichter, ein wildes Getrappel der Füße, ein Sturm, der auf die Waggons losgelassen wurde. Der Zug bestand aus Personen- und Güterwaggons, schon vollgestopft mit einer dichtgedrängten Menschenmenge, schwere Kästen, die nun unbeweglich auf den Schienen standen, auf dem mit Auswurf und Abfall besudelten Gleis, schwarz von Kohlenstaub, Schmiere, Abwässern und menschlichen Exkrementen, und vor uns der Schlund des Güterwaggons. Die schweren Rolltüren zur Seite geschoben, die schmutzigrötliche, von Sonne und Wetter abblätternde Farbe der bretterverschalten Wände, die schmalen Fensterschlitze, die mit weißer Farbe aufgemalten Hieroglyphen der Waggonmaße, Ziffern, das rostige Eisen der Beschläge, Stangen,

Schrauben. Das aufgerissene Schreckensmaul des Güterwaggons vor einer wimmelnden Menschenmenge. Jahre später sollte es genauso aussehen, nur daß dann noch Stacheldraht vor die Fensterschlitze gespannt sein würde, und hinter dem Drahtnetz über den Zielortschildern würden Zettel mit Fracht- und Bestimmungsangaben sichtbar sein, die pedantisch über die Zielorte der auf Rangiergleisen zusammengestellten Züge informieren: Birkenau, Bełżec, Sobibór, Theresienstadt, Dalstroj, Wostok, Gulag …

Das kündigte sich uns in der Kindheit an, die doch an sich so weich und rosig ist, mit der sich für uns Erwachsene Vorstellungen von Unschuld, Sorglosigkeit, Engelhaftigkeit, Idyllischkeit verbinden. Wir haben vergessen …

Ach, all diese Kinderreime, diese Märchen, Rätsel, Verslein, all dieses Schnutzli-Putzli, arbeitsam erstellt, daß es Gott erbarm, von allen möglichen Fräuleinchen und Konopnickas, auf daß es unseren Kleinchen nur recht schön im Kopf durcheinandergeht von diesem »mit leisen Schrittchen und heimlichen Trittchen schlich sich Mariechen im Dämmer davon … und ich sag's euch im geheimen, sie lief fort von der Madame, der Madame, fort lief sie der Gouvernante, die einen grünen Schirm aufspannte …« oder »klitsche-klatsche, plitsche platsche, ich habe nur zwei Händchen klein, doch zum Waschen sind sie fein …« oder »Klingeling die Bimmelbahn, da kommt die städtsche Straßenbahn« oder »Herr Żurowski, hast du mich gern, so kauf ich dir rote Strümpfe ein …«, »Ach meine kleine rote Rübe, gern nähm ich den Kranz vom Kopf, gern nähm ich solch ein Männlein klein, so rötlich und so rund und fein …«

Indessen sind diese Kleinen, diese Schnuckelchen, oder wie die Erwachsenen sie sonst noch reizend nennen mögen, eine eigene Gattung Mensch, Dummköpfchen, wie sie nun einmal sind, aber mit ihrem eigenen Verstand, ihren eigenen Traditionen, ihrer Folklore, ihrer eigenen Erkenntnistheorie, ihrem Kauderwelsch, ihrer Geheimsprache, die von Generation zu Generation nur unter Kleinkindern existiert (»Ene mene mu, und ab bist du!« und dergleichen, was bis auf Sanskrit zurückzuführen ist, wie es ein Linguist erlauscht und erklärt hat), ihre eigene Erzählweise, ihre Rituale, ihre Moral und ihre Ethik, ihre Spekulationen, Vorurteile, Tabus, die den Spitzfindigkeiten, Vorurteilen und Tabus der Erwachsenen in nichts nachstehen. Manche davon sind richtig grauslich, wenn man sich zum Beispiel mit einer Bürste, einer gewöhnlichen Bürste so auf die Hände schlägt, daß auf der Hand ein regelrechtiger blutiger »Tau« austritt, oder wenn man die Handoberfläche so lange reibt, bis sie weiß und warm ist, und wenn man dann daran riecht, dann riecht man »Leiche«. Man legt den Finger an die Nasenspitze und schielt, oder man verdreht die Augen, bis nur noch das Weiße zu sehen ist. Man wundert sich, wenn der Fuß einschläft, das ist ganz merkwürdig, man kann nicht mehr darauf stehen. Und wie lange kann man den Atem anhalten? Schrecklich, wenn man den lebensspendenden Atemzug in der Lunge zurückhält und wartet und wartet, bis die Wangen blau anlaufen. Oder man schließt die Augen und tappt blind umher, ertastet die Welt, die vor einem liegt, oder man drückt durch die fest zugedrückten Lider auf die Augäpfel, dann erscheinen in der Trance gelbe und dunkelblaue Kreise unter den Augenlidern, bis einem angst und bange wird. Man betrachtet die Welt durch die grüne Scherbe einer zerbrochenen Bierflasche und freut sich an dem, was man da in Grün sieht. Und plötzlich »klingelt es im Ohr« wie ein ganz kleines Telefon oder eine elektrische Klingel. Und kannst du »Italienisch?« Was soll das heißen, ob ich Italienisch kann?

Nun, da reißt man dem anderen schmerzhaft ein Haar aus, damit er weiß, was *po włosku* heißt. Und die Geschmäcker, die so merkwürdig sind, von Anfang an gierig nach Süßigkeiten, nach allen möglichen Arten von Süße, Eis, Saft, der köstlichen, aromatischen Süße des Honigs direkt aus der Wabe, die unglaubliche Süße wilder Erdbeeren, die manchem als bloße Erinnerung schon allergische Ausschläge beschert, die herrlichen Schattenmorellen, die fade Süße der Akazienblüten, die man aussaugte, bis hin zum Überschreiten der Grenze aller Süße, wenn man zu viele Zuckerwürfel gegessen hatte, und dann die verschiedenen Sauerkeiten, Säuerlichkeiten, Scharfheiten, Pfefferigkeiten, Paprika, bis hin zum allerbittersten der »zwei Körnchen«, welche die Seelen verstorbener Kinder erbitten, bis hin zum Bitteren und Sauren des mit Essig und Galle getränkten Schwamms, den ein römischer Soldat auf der Spitze seiner Lanze dem Gemarterten reichte, als ihn Mitleid überkam.

Wie also hätte sich Nietota angesichts all dieser Schaurigkeiten nicht Vorurteilen hingeben sollen, Aberglauben, Zauber, Kartenlegereien, dem Deuten unheilvoller Vorzeichen, Wahrsagereien, Prophezeiungen, Verwünschungen, Gegenzaubern, in dieser ganz speziellen Fräulein-Mädchen-Kinderfolklore.
Nietota schält einen Apfel, behutsam, damit das Schalenband um Himmels willen nicht abreißt, damit ihr dieses Schalen-Loxodrom gelingt, mit einem scharfen Messer von einem roten Apfel geschält, dann wird die sich ringelnde Schale mit einer schwungvollen Bewegung nach hinten über die Schulter geworfen, und wenn sie hinfällt, bildet sie ein Zufallsmonogramm, eine verdrehte und verrenkte Form, die sich zur Not immer irgendwie lesen läßt, in den Schnörkeln er-

scheint ein Buchstabe, und dieser Buchstabe wird der Anfangsbuchstabe des Namens des zukünftigen Geliebten, Verlobten, Ehemanns sein.
Nietota paßt auf, daß sie nicht unter einer angelehnten Leiter hergeht, nicht über Kinder springt, die sich im Gras raufen, sonst würden diese aufhören zu wachsen, sie steht morgens nicht mit dem linken Fuß auf, denn das bringt Unglück, und dann erst all diese besonderen Freitage, die unheilvollen Dreizehner oder das glückbringende Berühren eines Buckligen, dann das Sichten eines weißen Pferdes, um nicht umkehren zu müssen und wichtige Dinge zu holen, die man daheim vergessen hat, die »blauen Montage«, so viele verschiedene Dinge, die man im Gedächtnis behalten muß, obwohl sie sich selbst sofort wieder in Erinnerung bringen. Man sitzt in der vergnügt plaudernden Gesellschaft anderer junger Leute, und plötzlich entsteht eine Stille, eine Pause, eine Unterbrechung im Gespräch, in der kein Wort fällt. Da weiß man, daß jemand in der Gesellschaft die Beine übereinandergeschlagen hat oder daß bestimmt irgendwo »ein Kavallerieoffizier Schulden bezahlt«. Und wenn uns mir nichts dir nichts die Ohren rot werden, aha, dann wird irgendwo in der Ferne über uns gesprochen. Und wenn an einem Augustabend der leuchtende Streif einer Sternschnuppe aufscheint, dann werden sich unsere Wünsche erfüllen.
Irgendwie sollten für Nietota nun die Karten aufgehen. Es war doch die letzte Flucht aus der Einsamkeit, die Karten waren die Vertrauten ihrer Träume und Wünsche, Ahnungen, Orakel und Prophezeiungen. Vielleicht war es keine zigeunerische Kartenlegerei, die trügt und betrügt mit ihren »Blonden« und »Brünetten«, mit dem Eifersüchtigen links und dem schwarzen Kreuz, das allem ein Ende bereiten soll, oder dem Karo-As, das einen Brief ankündigt, das ist für

Analphabeten gut. Man legte eine »Patience«, ein »Solitaire«, ein Spiel mit dem Zufall, wenn man es nach abwechselnden Farben legt oder nach Rang, und die Patience geht auf, »napoleonisch« oder als »Uhr«, ziegelförmig oder im Kreis, die Piks und Kreuze dunkeln schwarz, Karo und Herz leuchten rot, die Ungeduld, wenn die Patience »nicht aufgeht« und die Langeweile und Leere, wenn sich alles fügt und ordnet. Nur, Gott bewahre, nicht schummeln und in die Karten schielen, so sehr es einen auch juckt und verlockt!

Wieviel Trost erwächst aus diesen Karten mit den Konterfeis der Buben, Damen, Könige, mit ihrer magischen Rangfolge, heute noch unbeholfenen mittelalterlichen Holzschnitten nachgebildet, die Buben mit ihren Helebarden und martialisch gezwirbeltem Schnurrbart, die Könige mit ihren hübschen Bärten und der schief aufgesetzten Lilienkrone, das Szepter ernst an die Schulter gelehnt, die Damen mit Schleier, Spitzen und Diademen, mit runden Brüsten, die sich aus dem enggeschnürten Korsett wölben, in der Hand eine Rose oder einen Spiegel, auf den Wangen Rouge und weiße Schminke. Die Farben haben elegante Namen, sie werden französisch ausgesprochen, schließlich sind es ja die ehrwürdigen »Glokke, Wein, Rot und Eichel« der Kutscher und Wachwechsel im Corps de Garde und der Maurer und der Grünschnäbel, die in den hintersten Bänken heimlich, vor den Augen des Lehrers verborgen, Sechzig, Schafskopf und Einundzwanzig spielen, während die Gebildeten nur Belote, Preference und schließlich Bridge spielen.

Damals wogte um die Gegend, wo das Fräulein Oberin der Benediktinerinnen von Przemyśl ihren Besitzungen und Ländereien entsagt hatte, ein ständiger Streit, im Laufe weniger Jahre wechselten die Besetzer und Bestimmer dort mindestens vierzehnmal. Die Deutschen rissen es an sich, die

Petljura-Anhänger, Denikin, galizische Schützen, die Polen, die Bolschewiken, die »Grünen« von Backa Tutnyks Bande und Marusias Bande und sogar ein »Neuntes Niemandsregiment«. Der eigentliche Herrscher dort war die »Taczanka«.

Die Taczanka ist ein leichter offener Pferdewagen, der erfinderisch in ein Transportgefährt für ein Maschinengewehr umfunktioniert worden ist. Der Wagen, den man von weitem gut für ein Bauernfuhrwerk auf dem Weg zum Jahrmarkt oder einer Hochzeit halten mochte, mit Garben beladen oder einer Plane bedeckt, machte unvermittelt auf der Straße kehrt oder kam im Galopp aus einem Waldstück gefahren, und unter dem Wagenkorb schob sich plötzlich die Schnauze einer »Maxim« heraus und bellte eine Serie, während der Kutscher die aufgeregten Pferde zügelte und auf dem Feld die von der Serie dahingemähte Ernte fiel.

Zu diesem Zweck sammelten sie auf den Gütern, Höfen und Zuckerfabriken kleine, unlackierte »verwandelbare« Wagen, »Amerikaner«, Landauer, Britschken, Leiterwagen, Droschken auf federnden Holzleisten, und darauf wurden die Maschinengewehre montiert – Maxim oder Colt, Browning und Schwartzlose. Durch die wolhynischen Eichenwälder hallt das Echo der Serien, die Verschlußkurbel springt und geht, und der Maschinengewehrschütze hält die Griffe am Rückteil der Waffe und steuert den mit einem Kühlmantel umwickelten Lauf, und die Maschine verschlingt die Bänder mit der Munition. Die Augen des Schützen, blaßblaue, kalte Augen des Todes, schauen durch den Schlitz, der Daumen drückt auf den Abzug. Es regnet verbrauchte Hülsen.

In Zeiten sorglosen Friedens und der Ruhe in den Maschinengewehrschwadronen der Ulanen, in den »Taczanka«-Divisionen, deren Wagen mit allen vier Schutzblechen in Tarnfarbe gestrichen waren, malte man den Wagen aus Heiterkeit und Übermut Kennzeichen auf, die vier Asse, wie beim Kartenspiel: Kreuz, Karo, Pik und Herz.

Nietota läßt mich ihr Botanisieralbum anschauen. Ein großer Foliant, zwischen den Seiten dünnes Pergamentpapier, und auf den Seiten systematisch aufgeklebt und aufgesteckt und gepreßt: Halme, Blätter, Stengel, Stiele, Blütenstände, Strünke, pelzige Samenbeutel, Dolden, Schwämmchen, Staubfäden, Hülsen, getrocknete Blüten, die Farben ganz blaß und ausgebleicht, die Beschaffenheit der Blättchen mürbe. Alle sind pedantisch mit Namen versehen, mit den lateinischen Bezeichnungen. Raute, Rosmarin, Quendel, Baldrian oder Valeriana, Passionsblume, Minze, Ringelblume, Knöterich oder Grindkraut, Wildrose, Rhabarber, Moos- oder Moorbeere, Kamille, Tollkirsche (*atropa belladonna*), Eibisch, Schöllkraut, Lindenblüte, Wollkraut, Angelika, Tausendgüldenkraut, Nieswurz, das ist dasselbe wie Bohnenkraut, schwarzes Bilsenkraut, Rittersporn, Beinwurz, Fliegenkraut, Stechapfel, Tollkraut, Fingerhut (*digitalis*) ... Und das? Nein, lach nicht, das ist doch Bärlapp, Nietota ... Und das? Das ist die Steppenhexe. Ja, die gehört zu den malvenartigen Gewächsen. *Salsola pestider.* Das ist hier nicht am richtigen Ort, denn dies ist doch ein Botanisierbuch mit Heilpflanzen. Sie hat sich hier hereinverirrt. Denn weißt du, sie irrt herum, bleibt nicht an einem Ort hängen, rollt wie eine Kugel über die Erde, bleibt an Zäunen und Büschen hängen, der Wind trägt sie weiter, du hast sie doch auch schon gesehen, oder nicht? Die Steppenhexe ...
Diese Sammelleidenschaft, wie sie bei alten Weibern verständlich ist, bei Hexen, die Krankheiten voraussagen, war auch bei einem jungen Mädchen verständlich, das nicht irgend-

eine Hellseherin war, sondern bloß Medizinstudentin. Auch während ihres Aufenthalts im Sanatorium von Bratniak ließ sie das Studium nicht schleifen. »Ich beiße auf den Granit der Wissenschaft«, schrieb sie. Ich weiß nicht einmal, was das war. Gewiß, das Studium der Medizin, diese und jene Chemie, organische und anorganische, Physiologie, Histologie, Pharmakopöe, und am Anfang vor allem Anatomie, weniger Wissenschaft als Disziplin, denn Neues konnte man sich da nicht ausdenken, nur Hunderte, Tausende lateinische Namen, die man auswendig lernen mußte, ins Lateinische und aus dem Lateinischen. Mit dem Sezieren fing man damals schon im ersten Trimester an, in kühlen, sterilisierten Sälen, die Wände mit glänzender Ölfarbe gestrichen, nach Formalin stinkend. Der Prosektor, groß, weißhaarig, mit einem Schnurrbart wie Strohwische, schwarzer Wachstuchschürze und gummibehandschuhten Händen, ungehobelt und ungeniert, erzählte die gröbsten Schweinereien, ohne sich vor den jungen Studentinnen zu schämen

Und um mir zu imponieren, nahm mich Nietota einmal mit ins Prosektorium, als dort niemand war, denn sie wollte mir eine Leiche zeigen. Es war die Leiche einer Frau, einer Alten, womöglich einer Bettlerin, die aus dem Obdachlosenasyl oder vielleicht direkt von der Straße hierhergebracht worden war, ein magerer Leichnam mit geschorenem Schädel, der in Formalin eingelegte Körper hatte die Farbe von Mahagoni, mit einem auch im Alter noch hochgewölbten Venushügel.

Und nach Jahren kam mir die Erinnerung daran wieder, als man uns zum Zeugnis einer Ära der Menschenverachtung Hunderte, Tausende von Fotografien von Menschenleichen in den Todeslagern oder an aufgerissenen Gräben der Massenhinrichtungen zeigte. Ausgemergelt und kantig, nur noch von Haut überzogene Knochen, ein furchterregendes Theater der Marionetten, der Schaufensterpuppen, Rippen, Schienbeine, Becken, gebleckte Zähne und geschorene Schädel, spitze Knie und Ellbogengelenke, die gespannte Haut auf Wangenknochen, in die Augenhöhlen eingesunkene, erloschene Augen, und dazwischen Frauenkörper, schamlos in ihrer Nacktheit, die ebendiesen sich wölbenden Venushügel zeigten. Anblicke wie auf Werken der Maler des 15. Jahrhunderts, Leichenberge, scheinbar in Bewegung, als erhöben sie sich von der Erde, erstünden auf von den Toten, um als Menge, als ein langer, sich windender Zug ins Tal des Jüngsten Gerichts zu ziehen. Oder wie ein menschliches Botanisierbuch, mit toten und ausgetrockneten Menschenstengeln, wie im Botanisierbuch Nietotas.

»Ich weiß!« sagte sie, »ich weiß alles! Ich weiß es wirklich!« Sie sprach mit erhobener Stimme, klar und metallisch, scharf und vernehmlich. Die Beine hielt sie zusammengepreßt, und mit beiden Händen stützte sie sich auf den Rand des Sanatoriumsbetts, als wollte sie eine ganz symmetrische Stellung einnehmen, als könnte sie mit der perfekten Symmetrie dem, was sie zu sagen hatte, Schärfe und Klarheit verleihen.
»Weißt du, als ich vor ein paar Jahren in den Ferien bei Onkel und Tante war, da hatten sie ein Sommerhaus an der großen Eisenbahnlinie gemietet, die nach Westen führt. Und dort, von diesem Haus aus, konnte man alle paar Stunden einen Eilzug vorbeifahren sehen. Man wußte immer schon im voraus Bescheid, denn die Eisenbahnschienen begannen dann schwer zu stöhnen, zwischen den Schwellen ertönten ein dumpfes Klopfen und ein Seufzen. Und dann Stille ... Und dann wieder ... Und dann hörte man auf einmal von Ferne den Lärm und das Stampfen des herannahenden Zuges. Es

war wie eine Stimme, die immer lauter wurde. Und das war schrecklich. Dieses Abwarten ... Der Onkel ist ja Ingenieur, wie du weißt, und er sagte, in der Physik bezeichne man das als Effekt, eine Erscheinung, das Doppler-Prinzip. In dem Maße, indem sich das Tosen, das Pfeifen der Lokomotive des herankommenden Zuges näherte, stieg es an bis zur obersten Grenze, um dann abzunehmen, zu fallen, wieder zu verschwinden. Es ist nicht bloß so eine akustische Kuriosität, denn das Prinzip findet auch in anderen Sparten der Wissenschaft Anwendung, beispielsweise in der Astronomie, wo man die Messung der Entfernungen der Sterne auf der Grundlage der Verschiebungen der Fraunhoferschen Linie im Spektrum des Spektroskops vornimmt. Siehst du, wie gelehrt ich das alles hier auseinandersetze ... Aber das Abwarten war schrecklich ... Du kannst ja über mich lachen, über meine Exaltiertheit, aber dieses Warten war schrecklich, einfach schrecklich ... Ich bin dumm, daran besteht kein Zweifel, mir fehlt das, was man Vorstellungskraft nennt. Immerzu lese ich Poesie, Słowacki und Staff, wirklich immer. Aber ich hab keine Vorstellungskraft, ich hab sie einfach nicht ... Und wie ich damals so wartete, da versuchte ich mir vorzustellen, was sich da näherte ... aber ich schaffte es nicht, mir etwas vorzustellen, natürlich hatte ich die offensichtlichen Assoziationen, man weiß, das ist der »Eilzug vier Uhr dreiundzwanzig«, und deshalb weiß man, daß da etwas mit einer Feuermähne herankommt. Aber wenn man nicht die Buchenhecke an der zweigleisigen Strecke sah, keine Perspektive der Schienen, weder Himmel noch Erde, dann wurde es zum bloßen Warten. Ich dachte bei mir ... kann es so etwas geben wie das bloße Warten an sich ... ohne Bild, ohne Licht, ohne Schmerz ... Du magst lachen ... Das ist, als ob jemand meinte, man könnte allein von Erdbeergeschmack leben, daß alles, die ganze Welt, Gut und Böse, Dummheit und Langeweile, Ehrgeiz und Humor, Hingabe und Kummer, daß sich das alles in einer einzigen Empfindung konzentrieren ließe. Also, das habe ich einfach so auf gut Glück gesagt mit dem Erdbeergeschmack. Aber du kannst nehmen, was du willst ... Bei mir verwandelte sich damals alles ins Warten ... Was schaust du mich so an? Meinst du, es wäre etwas gekommen, etwas wäre eingetroffen? Kannst du dir vorstellen, daß ich hier wäre, meinst du, nach diesem Warten hätte wirklich etwas Größeres kommen können, etwas anderes, etwas, das mich hätte erfassen und in diesem rasenden Schwung mitreißen können, daß noch etwas von mir übrig wäre?«

»Na ja, der Schnellzug vier Uhr dreiundzwanzig fuhr vorbei, das brauch ich dir wohl nicht zu sagen.«

»Und wenn mir bis heute noch das rote Signallicht nach der Durchfahrt des Zuges wie ein glühender Nagel im Kopf steckt, dann deshalb, damit ich selbst nicht weiß, wie weh es getan hat, wie sehr es mir auf immer ein Loch ins Gehirn getrieben hat, das wird niemals, auch nicht in der ausgeklügeltsten Erklärung ...«

Nietota saß jetzt unsymmetrisch auf ihrem Sanatoriumsbett, sie war beschämt und verwirrt von ihrem Ausbruch.

El Pelele

Indem sie all ihrem irdischen Hab und Gut entsagte, einschließlich aller »Vorwerke, Ländereien, Gebäude, Sägemühlen und Walkereien, sämtlicher Mühlen samt Ausmahlung, aller Teiche und Biberbauten, Weiher und Tümpel mitsamt des dazugehörigen Fischrechts, mit allen Gärten, Hainen und Heideland, mit Wäldern, Forsten und Eichen, mit allen Feldern, Heuschobern und Nutzgärten, mit jedwedem Vieh und anderem Besitz, mit den ›Wegbojaren‹ (für Kurierdienste) und den ›Schildbojaren‹ (zur Verteidigung), mit fahrenden Leuten (das waren die, die Fuhrwerke besaßen) und nichtfahrenden Leuten (die ihre Aufgaben zu Fuß erledigten), mitsamt allen Arbeiten auf dem Gutsland, Scharwerken, Fronfuhren, Abgaben an Erbsen und Hafer und der Honigabgabe, und allen Zuteilungen und Zinsen und jedweden anderen Ableistungen, mit sämtlichen Zahlungen in Geld sowie anderen Zahlungsmitteln, mit Jahreszins, Pacht und jedwedem Getränkeausschank, mit dem Zapfgeld von Bier, Met und Bränden sowie Fässern von Malmasier- und Muskatellerwein und jedwedem anderen Getränk, mitsamt den Abgaben für Fuhren und Fähren und dem vierten Groschen aller Waren und Vieh und Zoll und Maut und Löhnen und Gebühren«, indem sie also all diesen Dingen entsagte, entledigte sich die Frau Oberin allerdings nicht der Sorge, die mit diesen materiellen, vergänglichen irdischen Dingen verbunden ist. Die tugendhaften Benediktinerfräulein von Przemyśl waren die Begünstigten und Erben vieler Vermächtnisse, Testamentskodizillen, Schenkungen und Güter, die ihrem Haus Wohlstand sicherten. Zahlreiche Stifter, Wohltäter, Gönner und Almosengeber aus dem Przemyśler, Samborsker, Jasielsker und Krosniensker Land sicherten ihnen ein Einkommen, und die Verwaltung desselben wurde Vormunden, Bevollmächtigten, Kuratoren, Finanzverwaltern und den Kommissaren, Räten, Unterstarosten, Wirtschaftern und Buchführern übertragen. Diese Güter und Einnahmen mußten kontrolliert und versehen werden, damit menschliche Unzulänglichkeit und Gier und Habsucht ihnen keinen Abbruch taten. Deshalb pflegte die Frau Oberin einmal im Jahr auf die Reise zu gehen und alle Güter, Anwesen und Vorwerke des Klosters zu besuchen und einer Generalinspektion zu unterziehen. Obwohl die »Strecke«, die nach dem Erzherzog Karl Ludwig benannte Eisenbahn von Lemberg nach Krakau, ausgebaut war, und dies bereits seit etlichen Jahren, machte die Frau Oberin keinen Gebrauch von dieser teuflischen Erfindung der Moderne. Für ihre Rundreise nahm sie die alte, einst sechsspännige, heute von zwei Fuhrwerksungetümen gezogene Kutsche. In dieser verkratzten Schachtel, die in ihren Federungen und Lagern über Schotter und Schlaglöcher der Chausseen schaukelt, unter dem Knirschen der Räder und dem Trappeln der Hufe blickt die Äbtissin durch den schmalen Schlitz zwischen den zugezogenen Gardinen und erinnert sich an die Kleinbauernhöfe aus früheren Zeiten, wo auseinander- und wo zusammengepflügt wird, wo das Heu zu Haufen ausgeschichtet und wo zu Ballen gerollt wird, was hier und da aufgeräumt, gegraben oder ausgehoben wird. Die Frau Äbtissin in ihrem schwarzen Habit, den Äbtissinnenstab an einen Sitz in der Kutsche gelehnt, läßt die Perlen des Rosenkranzes durch ihre Finger gleiten.

Und so ist es auch jeden Tag, wenn sie sich durch den Korridor schleppt und an einem Fenster stehenbleibt, da kann sie auch auf einen Blick sehen, was sich auf dem Klosterhof tut. Und was sich dort tut, das findet die Zustimmung der Frau Äbtissin, obwohl sie es sich nicht anmerken läßt. Auf dem Schulhof oder im Klostergarten haben sich die Mädchen in der Pause ein Spiel ausgedacht, das heißt »Der Hampelmann«. Es ist eine drollige Puppe, ein Hampelmann, eine Marionette, hastig und schludrig aus Lumpen, Leintüchern, Unterwäsche angefertigt, aber das macht das Vergnügen nur noch größer, der Kopf aus einem Kissen, runde Augen draufgeschmiert, eine Nase, ein schiefer Mund, darauf eine Perücke aus Zotteln, die Lumpenarme baumeln lang herab, die Beine sind in den Gelenken verdreht, die Füße stecken in Strümpfen und Schuhen, bekleidet ist das Ganze mit einer Art Frack und Weste und noch etwas Gebasteltem mit wehenden Rockschößen. Dieser plumpe, kraftlose, schlaffe Hampelmann wird aufs Geratewohl hochgeworfen, und die ausgelassenen hysterischen jungen Damen kichern sich schief beim Anblick der verdrehten Posen, die der Hampelmann im Flug einnimmt. Darüber, daß dieser Hampelmann ein »Er« ist – also eben ein Mann, der es auf ihre Unschuld abgesehen hat, doch von dem sie auch träumen, über den sie reden, auf den sie hoffen, den sie fürchten, vor dem sie flüchten, den sie mit dieser Flucht erregen und reizen wollen, den sie locken, auf den sie zugehen, dem sie Versprechen und schöne Augen machen, für den sie sich vor dem Spiegel zurechtmachen und drehen und wenden – und darüber, daß dieser »Er« ihnen in dieser unbeholfenen und wehrlosen Pose ausgeliefert ist. Die Frau Oberin, die durch den Korridor humpelt und am Fenster stehenbleibt, heißt das grausame Spiel der Mädchen gut, sie lobt und toleriert es, gewiß in gutem Glauben und aus Sorge um Ruhe und

Tugend, Treue, Jungfräulichkeit, Schicklichkeit und Manieren der ihr in *loco parentis* zur Erziehung anvertrauten Geschöpfe.
Sie ist es, die beim letzten Gebet, das den Tag beschließt, nach der letzten Litanei und Antiphon die alte Hymne anstimmt, die immer in den Klöstern zur Complet gesungen wird, *Procul recedant somnia*, die um Schutz vor bösen Träumen und dem Alpdrücken der Nacht, ihren Ängsten und Gesichten fleht, die Zuflucht sucht, die himmlischen Mächte anruft, damit sie unter ihrem Fuß den Kopf der bösen Geister zermalmen, damit wir *super spidem et basiliscus ambulabunt*, damit uns, Gott bewahre! kein Übel zustoße. Es nimmt uns die Träume, schirmt vor ihnen ab, vor ihrer Zufälligkeit, ihren unheilkündenden Bedeutungen, unerwarteten Verwicklungen und Assoziationen, ihren Absonderlichkeiten, ihrer Unlogik, ihrer Unruhe, vor dem Spott, den sie mit dem Leben treiben, vor ihrer Vorspiegelung von Leben, vor dem Leiden darin für unbegangene Schuld, vor den Racheträumen und Selbstgeißelungsträumen, vor den unartikulierten und gleichsam lautlosen Träumen, den naiven und den ganz humorlosen, den paranoiden Träumen und denen, die auch nicht die unschuldigsten Sehnsüchte und Wünsche, die wir haben, erfüllen. Die Frau Äbtissin weiß sehr gut, was sie tut. Sie läßt nicht zu, daß wir uns aus ihrer Macht stehlen, aus dem Bannkreis ihres Hirtenstabs, sie will, daß wir unschuldig und sündlos bleiben, die Last unserer Sünden will sie auf sich nehmen und die Schreckensträume, die aus unseren Sünden erwachsen.
Woher kommen diese Einzelheiten aus der Klausur, aus dem Kloster hinter verschlossener Pforte? Nun, ich rekonstruiere das, was Nietota mir erzählt hat, und mache den unbeholfenen Versuch, mit meinen eigenen Worten zu reden. Jetzt

sehe ich Nietota, wie sie war, nicht mehr mit Fechtanzug und Florett, sondern als Pulcinella meldet sie sich gehorsamst bei der Äbtissin, in ihrem bunten Dominokostüm. In der Hand hat sie einen Tamburin, und sie schlägt darauf, und die Schellen klirren vor der Zelle der Frau Äbtissin, und mit lauter Stimme verkündet Nietota:
Signori comici sono arrivati!
Wie gefiel Nietota dieses Spiel, ihr, die wenn sie außer Rand und Band geriet, auch wirklich außer Rand und Band war, die ohne Rücksicht auf Strafe, Nachsitzen, Schläge und Prügel ausgelassen war. Und sie verdoppelte sich in dieser Rolle, mal war sie Pulcinella, listig, verschlagen, schlau wie ein Fuchs, betrügerisch, ein Schelm, und dann wieder ein zänkischer Raufbold, händelsuchend, ein Schurke und Rowdy, verliebt in die flatterhafte Colombina. Arlequino steht ihm treu zur Seite, in schwarzer Maske, denn irgendwann ganz früher war er ein Neger, im Schachbrettkostüm, denn so sehen sie aus, die Lumpen der Lumpenhändler, die der Halunke trägt, er ist seinem Herrn treu bis zu dem Augenblick, wo er ihn vergißt, um einen Topf auslecken zu können. Und Capitano Savente oder Bombardone oder Fracassa, »Sohn des Donners und Erdbebens, Bruder des Todes und Busenfreund des Beelzebub«, mit einem Schnurrbart wie ein Luchs, mit Degen und Sporen, der die Augen schließt, um nicht die Hände, Füße, Köpfe, Ohren zu sehen, die unter seinen Hieben durch die Luft fliegen, immer hinter dem zarten Geschlecht her, das ihm zu Dutzenden erliegt, mit einem unsäglich feinen Geruchssinn für Küchendüfte, doch hält man ihm die Faust unter die Nase oder raschelt ein fallendes Blatt, dann wird er auf der Stelle zum Hasen. Und noch der Pantalone, der gewiefte venezianische Kaufmann oder Bologneser Professor oder der ewig verlierende Winkeladvokat mit der auf-

gesetzten Riesennase, seine Frau oder die ihm anvertraute verwaiste Nichte eifersüchtig bewachend.
Dieses Theaterchen der Pensionistinnen, dieses *commedia dell'arte*-Spiel veranschaulichte mir mit seinen karikaturhaft und riesenhaft verzerrten Darstellungen der jeweiligen Eigenarten die menschlichen Schwächen. Capitano Spavente ist die Verkörperung des Soldaten-Prahlhans, der Heuchelei, Buffonade, Maskerade des gesamten Militärs seit ewigen Zeiten, mit seinen Federbüscheln, den Kämmen auf den Helmen, all diesen Verbrämungen, Schulterklappen, Schärpen, Säbelscheiden, Rabatten, Bannern, Fahnen und Insignien, die nur die Angst unter einem Panzer verbergen sollten, die *cuirasse* von Feiglingen, die sich bemühten, ebensolchen Feiglingen auf der anderen Seite einen Schrecken einzujagen, sie zu blenden, ihnen psychologisch zu imponieren und sie einzuschüchtern, und dazu noch all diese Rufe, Kommandos, Paradeschritte, Roßschweife, Kesselpauken und Trompeten, die Banner, die sich entrollen wie »die Zelte der am Himmel biwakierenden Heere«, Lärm und Geschrei, das die verschiedenen Rotten, Kohorten, Legionen, Bataillone erheben, diese Standarten, Schilde, dieser Klang der Klingen, das Wiehern der Kampfrösser – was für eine Kinderei!
Ja, genau, eine Kinderei!
Aber ist es nicht auch von mir eine Kinderei, mich auf ein so exotisches Terrain zu begeben, das ich doch gar nicht aus eigener Anschauung kenne? Mancher hat schon einen Fehler dieser Art gemacht und hat teuer dafür bezahlt, indem er sich Mißverständnisse, Kritik, zuweilen sogar Lächerlichkeit eingehandelt hat. Da muß man sehr vorsichtig vorgehen, ermessen, vorausschauen, mutmaßen, erraten, umgehen. Das wissen wir, das wissen wir. Vor langer Zeit fiel mir einmal ein Roman von Maria Konopnicka in die Hände, allseits

bekannt als gepriesene und zuverlässige Dichterin und Autorin, die es wirklich verstand, mit Worten Leben herbeizuzaubern, ein echtes Talent, wenngleich sie mit ihren Volkstümlichkeiten und ihrem ganzen Bauernunrecht auch ganz schön auf die Nerven gehen konnte. (Aber ein Märchen, das konnte die Frau Konopnicka erzählen: »... So setzt Euch doch, Herr Zwerg«, damit laden die Kinder Krzalek Opalek ans Feuer ein, und Zośka Kowalczanka hält sich den Handrücken vor die Augen und ruft sogleich: »Und erzählt uns ein Märchen!«) Und ich, der ich über ein klösterliches Mädchenpensionat schreiben will – dabei habe ich mich doch eben schon als Schuster Eilig vorgestellt, erinnert mich Nietota –, ich seufze wie Fuchs Sadelko mit einem schiefen Blick in jene Richtung: »Ach, wie gern würde ich doch dieses interessante Waisenmädchen in der Arbeit unterweisen! Jetzt offenbart sich mir meine wahre Bestimmung: Verirrte Gänslein wieder heimzuführen, das ist meine Berufung.« (»Aha«, würde Nietota humorvoll erwidern, »vier weiße und drei gescheckte!«) In demselben Band der Frau Konopnicka ist auch eine kleine Novelle mit dem Titel »Stacho Szafarczyk«, wenn ich mich recht entsinne. An den Tenor der Geschichte kann ich mich nicht mehr erinnern, doch mir ist haftengeblieben, wie der Held, ein halbwüchsiger Bursche vom Dorf, ein Roggenfeld mäht. Und da ließ sich Frau Konopnicka, immerhin doch eine Dame ihrer Zeit, mit *pince-nez* und Tournüre und nicht irgendeine Traktoristin, von ihrer Phantasie hinreißen und unternahm die Beschreibung einer Art Roggenmahd, die den lieben langen Tag dauert, was für einen Jungen von dreizehn, vierzehn Jahren eine schwere Arbeit ist, Arbeit für einen ausgewachsenen Bauern, das Umlegen des Gemähten unter Stöhnen und Ächzen, wenn das Kreuz fast bricht und sich verdreht, wenn die dichte Wand des Getreides wie eine Mauer steht und sich der Sense störrisch widersetzt. (Und ganz abgesehen davon, mäht man Getreide doch mit einer Sense, die mit einer Art Halbrechen versehen ist, damit die Ähren unbeschädigt auf das Stroh zu liegen kommen, oder nicht? Aber es soll uns egal sein, daß davon nicht die Rede ist.) Gewiß, die Phantasie, die künstlerische Vorstellungskraft, das ist das eine, die Realität das andere. Ich persönlich habe nie gemäht, und ich würde mich auch an keine solche Beschreibung wagen.

Aber dafür weiß ich wirklich und wahrhaftig, was es heißt, einen Güterwaggon auszuladen, und zwar eine ganze Ladung ungelöschten Kalk. Das habe ich selbst gemacht, einen ganzen langen schrecklichen Tag über. Der Waggon stand auf einem Abstellgleis, und an die zurückgeschobene schwere Rolltür, an diese in verwittertem Ziegelrot gestrichene Kiste, an diese zurückgeschobene Waggontür, diese Kiste auf schweren Achsen, mit schwarzen, vom Staub grauen Radscheiben, mit ihren Stangen, Schrauben, stumpfen Puffertellern, den Bremszähnen, die die polierten Reifen der Räder umgreifen, an diese zurückgeschobene Tür wurde eine Art fahrbarer Bottich geschoben, ein Holztrog auf Rädern. Stolpernd und um Gleichgewicht ringend, stehe ich auf dem Haufen schmutzigweißer Kalkbrocken, die Schaufel in der Hand, und von dem bis auf die halbe Höhe der Waggonwand getürmten Haufen schaufle ich Kalk, der irgendwo ausgebrannt worden ist, in irgendwelchen Kalkgruben in einem Steinbruch, wo solche Kalkbrocken eben gebrannt werden, ich schaufle mit einem Stich ein Gewicht auf, daß mir das Kreuz durchzubrechen scheint, und halb drehe ich mich dabei zu dem rechteckigen Rahmen der zu Gottes schöner Welt hin geöffneten Waggontür, durch die ein scharfes Licht ins dunkle, kalkweiße Innere des Waggons fällt. In diesem Inneren

steigt hartnäckig, böse und allesverschlingend der Nebel aus Kalkstaub auf. Und davor gibt es kein Entrinnen. Er dringt in Augen, Nase und Kehle, und obwohl ich mir aus einem Taschentuch eine Art provisorischer Maske gemacht habe, dringt der Staub durchs Gewebe, setzt sich in Kehlkopf und Lungen, und meine Nase ist schon ganz geschwollen von dem sich darin stockenden Kalkstaub. Meine Halbschuhe, die Aufschläge meiner Intelligenzlerhosenbeine sind weiß geworden, das Schaufeleisen knirscht, jede Ladung der hochgestemmten Klumpen wiegt entsetzlich schwer. Der schwere Trog unten vor der Tür füllt sich langsam, langsam, aber der Haufen, auf dem ich im Waggon stehe, wird und wird nicht kleiner. Das Hemd klebt an Schultern, Rücken, Armen, die Waggonwände hallen wider, ja die ganze Metallkiste hallt wider vom Scharren und Knirschen der Eisenschaufel, der Schweiß rinnt mir über die Stirn und in die Augen. Der Atem pfeift, das Blut pocht mir in den Schläfen, mit zusammengebissenen Zähnen stemme ich unbeholfen, ungeschickt und laienhaft Schaufel um Schaufel Kalkbrocken. Ich bin allein, allein mit mir selbst und meinen Gedanken, die zu diesem Zeitpunkt chaotisch und verwirrt sind, erdrückt von der körperlichen Anstrengung, hilflos flatternd, wie irr klammern sie sich an einem Thema fest, springen zu einem andern, um sogleich wieder zu flüchten, bis ich einen Augenblick stillstehe, die Schaufel halb in den Kalkhaufen gerammt, und mich frage: Wer bin ich? Warum bin ich hier? Wohin gehe ich weiter? Bin ich das wirklich selbst? Ich? Sind das meine Hände? Mit diesen hervortretenden Adern auf den Unterarmen, mit dieser Brust, die sich in abgehackten Atemstößen hebt und senkt, mit diesem Schweiß, der mir das Hemd an die Schultern klebt?
Und da kommt es mir plötzlich vor, als sei der Waggon in

Bewegung. Ganz deutlich höre ich das Klopfen der Räder an den Schwellen, durch die Ritzen zwischen den Wandbrettern sehe ich die vorbeihuschenden Bäume, in den Krümmungen der Gleise legt sich der Boden des Waggons schräg und schwankt, und weit weit weg, ganz am Ende der langen Reihe von Waggons, heult die Lokomotive, und ihre Stimme vermischt sich mit dem Heulen, Schreien der Menge, dem Schluchzen von Kindern, dem ohnmächtigen, dumpfen Hämmern menschlicher Fäuste gegen die Holzverkleidung der Waggonwände, und der schreckliche Choral des Schreis »Gewalt!«, tierisch, machtlos vor Angst und plötzlicher Panik, ein Schrei von zusammengepferchten Geschöpfen im Güterwaggon, Menschen, die bis zu den Knöcheln im klumpigen Kalk stehen, mit dem die Waggons prophylaktisch, zur Vermeidung von Infektionen ausgestreut worden sind. Und danach, nach dem Ausladen des Menschengewimmels, stampfen die Waggons leer und leicht, im metallischen Takt der schlagenden Pufferstangen, wie ein Zittern läuft es an den langen Reihen von Waggons vorbei, die auf den Geleisen bereitgestellt sind, gut desinfizierte Waggons, die kommen, um immer neue Menschenladungen zu holen. Uff! Mit dem Ellbogen wische ich mir den Schweiß von der Stirn und sage zu mir selbst, Mensch, was phantasierst du da, es ist doch hellichter Tag, du mußt den Kalk aus diesem Waggon laden, der nächste Trog wartet schon, beeil dich, an die Arbeit! Man könnte also meinen, es sei eine ganz einfache Sache, einen Waggon mit Kalk an der Station Persenkowka auszuladen!

Was beschäftigte Nietota in jenen Jahren? Vor allem natürlich die nächstliegenden, alltäglichen Dinge, die uns alle beschäftigen, die tägliche Routine des morgendlichen Aufstehens,

Frühstück, Kaffee, Kipfel, und draußen ist der heiße Sommer, golden in der Sonne, die durchs Laub sickert, blau unter dem klaren Himmel, voll von klingenden Vogelstimmen, dem Fiut-fiut der Pirole, dem Fliegensummen, dem Glockenschlagen von der Dominikanerkirche. Nach der Morgentoilette – ziemlich primitiv, an einer kupfernen Waschschüssel – setzt sich Nietota oben ans Klavier. Darauf liegt ein Stapel Noten, eine Klavierschule mit monotonen Tonleitern und Fingerübungen, verschiedene leichte Stücke, ein paar Potpourris aus Operetten, Beethovensonaten, eine Schubertserenade, Grieg, Weber, »Eine kleine Nachtmusik«, aber auch »Ave Maria«, Arien aus »Halka«, Walzer, Mazurken, Bauerntänze, das alles ziemlich abgewetzt, mit Titelvignetten, Notenhieroglyphen, Violin- und Baßschlüsseln, »Kreuzchen« und »b«s, und unter den Notenlinien die von langen Pausen unterteilten Worte, damit die Silben dahin fallen, wo die Note ist, Worte, Worte. (»Bei der Spinnerin spinnen die Mägdlein wie Engel« – »Zum Königsohn kam ein Jüngling auf einem Kahn ...« – »Ura-ho, voran, dem Hetman hinterher – Ura-ho – voran!« – »La Donna e mobile ... Ach, wie so trügerisch ...« – »Warum jetzt schon, fragst du mich? Trunken greif ich rasend nach dem Messer! ... Das Schiff ist schon im Hafen angelangt ...« – »Eile mein Boot, das Wetter ist günstig, sollst du geführt sein – von Santa Lucia ...«, Noten, Noten, Kreuzchen, Kreuzchen, Allegro, Andantino, Adagio, Maestoso, »Die Blätter rieseln von den Bäumen ...« – »Jenseits des Niemen dort in der Ferne ...« – »Schankwirtin, Liebste, bleib stehn, ich bitt dich, bleib stehn!«
Und kurz darauf Nietotas leiser Diskant:

Der Nachen auf dem Wasser – er schaukelt leis,
Der Nachen auf dem Wasser – er schaukelt leis ...

Und Stille. Und wieder:

Der Nachen schaukelt auf dem Wasser,
in der Ferne sieht man das Dorf...

Sie verstummte. Man hörte nur noch das Knirschen der Pedalfeder und das Rascheln der umgeblätterten Seiten des Notenhefts. Dann perlte es in den höheren Oktaven von rasch angeschlagenen Tasten, und wieder Stille, bis sich ein paar ungeduldige Jazzsynkopen meldeten. Dann wieder Stille, und in den unteren Oktaven die Akkorde einer Polonaise. Schließlick knallte der Klavierdeckel zu, und Nietota flatterte die Treppe zum Garten hinunter, nur die Tür zur Veranda schwang noch hin und her...

»Bei Crescat ist es decrescat, und bei Decrescat ist es crescat«, sagte Nietota, wenn abends plötzlich die blasse Scheibe des Halbmonds über den Baumwipfeln erschien. Die Form des großen C von Crescat mußte man umgekehrt lesen, und der neue Mond, der jetzt aufging, hatte die Form eines großen D. Das war ein mnemotechnisches Spiel der Pensionistinnen, mit dessen Hilfe man sich bestens etwas einprägen und in allen möglichen Kompliziertheiten zurechtfinden konnte, da es für das Gedächtnis zuviel wäre, immer zu wissen, wann die Mondsichel zunehmenden und wann sie abnehmenden Mond anzeigt. Demselben Zweck dienen auch die rhythmischen Verse zu den Tierkreiszeichen: »Erst Löwe, dann Jungfrau, der Sommer geht, Waage und Skorpion werden kühler stets, Schütze bringt den Frost herein, Steinbock kommt mit Schnee und Eis, Wassermann hält die Fische kalt...« Was haben die jungen Damen mit den Tierkreiszeichen zu schaffen, mit Kosmogonien oder Astrolabien, was sollen sie sich in die Sternbilder vergucken, besser stünde es ihnen an, sie zu verkörpern, eingehüllt in die Schleier der

Milchstraße zu schweben, in Gestalt der Konstellationen von Andromeda und Kassiopeia zu schimmern, mythologisch, lockend, oder sich zwischen ihnen zu verlieren wie jene El Suha, »Die Vergessene«, die zwischen den Sternen des Großen Bären verlorenging.

Wir sind uns doch einig, daß vielleicht das einzige auf der Welt, was alle Menschen gleichermaßen teilen, der gemeinsame Nenner für alle doch einzig und allein der Himmel ist, die Sterne, die Wolken. Alles andere, die Ebenen, Steppen, Hügel, Berge, Schluchten, Meere, Flüsse, diese ganze so verschiedenartige Schale der Welt, dieser Pelz, all diese verschiedenen Höhlen, Buckel, Abgründe, Gipfel, Täler, Wasserwege, Sümpfe, Tundren, Forste, Wälder, Einöden, Urwälder, Dünen, Deltas, Haffs, diese ganze »Skulptur«, dieses »Gewand« – zum Teufel damit! Das alles ist doch so vielfältig und so fremd und fern und exotisch für den, der an das Seine gewöhnt ist. Aber man braucht nur den Kopf zu heben, ins Himmelsgewölbe zu schauen, und gleich ist es allen ein und dasselbe und vertraut und gemeinsam. Der Himmel ist uns allen gleichermaßen vertraut, bekannt. Die Wolken, die über ihn jagen, zerfranst, niedrig hängend oder Schleier in vielen Tausend Meter Höhe, oder wollige »Schäfchen«, oder Cumuluswolken mit ihrem blendenden Weiß in der Sonne und mit einem Rand aus Regenfransen, oder der zu einem granitenen Wolkengewölbe erstarrte Himmel eines sonnenlosen Tages, oder der wolkenlose Himmel, ein schwindelerregender Abgrund, frei von den Wolken, deren Betrachtung die Lieblingsbeschäftigung der persischen Könige war. Ihren Formen Bedeutungen zu verleihen und gedankliche Assoziationen dafür zu finden war auch ein Spiel, das Nietota liebte, mal sah sie einen Drachen darin, ein andermal ein Aquädukt, dann ein vierblättriges Kleeblatt, Spindel, Grabstein, Wasserspeier, Fächer, Schwan oder Schiff, lauter Formen, die unweigerlich enttäuschten, indem sie sich in Schlieren und graue Streifen und Regengüsse auflösten.

Was soll man schummeln, schwindeln und aufbauschen, eigentlich tut man das doch alles für sich selbst. Man selbst möchte sich anderen gegenüber ausdrücken, ob es die nächsten Angehörigen sind oder ob es der geliebteste Mensch ist, mit dem man meint, sich verständigen zu können, und dazu dient auch die Gemeinsamkeit der Worte, Sprüche in nicht unbedingt nur einer Sprache, aber in ein und derselben Familie, ein und derselben Gruppe, die idiomatische Abkürzungen und Andeutungen, Halbworte, Halbbedeutungen, Halbanspielungen erlaubt, wenn man sich eigentlich nur noch mit einer Geste verständigt, einer Grimasse, einem Augenzwinkern, einem Zucken im Gesicht, einem hochgezogenen Mundwinkel, einem Kopfnicken, einem fast krampfartigen kurzen Zittern der Handmuskeln, einem Krümmen der Schultern, einer Kopfdrehung, dem um die Fingerspitze gewickelten Zopfende, dem ungeduldigen Klopfen mit dem Absatz, dem Zusammenlegen der Hände, dem Kreuzzeichen oder einem Gähnen, Ausspucken und dem Verwischen der Spuren des Ausspuckens mit der Schuhsohle. All dies sind Formen der Verständigung, es verbindet und trennt uns, es kann uns genieren und andere irritieren, oder wir geben damit an und wollen imponieren, wir tun damit wichtig und schmeicheln und betteln darum, in Erinnerung behalten zu werden.

Nietota konnte über sich selbst die privatesten und in ihrer Komik sogar peinlichen Geschichten erzählen. Einmal zum Beispiel unternahm sie in eben jener Sommerfrische am Dnjestr einen Ausflug in einem Kahn, wie sie für die dortige Gegend typisch sind, mit einer flachen Unterseite, die lange am Ufer scharren und kratzen, wo das Wasser sommerlich nach Fischen, Schilf und Froschlaich riecht. Ein zufälliger Verehrer in der Sommerfrische, ein braver, allerdings nicht besonders geschickter Kerl, schaffte es so gerade, nach Art der dortigen Burschen, der Dnjestrfischer, das Bötchen zu manövrieren, zu »staken«, so daß der »Kahn« endlich im tieferen Wasser schwamm, und hui, da gleitet er über die Wellen und schaukelt nur dann, wenn der tolpatschige Gondoliere Schwierigkeiten hat, stehend das Gleichgewicht zu halten, während das Stakruder fast bis zum Ende des Griffs ins Wasser eintaucht. Und dann erzählt Nietota, wie sie an einer Stelle, wo ein Weidenbaum seine vom Laub schweren Zweige hinabsenkt, wie sie also dort, malerisch liegend, auf Kissen und Decken gebettet, die Finger leicht über den niedrigen Rand hängen und eine träge Welle streifen läßt, und wie jene Weidenzweige näher kommen und ihr wie auf einem Gemälde von Monet durch die erhobenen Hände gleiten, und wie sie plötzlich, irgendeinem störrischen Wunsch folgend, die Finger um die streichelnden Zweige schließt, wie irgendein unüberwindlicher innerer Zwang ihr befiehlt, die Hände fest um diese Zweige zu krallen und nicht mehr loszulassen, doch die Strömung des Flusses war an dieser Stelle schneller, der Gondoliere fand besseren, solideren Boden unter seinem Ruder und hatte einen festeren Stand – und was geschah da? Nietota fand sich plötzlich aus dieser einschläfernden, köstlich hingebetteten, schlummrigen, trägen Position emporgehoben, der Kahn rutscht unter ihren Füßen weg und gleitet davon, und meine Nietota bleibt allein über dem Wasser, sie hängt an den Zweigen, die sich unter ihrem Gewicht biegen, sich noch weiter neigen, einen Augenblick innehalten – und dann findet sich Nietota, an die Zweige geklammert, in den Wellen wieder, ihr Kleid bläht sich erst um die darin gefangene Luft zu einem Ballon (»Wie bei einer schwimmenden Zauberin«, sagte Nietota dazu) und schlingt sich dann, mit Wasser vollgesogen, um ihre Beine, während das Laubwerk der Weiden Nietotas Gesicht, das zugleich entsetzt und belustigt gewesen sein muß, schreckensstarr in einer Grimasse zwischen Lachen und Weinen, mit gnädiger Nachsicht verdeckte. Nun, das Lachen darüber nahm kein Ende, sowohl im Internat als auch danach, noch Monate später, bei der bloßen Erinnerung daran, wie das gewesen war, auf dem Ausflug im Nachen, auf dem Dnjestr, als Nietota nach den Weidenzweigen griff, als der Nachen unter ihren Füßen davonglitt, und wie sie ein unbeabsichtigtes Bad im Fluß nahm ...

Der Nachen auf dem Wasser, er schaukelt ...

Und so wie dieser Kahn auf den Wassern des Dnjestr schwankte, so gerieten auch meine Gedanken ins Schwanken, und der Kahn glitt davon, und ich blieb mit meinen Gedanken allein.

Wir lebten dort in Gemeinschaft mit anderen, die ähnlich sprachen wie wir und doch anders, und auch anders lebten, mit den Fingern kratzten sie ihren Lebensunterhalt aus der Erde, liebten, starben ... Sie sprachen ähnlich, aber doch anders, mit Anhauch, *aspiré*, vieles davon ist in unser Lembergerisch eingegangen, in dieses Polnisch von Landadel, Bürgertum und Intelligenz, und hat ihm damit einen spezifischen, in gewisser Weise provinziellen Akzent verliehen. Und natürlich die »dumki«, die ruskischen Gesänge, denn bei uns nannte man sie »Rusken«, die Ruthenen, und man sagte »griechisch-katholisch« und nicht »ruthenisch« und »Unierte«, wie die Kongreßpolen sagten. Es wundert mich, daß sich

die Polen im Kernland nie darüber wunderten, daß der Priester in der »Totenfeier« Kinder hatte (»Kinder, kommt unter das Pult ...«). Denn es war ein Priester der Unierten, ein Pope, er hatte eine Frau, die Popadia, und immer viele Töchter, die Popadinkas, die alle verheiratet werden mußten, ein schreckliches Kreuz waren diese Kinder für den Seelenhirten, diese ewige Beschäftigung mit dem Sammeln von Groschen, für Taufen, Hochzeiten, bestellte Messen, für Begräbnisse und Gedächtnisfeiern, all diese *iura stolae*, dabei eine Armut zum Steinerweichen, und die Gemeindemitglieder spotten noch dazu über ihren geistigen Hirten, der immer so hinter irdischen Dingen her ist, sogar nach den »Paski«, den weißen Osterbroten, die die Gläubigen zur Weihe auf den Friedhof bringen und die später zu einer Abgabe für die Geistlichen wurden.
Ach, diese Geistlichen! Auch da geht es nicht ohne Anekdoten. Die Absolventen des griechisch-katholischen Seminars in Lemberg, die in der Stauropigia an der Kopernikusstraße 36 ihre Unterkunft hatten und paarweise zum Spaziergang in den Jesuitenpark geführt wurden, waren in zwei Kategorien eingeteilt: diejenigen, die aus irgendwelchen Gründen kein Abitur gemacht hatten und sich deshalb auch nicht richtig auf den geistlichen Stand vorbereiten konnten, hießen im Seminarjargon »Formacja«, während diejenigen mit Abitur, die von der Bildung her besser vorbereitet waren, sich den Spitznamen »Geschichta« gefallen lassen mußten. Es war Brauch oder kanonisches Recht, daß die einen wie die anderen nach dem Seminar und vor der Weihe eine Frau finden mußten, denn danach war es zu spät. Die höheren Ränge in der Hierarchie der griechisch-katholischen Kirche waren allerdings unverheiratet, sei es aus Brauch oder kanonischem Recht. Nun, das war vielleicht ein komischer Anblick, wenn

sich so ein junger Absolvent in den wenigen Monaten vor der Weihe krummlegen mußte, um eine entsprechende Partie zu machen. Deshalb auch amüsierten sich die »Geschichtas« mit einem kleinen Vers, den sie über die »Formacjas« sangen:

Ach, Herr Formacja machte dem Fräulein die Cour
und vergaß dabei ganz, daß er kein Abitur ...

Woraufhin sich diese mit dem folgenden Vers revanchierten:

Kopernikstraße sechsundreißig, wo Geschichtas Grütze
speisen,
Geschichta ißt, macht Lärm dabei, gut schmeckt der
kostenlose Brei,
Denn Geschichta ist kein Mensch ...

Das waren so die Anekdoten, die sich die polnischen Gebildeten über den griechisch-katholischen Klerus erzählten, denn so ist es überall, immer gibt es eine Kaste, eine Kategorie, eine Dykasterie, die über die andere herzieht. So spotten die Argentinier über die »Indios«, die Mexikaner über die »Gringos«, in der Erzählung von Amicis spotten die Lombarden im Norden über die Kalabresen, die Russen machen sich über die Ukrainer lustig und nennen sie Strohwische, die Franzosen verspotten die aus Marseille und Tarascon, die Jakuten sicher die Tschuktschen, die aus Navarra die Katalonier, die Kantonesen die Sinkianger, die Kleinpolen die Masuren, die Schlesier die Galizier und wir alle die Juden, über die wir uns Schmonzes erzählen, und die Juden machen sich über uns lustig, immer lacht sich irgendwo einer ins Fäustchen oder ganz offen, so wie die Wilden, die sogenannten »Wilden« von den Osterinseln beim Anblick der merkwürdigen, behaarten, bedrohlichen, aber auch lächerlichen Leute, die es an jene Ufer verschlagen hatte, in riesigen Schiffen mit weißen, vom Wind seltsam geblähten Planen an den Masten, so wie auch Odysseus und seine Genossen sicher einst Gegenstand des Spotts der Lotusesser waren. So spottet man sicher auch über uns, die Davongekommenen, die Gebildeten, die ihren Kopf über die Grenze haben retten können, über uns Überbleibsel, mit unseren Manieren, unserer Ehrvorstellung, unseren Regeln, Gesten, Grimassen, Handküssen, unserem überbleibseligen Schullatein (»Während du, Tytyr, im Schatten der Buchen auf einem klapprigen Karren Hirtenmelodien singst, verlasse ich das Heimatland ...«)

Was bringt mich dazu, Anekdoten nachzuerzählen, herumzuschnüffeln, Vergleiche zu suchen, Parallelen zu konstruieren, mit meiner Pseudobelesenheit anzugeben, mit alldem meine Beschreibung vor mir selbst und anderen, die ich als Zeugen heranziehe, zu rechtfertigen? Soll es ein zusätzlicher Beweis für die Ehrlichkeit des begonnenen Unterfangens sein, für eine Wahrheitsgetreulichkeit, wo doch diese Wahrheit so ungreifbar ist, so relativ, so beunruhigend und so unberuhigend, aber ohne sie existiert die ganze Welt nicht, die mich umgibt, ja existiere ich selbst nicht, denn entweder ist etwas die Wahrheit oder es ist sie nicht, und dann existiert es auch nicht. Und die Kunst, die uns diese Wahrheit zeigen soll, ist wiederum beständig auf der Grenze zu Betrug, Täuschung, Vorspiegelung, Vorgaukelei, Manipulation, in der Kunst zeigen wir immer das eine durch etwas anderes, die Wahrheit wollen wir in einer Scheinform zeigen oder durch eine erfundene Ordnung, zum Beispiel in der Musik durch eine Aneinanderreihung von Tönen, in der Poesie durch die Worte, ihren Rhythmus, ihre Alliterationen,

Assonanzen, Gleichklänge, Akzente, durch Pathos und Erfindung. Warum ist es so, daß wir uns eines ganzen Arsenals von Erfundenem, von Unwahrheiten bedienen (Dinge, die wir irgendwo gelesen, gehört, in Erinnerung behalten haben), um die Wahrheit zum Ausdruck zu bringen?
Angesichts dessen möge es mir gestattet sein, zu kombinieren und meine eigenen Vorstellungen darüber zum Ausdruck zu bringen, wie die Frau Äbtissin das grausame Spiel der Mädchen gutheißt und ihm beipflichtet, wenn ich dieses Maskottchen bin, dieser Hampelmann, dieses einer Goyaschen Gobelinskizze im Prado entlehnte Ding, dieser »El Pelele«. Mich peinigen die jungen Damen hier aufs äußerste, mich walken sie durch, mir geben sie eine »Abreibung«, wie man in der Kaserne sagt, an mir lassen sie ihre Jungmädchenängste und -hemmungen aus, ihre Scham, ihre Träume und Wünsche, an mir rächen sie sich für alle erlittenen und noch bevorstehenden Jungmädchenniederlagen und -enttäuschungen. Ich bin es, vor dem die Äbtissin warnt, wenn sie ruft: »Mit dem Knie zwischen die Beine, das tut weh!«
Vielleicht dachte die Frau Äbtissin an die Versuchungen, die Heimsuchungen, den Schmerzgenuß, der sich auf dem Gesicht der heiligen Teresa malt, der Karmeliterin der Berniniskulptur in der Kirche Santa Maria della Vittoria in Venedig, an die in Verzückung und Krampfartigkeit sündige, lasterhafte Ekstase des marmornen Gesichts, an die aufgeworfenen Lippen und die verdrehten Augen, die lustvolles Schmerzerleben ausdrücken, wie es der barocke Bildhauer mit der barocken Perversion des Kontrastes von Heiligkeit und Sündigkeit dem Stein zu verleihen verstand, zum Verdruß und zur Empörung der Kenner, Liebhaber und Gefühls- und Rührungssucher.
Vielleicht sagte sie sich das Abendlied auf, diese wunderbare

Hymne, zu der nach dem Zapfenstreich die Stimmen der Rekruten in der Kaserne von Żórawica erklangen, in Worten, die davon tönten, daß wir alle Dinge des Tages annehmen sollten, daß Unbill und jegliches Leid in der Nacht von uns abgewendet sein möge und daß wir am Morgen wieder wohlbehalten aufwachen sollten. Nur daß der Schöpfer des Liedes, ein anderer Geliebter einer anderen Justina, auch noch die Nacht in Sünde zu vergeuden verstand, wie es aus seinem für die Klosterschülerinnen ganz und gar unangebrachten Vers hervorgeht:

So kurz erschien die Nacht,
wir nehmen Abschied im Morgenlicht,
Die Liebe raubt' uns den Schlaf,
Die Liebe lebt vom Schlaflossein.

Einen Kriminalroman ersinnen – das macht Spaß! Der Titel? Das Verbrechen im Kloster. Wir schlagen einander unsere Ideen vor, und Nietota lehnt meine ab, sie seien im Stil von Barbara Ubryks Geschichten. »Das ist höchstens was für Dienstmädchen!« Gefahren müssen darin vorkommen und eine dramatische Verwicklung, es muß eine Logik der Ereignisse geben, Indizien, eine Überführung. Eine Ordnung, wie sie in einem anständigen Kriminalroman herrscht, wie man ihn abends im Bett liest, nicht die chaotischen, absurden, willkürlichen Geschichten, wie sie im Leben vorkommen. Gut, zuerst die Fakten. Ein Verbrechen mit Vorsatz. Die Tatwaffe? Aber sicher, das ist ein altes Gewehr, das sich in einer Rumpelkammer im Kloster gefunden hat. Woher? Ein Rekrut bei der österreichischen Infanterie, im Mazzuchelli-Regiment, das vor vielen Jahren in Przemyśl stationiert war, ein Deserteur, ein Fahnenflüchtiger, warf das Gewehr über die Mauer in den Klostergarten. Oder ein Karabiner aus dem Ersten Weltkrieg, aus der Zeit der Belagerung von Przemyśl, damals eine Festung, auf dem Glacis der Festung diesseits des San hat man ihn gefunden oder an den Festungskasematten, ein rostiger russischer Karabiner, der sich irgendwie aufs Klostergelände verirrt hat, vielleicht hat man ihn dem Nachtwächter abgenommen, weil es eine zu bedrohliche Waffe war, und hat ihm nur das Bajonett an einem Stock gelassen, und mit diesem macht er jetzt in Begleitung zweier alter müder Wolfshunde nachts die Runde, während man den Karabiner selbst irgendwo in eine Kellerecke geworfen hat. Oder noch besser – eine alte Muskete oder eine Arkebuse oder ein Selbstzünder, aufgefunden im Aufgang zum Glokkenturm zwischen alten Papieren und Schwarten ... Doch seien wir nicht zu voreilig. Das Opfer, der unbestreitbare Angelpunkt, wird sich finden. Motive für die Tat? Selbstverständlich und in erster Linie nach der klassischen juristischen Regel: *cui proest*. Also gut, sagen wir, es war eine Arkebuse. Das Sperberauge der Frau Äbtissin hat dort auch eine alte Pulverbüchse erspäht. Keuchend vom Erklimmen der Turmtreppe, lädt die Äbtissin mit pfeifendem Atem das Schießgewehr. Aus den alten Zeiten an der Grenze weiß sie noch, wie das geht. Sie nimmt Augenmaß, schüttet ein wenig Pulver hinein, Werg zum Pfropfen ist nicht zur Hand, deshalb reißt sie aus dem erstbesten Folianten eine Seite (aus einem alten Gesangbuch, füge ich hier hinzu, und darauf stehen druckschwarz ausgerechnet die Worte des Kirchenliedes: *Dies Irae, Dies Illa, Solvet Saeculum in Favilla, David Teste cum Sibilla* ...« Na, meinetwegen, erklärt Nietota). »Das bucklige Fräulein« knetet und zwirbelt daraus einen Pfropfen, führt diesen in die Mündung, der Ladestock im Lauf klingt, und jetzt die Kugel! Was für eine? Besprochen, beschworen, geweiht. Die Frau Oberin hat darauf gespuckt und sie gesegnet, bevor sie sie mit dem Ladestock in den Lauf gedrückt hat, und einen zweiten Pfropfen hinterher. Jetzt noch ein bißchen Pulver auf die Zündpfanne, am Hahn, der sich unter Quietschen der alten rostigen Feder spannen läßt, schnell noch den Feuerstein mit Fingernagel, Kralle, Tatze gereinigt.

Jetzt schnappt die Äbtissin schon mit Mühe nach Luft, während sie durch den Korridor des *cellarium* zum Fenster humpelt, das auf den Klostergarten hinausgeht. Die Arkebuse schleift sie hinter sich her, der Kolben schlägt auf die Fußbodenplatten. Durch das Fenstergitter schiebt sie den rostigen Lauf mit den grünspanigen Messingbeschlägen, in denen sich schwach das Licht spiegelt. Sie legt an. Peilt ihr Ziel an. Von unten dringen die Stimmen der lachenden spielenden Mädchen herauf. Die Mauer wirft ihren Schatten auf ihre tanzenden, wirbelnden Gestalten. Nur die in Lumpen gekleidete Puppe taucht immer wieder im hellen Licht auf, aufs Geratewohl in die Höhe geschleudert, und erscheint in karikaturhaft verdrehten Posen vor dem Hintergrund des Himmels.

Ein Blitz, ein Knall wie Donner. An Zündung und Mündung der Waffe ballt sich schwarzer, saurer, nach Schwefel und Salpeter stinkender Rauch, der eine Zeitlang die Sicht verdeckt. Von der Erschütterung rieselt dünn ein wenig Putz herunter, und Dohlen steigen von den Klostertürmen auf. Und einen Augenblick lang erstarrte die zum Orionsternbild verdrehte Gestalt vor dem Himmel, dann traf und durchschlug die geweihte Kugel mein Herz, das in der Brust der Strohpuppe El Pelele schlug.

Der Ballon

Es war schon Herbst, als ich dort ankam. Ein Fiaker brachte mich zur Pension, ein Einspänner, wie in der Stadt, nur daß der Kutscher, ein Mann aus dem hiesigen Gebirge, in verzierten Hosen und einem Hut mit kleinen Muscheln, seitlich auf den Kutschbock stieg. Ihn hatte ich gefragt, wo man hier Unterkunft finden könne. Er fuhr mich zu einer kleinen Pension, die schon an den Hängen der Gubałówka lag. Ich feilschte nicht um den Zimmerpreis, es sollte ja schließlich nur für ein paar Tage sein, die Saison war vorbei, und zudem hatte sich der Halny erhoben, der Föhnwind dieser Gegend.

Ich bezog bald mein Zimmer in der Pension und ließ die ziemlich barsch-neugierigen Blicke über mich ergehen, mit denen in Pensionen jeder Neuankömmling empfangen wird. Beim Abendessen gewährte man mir einen Platz am gemeinsamen Tisch, doch zum Glück war ich nicht von Interesse, und man ließ mich in Ruhe. Sie führten ihre Gespräche nur untereinander, in dieser pensionstypischen Konvention einer Jargon-Sprache, man verständigt sich mit Kürzeln, die sich an der täglichen Frühstücks-, Mittagessens- und Verandasprache abgeschliffen haben, immer die gleichen Schäkereien und Sticheleien, die *lingua franca* der Kurgäste. Und sie ließen mich in Frieden, weil sie sofort den Fremden, den Tropf, den Langweiler in mir erkannt hatten, nun gut.

Aus dem Fenster sah man Rauchschwaden, die die Steilwand herunterwallten, ein staubiger Dunst, Wolken, die der Halny von Süden herantrieb. Die Wanddielen und Dachschindeln

ächzten unter den Windstößen, irgendwo klapperten schlecht befestigte Jalousien und Fensterläden, und die Fichten neben dem Haus zitterten und bebten unter den Peitschenhieben der Böen. Es war ein schwüler, warmer Wind, und er wollte sich Einlaß ins Haus verschaffen, das unter dem Ansturm stöhnte. Er schien durch Ritzen und Schlitzchen einzudringen und einen erhöhten Druck in das Innere des Hauses zu pumpen, von dem das Haus anschwellen und sich blähen würde, bis es sich nach einiger Zeit von den Fundamenten, den Kellermauern lösen würde, und so würde es über Hänge und Steilheiten rollen, an Bäumen, Felsen und Telegraphenmasten hängenbleiben wie ein Ballon, der sich von der Schnur gerissen hat.
Der Vergleich mit diesem Ballon kam mir wegen eines unwillentlich belauschten Gesprächs, das zwei Pensionsgäste beim Abendessen geführt hatten. Jemand jammerte über den Föhnwind, dieser sei wieder eine neue Behinderung und Verzögerung für das Unternehmen, von dem man schon so lange in den Zeitungen schrieb. Hier nämlich sollte es stattfinden, hier hatte man unter allerlei belegten und begründeten Aspekten den Platz ausgesucht, an dem der Start vor sich gehen sollte, und um dieses Thema hatte sich das Gespräch beim Abendessen gedreht. Wie üblich in solchen Fällen gingen die Meinungen auseinander, der eine führte mit Eifer und Hartnäckigkeit Gründe für seine an, berief sich auf diese oder jene meteorologische, physikalisch-geographische Autorität, auf die Jahreszeiten. Warum ausgerechnet im Kościeliska-Tal? Nun ja, es lag geschützt, ein Tal, wie hinter einem natürlichen Vorhang, bewaldete Hänge, wo nur sporadisch der Orawa wehte, aber das war ja nun wirklich kein laues Lüftchen wie in den Senken, wo das Wetter immer launisch sein kann, hier wußte man, was man zu erwarten hatte. Und

der Halny, ist der etwa nichts? ereiferte sich ein Gegner. Hört doch, wie er pfeift, damit hat man immer zu rechnen, und mit was für einer Kraft, da kann sich der Alpenföhn hinter verstecken! Daraufhin hob ein weiterer Gast an, mit seiner Kenntnis sämtlicher anderer Mistrale, Scirocchi, Samsums, Chamsins und des von Nordosten wehenden Gregale anzugeben, er redete von Hurrikanen, Tornados und Zyklonen, von allen möglichen Passaten und Monsunen, und habt ihr schon von der kasachischen Purga gehört? Anschließend fuhr ein Klassiker Eurozyklodonen, Boräen und Zephire auf, den ganzen antiken Sack der Äolswinde packte er aus. Der nächste fing an von Stratosphäre, Biosphäre, Jonosphäre, von kosmischen Strahlen, Professor Piccard oder vielmehr den Amerikanern, die in Süd Dakota gestartet waren und in einer hermetisch abgeschlossenen Kugel, an einem länglichen Ballonsack aus Strumpfgewebe hängend, eine schwindelnde Höhe von mehreren zigtausend Metern erreicht hatten. Das alles nur vierzig Jahre vor Raketen, Raumfahrten, Erdumkreisungen, all dem, was uns heute schon langweilt und bis zum Überdruß bekannt ist.
Aber das alles hatte ich nur nebenher mitbekommen, ohne Punkt und Komma.

Ich machte mich auf an den Ort, wo ich sie zum letzten Mal gesehen hatte, zum letzten Mal in ihrem Leben ihre Stimme gehört hatte. Sie lebte nicht mehr. Sie war irgendwohin verschwunden, ins Nichts gesunken, in den Abgrund, der sich vor uns allen auftut. Wir alle müssen dahin, ob wir daran denken oder den Gedanken daran verdrängen, die Gegenwart, der Alltag erlauben uns gnädig, das Nichts, das uns erwartet, zu vergessen. Sie war – sie ist nicht mehr. Sie war, und jetzt ist sie irgendwo außerhalb, ich brauche nur zurückzuschauen, und ihre Gesichtszüge, ihre Gestalt, ihr Schatten verschwimmen. Vielleicht kam es mir nur so vor, daß sie da war, daß sie lebte, atmete, lachte, weinte, träumte, sprach. Aber ich habe sie nicht, und vielleicht war sie nur eine Erscheinung?

Wann war es? Ein paar Monate nach alldem. Es drängte mich, diese Berge aus der Nähe zu sehen, denn wenn ich früher dort zu Besuch gewesen war, dann immer nur kurz, ein paar Tage lang. Jetzt wollte ich die Form dieser Berge sehen, deren Spiegelbild für immer in ihren Augen liegt. Vielleicht konnte ich mich vergewissern, daß sie nicht ein Trugbild waren wie sie, daß sie sie nicht mit sich genommen hatte, daß sie nicht nur eine Erscheinung waren, daß es nicht leer und öd dort sein würde, als hätte man eine Theaterdekoration zusammengerollt und mitsamt dem ganzen Zirkusgepäck, mit allen Laren und Penaten fortgebracht. War es nicht so, daß skythische Völker ihre Verstorbenen in Hügelgräbern begruben, und zwar mit ihrer ganzen Habe, mit Töpfen, Teppichen, Utensilien, Armbändern, Waffen, Pferden, Hunden, Wagen, Gesinde und Leibeigenen, und ihre Kinder in ihrer Kindertracht und buntem Perlenschmuck und mit den Kinderspielzeugen? Ich wollte mich vergewissern, ob Nietota nicht alles mitgenommen hatte, was ihre Freude und ihre Leidenschaft gewesen war, ihre Gewohnheit, ihr tägliches Gewand, Buch, Kleinod, Schatz, Erinnerung an die Welt, die sie umgab.

Warum Nietota? Das ist nicht aus dem Brückner, von dem ja schon die Rede war, und auch, Gott behüte, nicht aus einem dieser jungpolnischen Dichter und Dramenschreiber, der, nach jungpolnischer Art, große Poeme entworfen hat und, ebenfalls nach jungpolnischer Art, die Tatra entdeckt und sich daran berauscht hat. Die Tatra war ja bekanntlich für das Junge Polen ein Reservat der Begeisterung, Entrükkung, Ekstase, Entdeckung, aber vor allem saßen sie in den Zakopaner Kneipen herum, oder in den Villen der Emporkömmlinge, wo die Intelligenzia ihre Feriensitze bezog. Es war Tadeusz Miciński, der etwas schrieb, was den ungewöhnlichen Titel trug: »Nietota, das Geheime Buch der Tatra.« Ich habe es nie in der Hand gehabt und habe mich auch nie darum bemüht, es muß von geradezu kosmischem Maßstab gewesen sein, mit großen Ambitionen verfaßt, aber was sollte ich damit. Gewiß auch ein »Fürst Potjomkin« mit schwarzer Flagge, und auch so wie dort »Herr Jesu Christ – Aufs Pferd gesetzt!«? Gewiß ein sehr anmutiges Verslein, keine Anthologie polnischer Lyrik, in der es nicht vertreten wäre! Dieser Tadeusz Miciński war eine solche Saisonerscheinung, die Feldmansche »Krytyka« in Krakau hatte ihn regelrecht monopolisiert, aber jetzt ist er schon vergessen. Ich erinnere mich nur an das unglaubliche, tragische Ende dieses Dichters. Es war irgendwo in den Kresy, in dem Chaos gegen Ende des Ersten Weltkrieges damals, da gab es furchtbare Gerüchte, bruchstückhafte Erzählungen darüber, wie dieser Tadeusz Miciński wohl auf so einer Landstraße in den Kresy unterwegs war, man sieht es gleich vor sich, wie er in einem Fuhrwerk daherkam, das er irgendwo geliehen hatte, vielleicht auf einem Gut, wo man ihn beherbergt hatte, vielleicht in einem Städtchen, sicher unterwegs zu einem Bahnhof, wie es für Gebildete so typisch war, immer ohne Zuhause, immer unterwegs von einem Ort zum anderen. Ja, und ich kann mir auch vorstellen, wie er irgendwo auf einem Dorfanger von einem Haufen kriegsverwilderter Bauern aus seinem Schlitten gezogen wurde, und wie sie ihn mit den Wagenrungen erschlugen, einfach nur, weil er anders war.

Also Nietota. Sie erzählte mir von ihrem Leben hier, an vieles kann ich mich nicht erinnern. Es war eine junge Gesellschaft, in ihrem Alter, und guter Dinge. Bei den Schwindsüchtigen mit ihren Fieberzuständen, der hektischen Röte auf den Wangen ist es so, daß sich der Organismus im physiologischen Alarmzustand Kompensation sucht, daher sind sie so erregt und streitsüchtig, man lehnt sich gegen die Anweisungen des Arztes auf, spielt bis spät in die Nacht hinein Karten, ab und zu gibt es sogar ein grünschnäbeliges Saufgelage. Aber dann kommt der bleiche Morgen, und im Schlafrock steht man Schlange zum »Abhorchen« vor dem Ambulatorium, schuldbewußt, weil man bis weit nach Mitternacht etwas Aufregendes gelesen hat. Aber es gibt keine Flucht vor der Diät, dem Fiebermessen, vor Emphysemen und dem Horchen, wie auf der Nachbarveranda jemand dumpf hustet und ausspuckt, und ja, sogar im Zauberberg von Mann kommt er vor, der Name Blauer Heinrich für den Spucknapf aus blauem Glas in Taschenformat. Den Zauberberg haben sie alle schon fleißig durchgelesen, da stehen sie drüber, »schwindeln, das tun wir, aber wir lassen uns nicht beschwindeln ...«

Nur einer war da, wie sie mir einmal erzählte, der ging ganz wissenschaftlich und systematisch vor, er hatte den Entschluß gefaßt, daß er durchhält, sich nicht unterkriegen lassen würde, das war ein Techniker, ein rationaler, mathematischer Typ, er befahl sich verbissen und mit Überzeugung: Bei Kehlkopftuberkulose wird nicht geredet. Und er redete nicht. Im gestreiften Schlafrock, mit einem Hut so groß wie ein Rad, mit einem Stapel technischer Manuskripte auf der Decke lag er auf seiner Liege, er schirmte sich ab und verschloß sich, sagte wochenlang kein Wort zu anderen Leuten, er hatte den Entschluß gefaßt und hatte den eisernen Willen, gesund zu werden, sich nicht unterkriegen zu lassen, wie es zu einem Wissenschaftler, zu einem Ingenieur paßt. Und sicher hat er sich selbst gegenüber Wort gehalten, er schwindelte sich heraus, entschlüpfte, er wußte, was er wollte, wenn er sich mit soviel Selbstliebe, Konzentration und Leidenschaft ans Leben klammerte.

Und später, als schon soviel in Vergessenheit geraten war, da begann ich, sie mir als Fiktion wieder zu erschaffen. In Situationen, die ganz realistisch aufgebaut waren, erschien sie, trat auf, nicht in einem Traum oder einer Vision, sondern so, als wäre es Wirklichkeit. Nicht in erlebten, sondern in vorgestellten Situationen, die sich das Recht auf eine Wirklichkeit ertrotzten.
Was heißt das – sich umschauen? Man kann es mit dem Autofahren vergleichen, bei dem man gleichzeitig in den Rückspiegel schaut, auf den zurückgelegten Weg, auf dem alle Zeichen und Details kleiner, immer kleiner werden, sich auflösen, verschwinden, und außerdem drehen sie uns noch die Rückseite zu, werden durch diese Abgewandtheit noch trugbildlicher. Eben noch haben wir sie vor uns gesehen, auf uns zueilend, neu, unerwartet, bislang unbekannt, dann fliegen sie in großer Deutlichkeit an uns vorbei und sind gleich darauf schon kaum noch in Erinnerung, weil immer mehr und mehr Bilder heranrücken, und die bekannten, uns scheinbar so nahen, sind schon vorbei und liegen hinter uns. Aber das Gedächtnis hilft uns nach, eine Gedankenanstrengung, das Aufblitzen einer Ähnlichkeit mit etwas anderem, schon länger Bekannten, und dazu entspinnt sich in uns unser eigenes Gedankenknäuel, ein Automatismus des Registrierens, und mit dieser Spontaneität neuer Erscheinungen fügt es sich zu einer eigenen, unwirklichen, in Wahrheit nicht existierenden Welt. Denn irgendwie ist doch auch alles vom Zustand unseres Selbstbefindens abhängig, von dem Einfluß, den es

auf uns haben kann, wie heißt diese Lehre noch? Der Vorgang der Hormonausschüttung, unsere Art der Verdauung oder der Prozeß unseres Metabolismus, oder vielleicht fühlen wir ein Prickeln, ein Hautjucken, unser Gleichgewichtsgefühl gerät durch irgendeinen Reiz ins Schwanken, weil das Auto eine Kurve nimmt, der Schatten der Bäume an uns vorüberzieht, kommt uns ganz zusammenhanglos eine Erinnerung, eine unbedeutende, aus dem Augenwinkel wahrgenommene Einzelheit lenkt unsere Aufmerksamkeit ab, und schon ist alles anders, und unser Bild der Vergangenheit verzerrt sich, wird riesig oder winzig, einmal sehen wir es wie unter einer Lupe, wo jedes Haar, jeder Schorfrest, jede Verdickung der Haut Dimensionen annehmen, in denen sie wie Details einer surrealistischen Landschaft wirken oder ins Zwergenhafte entschwinden, vielleicht sogar noch deutlicher werden – als schaute man durch ein umgekehrtes Fernglas. Ja, ja, die entschwundene Zeit läßt sich nicht einfangen, sie wird nicht wieder zum Leben erwecken, was sich vor ein paar Minuten oder vor einem Vierteljahrhundert ereignet hat.
Aus eingeritzten Runen in Buchenrinde, aus Zeichen auf Birkenrinde, aus Schenkungen, Chroniken, in Marmor gemeißelten Aufschriften SENATUSPOPULUSQUEROMANUS-DIVOTITODIVIVESPASIANIVESPASIANOAUGUSTO... (auf Titus' Triumphbogen) aus Gerichtsfolianten: »*Since you have been found guilty of these horrible treasons, the judgment of the Court is that you shall be had from hence to the Tower of London, there to remain until the day of execution and from there you shall be drawn upon hurdle to the place of execution, there to be hanged and cut down alive, and your body shall be opened, your heart and bowels plucked out and your privy members cut off and thrown into the fire before your eyes then your head to be stricken off and your body shall be divided*

into four quarters to be disposed at the King's pleasure. And God have mercy on your soul ...« (aus dem Urteilsspruch, den Sir Walter Raleigh zu hören bekam), aus Grabinschriften (»Hier liegt begraben die scheue Sara, Tochter ... Sie starb am zweiten Tag des Purimfestes im Jahre ... jüdischer Zeitrechnung. Möge sie als Seele unter den Lebenden verweilen« ... auf einer Grabplatte im alten jüdischen Friedhof aus den Zeiten der Türkenherrschaft in Buda), vorgelesen aus der zweihundertbändigen Geschichte des Papsttums, oder aus den verwischten Zeichen, Profilen, Symbolen auf Münzen, Kupfergroschen, Schillingen, Hellern, Tynfen und Dinaren erraten, ersteht für uns ein Bild der Vergangenheit. In dem Maße, in dem die historische Zeit in unsere Gegenwart dringt, steigt das langsame, statische Bild von ihr immer weiter auf zu den Gipfeln des Ungesagten, das sich in ebendiesem Augenblick ereignet, in seinem chaotischen Tumult, der sich weder fassen noch begreifen, noch ordnen läßt, wenn uns das Knirschen und Kreischen, die eintretende Dissonanz, der Krampf des sich im jetzigen Augenblick Ereignenden betäubt und uns mit einem durchdringenden Crescendo in den Ohren gellt. Aber dann geht sie allmählich wieder in den einförmigen Ton der in die Zukunft strebenden Zeit über, eine symmetrisch fallende Amplitude, die sich genauso entfernt, wie sie gekommen ist, sich ins Unbekannte entfernt, in die Welt der Hoffnung, der Erwartung, die Vertrauen in Ruhe, Ordnung und eine Symmetrie der Ereignisse in sich trägt.

Einmal, es war in England, während des letzten Krieges, machte ich Station in einem Hotel, einem riesigen Bahnhofshotel, wie es sie dort gibt, die wie die Verlängerung des Wartesaals wirken. In einem der mehreren hundert Zimmer dieses Hotelriesen, in dem ich mich für eine Nacht aufhielt, hatte ich einen Mitbewohner. Es war ein Pole, ein junger Unterleutnant, der gerade aus dem Nahen Osten gekommen war, auf dem Weg zu anderen Zielen hatte es ihn hierher verschlagen. Er war noch ganz jung, ein unauffälliger, nicht besonders interessanter blonder Mensch. Im Laufe unseres Gesprächs auf diesem Zwischenhalt von einer Nacht erfuhr ich, daß er aus Rußland in den Nahen Osten gelangt war. Er war vorher in Workuta oder einem anderen jenseits des Polarkreises gelegenen Ort gewesen, wo er im bittersten Frost, bis zu den Achselhöhlen im Schnee stehend, arktische Fichten fällen mußte, bis er schließlich freigelassen wurde. Aus seinen Erinnerungen, die er nur ungern wieder aufsteigen ließ, erfuhr ich von dem Hunger, den spärlichen Rationen, von Durchfall, Skorbut und Nachtblindheit in den Polarnächten, wenn man viertelstundenweise zum Baumfällen hinausgejagt wurde. Ich muß betonen, daß er ungern davon sprach, er speiste meine Neugier ab, weil das nun einmal seine Erfahrungen waren, er gab sich nicht mal als Märtyrer aus, triumphierte nicht, daß er es geschafft hatte, dem zu entkommen, weil er jung war, während die Alten dort dutzendweise krepierten. Er wollte nicht darüber reden, weil er es hinter sich gelassen hatte. Was mich an dem zufälligen Mitbewohner dieser einen Hotelnacht frappierte, war sein Schwung, sein Schritt, sein Blick in die Zukunft. Atemlos drängte er in diese Zukunft, berauschte sich an dem Weg, der sich vor ihm auftat.

Ich kehre immer wieder zu dem peinigenden Gedanken zurück: Was mag sie in ihrer Einsamkeit gegrübelt haben, als sie das Urteil erfuhr, in Kummer, Bitternis, Angst, Grauen vor dem Tod, vor dem Nichts? Es erscheint fast wie Leichenfledderei, fremde Gedanken zu konstruieren, einem so einsamen, verängstigten Geschöpf plump die eigenen herbeigeholten Spekulationen zuzuschreiben, aus der Ferne einer anderen Zeit zuzuschauen. Eines ist gewiß. Sie zählte nicht an den Fingern das elende Geld, die unabgenutzten Münzen ihres kurzen Lebens ab. Sie nahm nichts mit, sie hinterließ es, stieß das Wertlose, Vergangene, Vergessene ab und ging weiter ins Neue, Verheißende, Zukünftige, wie jener junge Soldat.

Ich wollte auf ihren Spuren wandern, durch Zawrat und Klamry bis zum Morskie Oko. Nein, nicht zum Morskie Oko, denn diesen Namen haben sich die jungpolnischen Dichter ausgedacht, in Wirklichkeit hieß dieser See Rybie Jezioro, Fischsee. Diese Flegel haben alles durcheinandergebracht, wie mir scheint, sie haben aus den Podhalern eine Art Mohikanerstamm gemacht, all diese verzierten Hosen und herzförmigen Stickereien, dieser Zakopaner Stil, die »Ciupaga«-Bergstöcke, sogar Federhalter gibt es in Form dieser Stöcke, die kurzen Wollmäntel, die *oscypki*, sogar die Hammel und Lämmer blökten ihnen im Dialekt der Góralen. Und dabei verstand es dieser Stamm nur höchst gewieft, die Flegel mit diesem und mit jenem hinters Licht zu führen, den besten Wodka zu kippen und sich außerdem vor diesem Krzeptowski zu produzieren, der sie zum Góralenvolk ummodeln wollte. »Wacuś, du wirst für etwas hängen ...«
Na, dann los! »Das ganze Tal ist mein.«
Ich weiß es nicht mehr. Vielleicht war es Olczyska, denn dort in jene Richtung, in Richtung Kuznice, ging man zu den Fünf Polnischen Teichen, oder nicht? Vielleicht kann mir einer von den Stammgästen helfen, der sich auskennt, ich bin hier fremd. Danach trat man auf eine Art Hügelrücken, einen Wall, ging einen felsigen Pfad entlang, der Fichtenwald lichtete sich, ringsum wurde es weiter, die geschlossenen Kolon-

nen des Hochwalds lockern sich, dann stehen die Kiefern vereinzelt, auf der südwestlichen Seite vom Orawa gebeutelt.
Jetzt blies der Halny mit voller Macht. Vom Wind im Rücken getrieben, kam jemand den Bergpfad hinab, im Näherkommen erkannte ich in ihm einen Schafhirten mit zwei Milchkannen, der wahrscheinlich von einer Hochweide kam. Er sah ganz städtisch aus, auf dem Kopf hatte er eine Radlerkappe, an den Füßen Skistiefel. Aber als er an mir vorbeikam, warf er mir nach alter Manier die Worte zu:
»Hej, o weh, der Halny! Der drückt dich nieder!«
Ich ließ mich durch seine Worte nicht von meinem Vorhaben abbringen und kämpfte mich weiter hoch, und um mir Mut zu machen, sagte ich mir die ersten Strophen aus Calderons Drama vor, die ich einmal auf der Bühne gehört hatte:

Gewaltig-starkes Pferd,
Das mit dem Winde um die Wette fährt,
Rasch wie ein Blitz, doch ohne seine Helle,
Dem Vogel und dem Fische gleich an Schnelle,
Du Tier, das kein Instinkt zurück mehr hält, –
Wohin im Labyrinth der Felsenwelt
Entläufst du in so wilder, jäher Flucht?

Für diese anmaßende Exaltiertheit bekam ich den Lohn. Als ich mich auf den Kamm befand, brauste plötzlich unter dem Grau einer Wolkenbank ein wahrhaftiger Wirbelsturm hervor. Er peitschte Geröll los und warf mit faustgroßen Steinen um sich. Ich ließ mich zu Boden fallen und trat buchstäblich auf allen vieren den Rückweg an.

Wieder unten, in der Pension angekommen, packte ich meine Siebensachen, wobei ich mir noch großes Wehklagen anhören mußte. Es war am Vorabend passiert. Eine Entscheidung war gefallen, der Start sollte vorgezogen werden. An der Batterie großer Druckgasbehälter wurden die Ventile geöffnet, und man begann mit dem Füllen der schlaff am Boden liegenden Haut des Stratosphärenballons, der doch in bislang unerreichte Höhe aufsteigen, ja die Zukunft erreichen sollte. Doch in den Gasleitungen kam es aufgrund irgendwelcher Reibungen und anderer Umstände, wie sie Experimente dieser Art zu begleiten pflegen, zur fatalen »statischen« Elektrizität oder dergleichen, es gab einen Funken, und alles ging in einem großen Feuerwerk auf.
Der Ballon hatte den Namen »Polonia« tragen sollen.

Welten

Einführung in eine längere Geschichte

Enthülle dich, Welt, zeige dein Gesicht, flach ausgebreitet, dem Himmel geöffnet, wasserschäumend, mit Bergen gehörnt, von Wegen durchfurcht. Es kommt die Nacht und zieht ihren Vorhang über dich wie ein Laken, das über den kantig erstarrten Leichnam gebreitet wird. Nur der Mond spiegelt sich in den Wassern wie in Münzen, die den Leichen auf die geschlossenen Lider gelegt werden. Danach kommt der Tag wie ein Prosektoriumsdiener.

Wer wird dich beschreiben, wer wird dich benennen, wer wird ein weiteres Mal von dir lügen? Wer wird dich wieder mit Göttern bevölkern, die in deiner Mitte geboren werden wie die Flöhe in den Säumen ungewaschener Hemden? Warum läßt du zu, daß die Flechten der Zeit deine dumme Regelmäßigkeit und die Leere deiner Kugel überwuchern und beflecken? Dabei könntest du wie eine Perle von Kalkutta sein, die in den Schleiern der Milchstraße hängt. Du könntest wie die »Welten« sein, mit der groben Schere einer Bäuerin aus der geweihten Oblate ausgeschnitten und an den Dachbalken aufgehängt. Aber du hast dir mich ausgesucht, mich hast du ausgewählt, an mir hast du Gefallen gefunden, meiner Gnade oder Ungnade hast du dich anheimgestellt. Man möchte meinen, ich müßte dich hätscheln und tätscheln wie einen Herzensschatz, aber ich bin ganz in mich zusammengesunken und schaffe es nicht mehr, dich zu tragen. Welt! Ach, Welt! ...

Ich würde mir gerne alles der Reihe nach vornehmen, aussuchen, jedes einzelne Ding aus der Masse und der Anhäufung schälen. Es betrachten, im Licht hin und her drehen, schauen, wie es wirklich aussieht. Genug der Verallgemeinerungen, des kollektiven Denkens und Sehens. Jeden Menschen muß man einzeln nehmen, als Unikat, selbst zu der Überzeugung gelangen, daß es nur ein Unikat sein kann. Genauso wie ich, genauso wie jener. Ein wahrhaft einzelner, wahrhaft besonderer Mensch.
Ein Einzigartiger, die Einzigartigkeit des Menschen! Wie soll ich hier damit zurechtkommen? Was mache ich, wenn er mir zwischen den Fingern zu einem riesigen Land zerrinnt, zu einer unerforschlichen Weite wird? Wenn er mir in Zeit und Raum verlorengeht? Vor ein paar Jahren ist mir ein Mensch verschwunden, wie das Wasser, das vor fünfzig Jahren durch diesen Fluß geflossen ist. Bestimmt hatte sich an dieser Stelle Schlamm angesammelt, bestimmt liegt hier, ja genau hier, ein vermoderter Baumstamm, der auf seinem Rücken eine vor fünfzig Jahren erstorbene Welle trug.
Derjenige, der hier mit mir war, ist auch jetzt, es hat ihn ans Ende der Welt verschlagen oder in den Nachbarbezirk, schon ist er klein geworden und im Nebel zerflossen oder um die Ecke verschwunden, hat sich mit der gelesenen Zeitung zugedeckt.
Und ich, der anmaßendste Forscher und Schnüffler, ich will jetzt hier diesen Menschen zu meinem zweiten Ich machen. Ich fasse ihn womöglich bei der Hand, so wie man sich früher bei einer Kraftpobe an der Hand faßte, die Ellbogen auf den Tisch gestützt. Ein zufälliger Richter wird sich immer finden, ein Schiedsrichter, der den Kopf neigt, den Abstand mißt, die Chancen ausgleicht. Jetzt kämpfen wir, und es macht Spaß, das Gesicht des anderen zu betrachten, der

rot anläuft wie ich, und ich fühle seinen hartnäckigen Widerstand, es ist zwar alles ein Scherz, und dennoch ... Dann kommt der Augenblick, es ist schon höchste Zeit, in dem ich mich zwinge und mich umwende, den Kopf drehe, um ihn zu sehen, zu erkennen, den anderen, meinen Nächsten, Genossen, Feind. Mein Solipsismus beschämt mich zutiefst, ich zwinge mich, weil es nicht so leicht ist, wenn all das Eigene, Alte, Persönliche so unendlich auf mir lastet. Diese Aufgabe muß ich alleine lösen. Ich bin ja nicht allein, ich war nie allein, und das, was ich bin, verdanke ich der großen Menge von Menschen um mich herum, die immer da waren und sein werden, denn das, was mir geschieht, wird, irgendeinem Geheiß folgend, auch in Zukunft geschehen.

Ich gebe also acht und bin in diesem großen Augenblick nüchtern und ruhig. Ich muß mich nicht wieder umschauen. Mein Nächster ist gegenwärtig, er ist gleich hier neben mir, ob er mir zu gefallen sucht oder ich ihm zuwider bin, ich werde ihm nicht entgehen können, er ist hier. Salut! Mitmensch, Karikatur meiner selbst, unglückseliger Landsmann und körperliche Hülle für sich, doch aus derselben Masse. Salut!

Aber so plötzlich und heimtückisch ich mich auch auf dem Absatz umdrehe, um den Spion zu überraschen, den Spitzel, der mir auf den Fersen ist, sich von Ecke zu Ecke schleicht, so blitzartig ich auch auf der Stelle herumwirbeln mag, um ihn bei der diebischen Hand zu fassen, ihn beim Schlafittchen zu packen, nie wird es mir gelingen, denn schon steht er gleichgültig vor einer Auslage mit seiner Spitzelmelone auf dem Kopf, tut so, als betrachte er die Auslage und betrachtet doch mein Spiegelbild in der Scheibe.

Wo ist die Grenze zwischen mir und dem anderen? Der andere, jener zweite, dieser einzelne erscheint mir in der Menge, in der großen, verständnislosen, sorgenvollen Menge, der Menge auf den Straßen, in den Wartesälen der Bahnhöfe, auf Sporttribünen, im Menschenauflauf, in Restaurants, im Kino, und durch alles dringt sie hindurch, in Zeitungen, Propaganda, Statistiken, unverändert, massenhaft, stetig, von allen Seiten, egal, wohin man sich wendet, überall sind ihre Spuren, dieses Bohren, Kleben, Biegen. Jede Landschaft ist von Wegen durchfurcht, von Feldern durchpflügt, jeder Wald von Rodungen duchzogen oder begradigt; auf jedem Wasser schwimmen große Ölflecke und Abfall der Menschenwelt, in jeder Wildnis finden wir gleich eine rostige Konservenbüchse, die Spuren eines Wagens, der hindurchgefahren ist, es läßt sich nicht vergessen, daß sie sind, was sie sind.
Und ist man allein, für sich, einzeln – man begegnet einem, es wird anders, der Wald ist kein Wald mehr, weil dort jemand hindurchstapft; in den späten Stunden der Nacht, vor Tagesanbruch auf den menschenleeren Straßen einer Stadt – da kommt er um die Ecke und hämmert mit den Absätzen über die Trottoirplatten; ist man mitten in einem verlassenen Gebäude, kommt er an, klirrt mit den Schlüsseln und leuchtet fahl mit einer elektrischen Taschenlampe, geht man durch die leeren Wiesen am Bach, erhebt sich dort eine einsame Frau, in der Ödnis, an einer Opferstätte, und ihre unansehnlichen Hüften schwellen zu den gigantischen Ausmaßen einer Rhea, und das aschfarbene Haar, glänzend von Fett, knistert und sprüht Funken wie eine Aureole.
Der andere – und doch kein anderer. Der andere Mensch ist so wie ich, das bin ich selbst. Bevor ich seinem Blick begegne, bevor wir Blicke tauschen, weiß ich es schon – und mir wird feierlich zumute.

Dieser andere, ohne Ansehen von Geschlecht, Charakter, Wuchs, Alter, ragt vor mir auf und verstellt den Blick auf anderes. Mir wird unheimlich und wunderlich, wenn ich mir seine heimtückische Ebenbildlichkeit und täuschende Ähnlichkeit vergegenwärtige. Es ist schrecklich, daß er dieselben Reaktionen hat, und wenn wir beide den Sonnenuntergang betrachten, regt sich in uns eine ähnliche Rührung, wenn ein plötzlicher Schatten auf uns zu fällt, erschrecken wir auf die gleiche Art, solidarisch und grausam in dieser Solidarität. Solidarisch in Gedanken, in Gewohnheiten, in Vorurteilen. Wir leben beide in derselben hauchdünnen Schicht eines begünstigten Lebens, und jede Abspaltung, jede Abweichung, jedes Durchstoßen der Membran in diese oder jene Richtung bedeutet für uns Vernichtung.

Dieser andere, Blut von meinem Blut und Bein von meinem Bein, ist mir lieb und zuwider. Zuwider bis zum Abscheu. Seine Haare unter den Achselhöhlen sind mir ebenso zuwider wie sein nervöser Tick und die leeren Phrasen, die er drischt. Er ist mir nächster Freund und Wolf zugleich. Er wird alles für mich hingeben, ich weiß es, ich bin sicher, daß er das tun würde, aber zugleich ist er bereit, mich zu zerreißen, mich mit einem stumpfen Messer um eine Läppischkeit, einen elenden und flüchtigen Wert zu metzeln. Wir kennen uns gegenseitig durch und durch, wir haben uns gegenseitig heruntergemacht, wir kennen einer des anderen Gedanken und Wege, und wir sind einander unendlich fremd und unbekannt, als kämen wir von verschiedenen Sternen. Dieser andere ist mir verhaßt und unbekannt und gleichzeitig so lieb wie ich mir selbst. Ich selbst bin mir doch so feindlich und verhaßt, mir selbst bin ich unbekannt und zum Fürchten. Und Überraschungen von seiner Seite fürchte ich genauso wie das, was in mir ist, was jederzeit zum Vorschein kommen, aus mir, aus meinem schrecklichen Innern nach außen dringen kann.

Und wenn ich das alles vergesse, wenn es aus mir herausgespült wird, ausbleicht, abbröckelt, was bin ich dann? Neue Dinge gehen über mich hinweg, trampeln, reiben ihre Spur in mich hinein, so wie Menschen Treppenstufen und Hausschwellen abtreten und kerben. Unduldsam klammere ich mich dann an die verbliebenen Bilder, biege die Zweige und Äste der letzten Bilder zu mir hin. Ich möchte ihn schütteln und rütteln, den Baum, diesen unsagbar harten, gleichgültigen, ach so harten Stamm des Lebens, dem ich entwachsen bin. Manchmal kralle ich rasend vor Wut die verschränkten Finger zusammen, im Krampf, im epileptischen Anfall, den Kolben der gefesselten Hände. Aber ich weiß, daß ich nicht loslassen werde, denn wenn ich den letzten Halt aufgebe, was bleibt mir dann außer der Leere der Hand mit blutiger Haut, wohin wird der Sturm mich dann reißen, fort vom ehrwürdigen, statischen Rumpf meines Baumes, von meinem Baum?
Das ist wohl deshalb so, damit man sich nicht losreißen kann, es gibt einfach keine Grenze zwischen mir und dem Baum, wir sind miteinander verwachsen, eine Pflanzen-Tiersymbiose, wenn ich durch meine Hände hindurch spüre, wie das Chlorophyll der Pflanze, der Saft des Baumes in meine Adern sickert und sich mit meinem Blut vermischt. Nicht umsonst setzten die Menschen der Antike Kränze aus Lorbeer oder Eiche auf, nicht umsonst flochten sich die Mädchen Blumen ins Haar und flechten die Kinder Schlingen aus Grashalmen und füllen sie mit ihrem Speichel, bis ein gläsernes Häutchen entsteht, das in der kleinen grünen Schlinge hängt, und darin spiegeln sich die »Welten« …

Varianten

Variante I

Ich gehe fort und komme, nähere mich und entferne mich. Einmal bin ich mir meiner vollkommen bewußt, dann verliere ich mich und gehe im umgebenden Raum auf. Ich bin hier, aber ich bin nicht anwesend, weil ich ausgegangen bin, einer Phantasie entgegen.

Es ist frühmorgens, ein Maimorgen. Der Garten fällt zu einem Wasser hin ab, einem Weiher. Der gleichmäßige, heitere Rasen hört auf wie abgeschnitten, Schilfgras und das sumpfige Wasser des Weihers lösen ihn ab. Die Schilfhalme sind scharf, kräftig, anders als Gras, sie reichen weit ins Wasser hinein. Mutig kann man sich ins Wasser wagen, die Füße werden sofort bis zum Knöchel eingesaugt, das nasse Marschland weckt Ekel und Furcht. Drüben, auf der anderen Seite des Weihers, steigt das Gelände wieder an, und aus der Entfernung sind Gebäude erkennbar, der schmutzige Schornstein einer Ziegelei, ein paar Bäume, der Himmel. Es ist weder nah noch fern, aber doch weit genug weg, damit diese unerreichbare Welt fremd und abgeschieden erscheinen kann. Immer, Tag für Tag, sehe ich diese unkomplizierte Landschaft, immer gleich in ihrer Schlichtheit, ein Ziegelschornstein, ein paar Hütten, ein paar weidende Kühe. Doch ich bin nie dort gewesen und werde nie dort sein. Diese Welt, die mich etliche Monate lang begleitet hat, wird mir immer unbekannt bleiben. Als wir von diesem Ort wegziehen sollten, stand ich im Zimmer, am Fenster, das auf diese Landschaft hinausging, und damals dachte ich bei mir, daß ich diesen Ort nie wiedersehen würde, niemals, er war bei mir gewesen, und jetzt würde er nicht mehr dasein. Diese ärmliche Landschaft, der Ziegelschornstein, die paar Häuser, die weidenden Kühe. Es war dort mal so und mal so gewesen, die Landschaft hatte im Regen gelegen, oder unter Wolken, oder unter ganz blauem Himmel mit Sommerwolken hier und da, aber damit würde es vorbei sein. Hier in der Nähe war alles bis in jede Einzelheit vertraut, wie im Zimmer eines Blinden, so hatte der Blick alles ertastet. Der Rasen im Garten, der sanft zum Weiher hin abfiel, die verkrümmten Kirschbäume, die Johannisbeer- und Himbeersträucher, die Johannisbeeren immer staubbedeckt, vor allem unten am Strauch, in der Nähe der Erde, und die Himbeeren mußte man sehr vorsichtig pflücken und schauen, ob das Innere nicht von einem Wurm angefressen war, der sich in seiner tiefroten Welt wand.

Ebenso am Bahnhof, beim Warten vor der Abfahrt des Zuges. Es ist Abend, Nacht, ich sitze am Fenster, die Bank im Waggon ist hart, das Innere des Waggons ist mir schon bekannt, es riecht nach Stadtgas, das in dem schiefen Auerschen Gitter des kugelförmigen Lampenschirms zischt. Der Blick, der sich vergewissert, daß der Koffer noch an seinem Platz ist, der brave alte Vulkanfiberkoffer, ein Stück Zuhause unterwegs. Sinnlose Aufschriften über dem Heizhebel: »warm ½ kalt«. »Nicht hinauslehnen« und »Nicht spucken«. Und draußen vor dem Fenster die mit den Bahnhofslampen gestirnte Landschaft der Bahngleise, die Schienen flach und gerade, in der Nähe weit auseinanderstehend, in der Ferne perspektivisch zusammenlaufend. Die seltsame mechanische Landschaft des Bahnhofs, der Gleise, als sollte die Welt einst so vom menschlichen Wirken begradigt und mit grobem Schotter bestreut sein. Weiter entfernt geht ein Eisenbahner an den Gleisen entlang, und mit jedem Schritt schwankt die

Laterne, die er an einem Griff in der Hand trägt, er verschwindet hinter Waggons und taucht wieder auf, Spinne und Johanniskäfer im Spinnennetz aus Eisen und Stahl. Und oben, auf hohen Masten, die fransig und grell strahlenden elektrischen Bahnhofslampen, wachend wie die vielfache Vorsehung. Das rote Licht der Signale, das manchmal unbemerkt, in einem unbeobachteten Moment auf Grün springt. Diese ruhige Farbe der »freien Bahn« ist die Farbe des Guten, aber sie hat nicht die Intensität der roten Farbe, die sagt: »Bleib stehen!«, die Schlechtes kündet. Alles in dieser Landschaft wirkt schmutzig vom Kohlenstaub, die eisernen Schranken an irgendwelchen Blockeinrichtungen, das stumpfe Ende eines Postwagens, das Gasrohr aus Gummi, das ein Arbeiter zu den aneinandergekuppelt wartenden Personenwaggons schleift. Und überall Güterwaggons, plumpe Schachteln, indischrosa angestrichen, mit einer Schmutzschicht bedeckt, wie alles hier, mit unlesbaren Zeichen und Buchstaben bemalt, die stämmigen Achsen und Räder glänzen, als hätte die Brust der Erde sie poliert, während sie darüberrollten. Und darüber die Konstellationen elektrischer Lampen, die in ihren Tierkreisrätseln etwas aussagen wollen, nur manchmal wirft ein Signalmast einen Schatten, der liegt auf der Erde und springt so scharf und brutal in die Augen, daß es sich anfühlt wie ein Schlag auf den Schädel.
Im Schein dieser nocturnalen Lichter wirken die Fensterscheiben des Waggons opalisierend. Zischend entweicht Dampf, die Schienen ächzen unter der manövrierenden Dampflokomotive. Von weitem nähert sich ein Laut, an der Waggonreihe unseres Zugs entlang wird er immer deutlicher vernehmbar, wächst zu einem Dröhnen, da geht ein Arbeiter und klopft mit einem langstieligen Hammer ein Wagenrad nach dem anderen ab. Sein langsames Näherkommen wirkt wie

eine Warnung, die sich steigert, erst ein schwacher metallischer Klang, der immer näher kommt, ein perspektivischer Ton. Er hat es mit seiner Offenbarung wohl nicht eilig, sie vollzieht sich allmählich, er gibt uns Zeit zum Nachdenken, zur Entscheidung, zu einer Gewissenserforschung, zur Einstimmung auf die Konfrontation mit der Verheißung, die er für uns bereithält, wenn er bei uns ankommt. Ich lausche angespannt auf das näher kommende Echo, erfüllt von dem Gefühl, daß ich nicht würdig bin, daß es nicht der rechte Zeitpunkt ist, daß ich noch nicht ausreichend vorbereitet bin. Doch dann wiederum spüre ich, daß mir diese Ehre zuteil werden soll, daß ich trotz allem als der zukünftige Träger dieser Kunde ausersehen bin, deshalb spanne ich mich innerlich an und balle die Fäuste, ich bin bereit, sehe kerzengerade dem Empfang entgegen. Die dröhnenden Schläge kommen näher, jetzt nur noch der nächste Waggon, und da ist es! Einen kurzen Augenblick des Zögerns später die nächste Achse, einmal! Und das war's. Monoton entfernt sich der Klang, wird schwächer mit wachsendem Abstand. Ohne Verkündigung. Er ist metallisch geworden, mechanisch, routiniert, wie ein Aufziehmechanismus, der abläuft, wie ein Automat. Einen großen Effekt hatte ich erwartet, wie von einem Pendel, das irgendwo am Rande des Kosmos in Gang gebracht worden war, ich hatte in den schwarzen Raum gestarrt und auf das Näherkommen des Pendels gewartet. Alle Zeichen am Himmel und auf der Erde kündeten mir davon. Ich hatte viel Zeit, ich konnte mir den Kopf zerbrechen, konnte mir bis ins einzelne ausmalen, wie es sein würde, ich konnte nervös werden, mir selbst gut zureden. Während mir das Herz immer höher im Halse klopfte, konnte ich sehen, wie das Gewicht des Pendels durch Zeit, durch Raum, durch alle physikalischen Gesetze hindurch an Schwung gewann,

wie mir kaum etwas anderes übrigbleiben würde, wie ich mich unter Krämpfen der Demut unwürdig krümmte, wie ich unter Wogen des Selbstvertrauens, einer plötzlich triumphierenden Selbstgewißheit mit einemmal sicher und in der Erwartung des Sendungsauftrags verwegen wurde, wie schließlich der große Tag, der erwartete Augenblick herankam – und nichts, aber auch gar nichts geschah, nicht einmal ein triviales Beben der Begegnung, nichts von der Heftigkeit einer Explosion, nichts von einem Feuerwerk, von der Hitze, die aus der Reibung jenes Großen und meiner selbst entstand, nur ein Augenblick – und wieder lausche ich, nun auf den sich entfernenden Klang, auf das Gegenteil, den schwindenden Effekt, die inzwischen bekannte und nicht mehr beängstigende Stimme; am Boden der Seele bleibt nichts als ein dünner Satz des Trauerns um die vorherige Erwartung, das Schwingen mit diesem Pendel, das Beben.
Ich sitze im Waggon, auf der Ablage der vertraute Vulkanfiberkoffer, wie immer habe ich vor Reisefieber eine Magenverstimmung, Mundtrockenheit, diesen Bahnhofs- und Eisenbahndurst, die Lider sind mir schwer, aber in der Ahnung, daß ich ohnehin nicht schlafen werde, und vor mir, im rechteckigen Rahmen des Fensters, die Mondlandschaft der Gleise, Scheinwerfer, die Vision einer Welt, der die Welt nie gleichen wird, Nacht, tiefhängende Wolken, von den Bahnhofslaternen erhellt, schmale Pfützen zwischen den Eisenbahnschwellen nach einem kürzlichen Regen, das Klopfen der Puffer in einem vorbeigeschobenen Güterzug.
Ich denke bei mir, ohne eigentlich zu denken, eher wie eine Ahnung, daß ich so etwas im Leben nicht mehr sehen werde. Es gibt keine zwei gleichen Dinge auf der Welt. Irgendwann werde ich wieder in einem Eisenbahnwaggon sitzen, an einem Bahnhof, in der Nacht, solche Laternen werden leuchten und

sich grell in den glattpolierten Schienen und den Pfützen widerspiegeln, aber es wird nicht dasselbe sein. Ich bin klein, dumm, unerfahren. Zwischendurch überkommt mich der Gedanke, daß es daran liegt, daß ich nicht mehr derselbe sein werde, in mir wird es nie wieder diese Kombination körperlicher und seelischer Bedingungen geben. Kurz, es kann auch daran liegen, daß ich ein anderes Mal nicht entspannt sein werde, sondern verkrampft, vielleicht werde ich Zahnschmerzen haben oder Kopfweh, vielleicht werde ich irgendeine andere Beschwerde haben, vielleicht wird mich zuvor jemand angerempelt haben, oder im Zugabteil wird es überfüllt und vulgär sein, und jemand wird ein Wort sagen, das meine Gedanken in eine andere Richtung lenkt, vielleicht werde ich zuviel rauchen und davon eine Nikotindepression bekommen, und dann? Jene Landschaft wird mir entgegenfliegen, wird mir entgegeneilen, sich genauso für die Begegnung zurechtmachen, alles in denselben kleinen Schwingungen wiedererstehen lassen, doch ich werde blind und taub dafür sein. Vielleicht ist es schon mal gelungen, daß etwas sich genau wiederholt, vielleicht wiederholt sich dauernd etwas und will zu uns durchdringen, so wie ein reisender Bote mit einer Nachricht nachts an ein schlafendes Haus pocht, aber ich werde nichts davon wissen, vielleicht will schon seit Urzeiten etwas zu mir durchdringen, werden schreckliche, wichtige Signale neben mir abgebrannt, vielleicht bebt und wirbelt etwas gleich neben mir, die einzig wahre Erklärung, immer dieselbe, die sich belehrend, hartnäckig und verzweifelt und geduldig neben mir wiederholt, während ich, der durch Zeit und Vergänglichkeit, durch irrsinnige und rasende Veränderung, durch einen tobenden Wirbel Gerissene, diese Signale nicht wahrzunehmen imstande bin, ich bin blind für sie und lasse mich, durch die Monotonie der Bewegung eingeschläfert, weiterreißen. Dabei scheint es, als brauchte ich nur wie ein Kind die Hand auszustrecken und zu sagen: Bleib stehen! Laß dich festhalten! Doch nein und wieder nein. Schon bin ich wieder weit weg...

Variante II

Die unserem Herzen nächsten Neigungen prägen sich aus, wenn in uns noch keine Ordnung herrscht. Es ist etwas Seltsames, in diesem Zustand von Unschuld und Narrheit der Unreife zu beobachten, wie sie in uns entstehen, ihr Knospen, ihre unausgereiften Keime, wir betrachten sie, und sie erwecken in uns Hoffnung, doch daneben auch Ablehnung, einen Widerwillen wie gegen Inzest, eine gewisse peinliche Berührtheit wie durch eine eigene Schwäche.
Ach, Unsicherheit, ach, Zögern! Was soll man erwählen, was verwerfen? Was ist mein Maß, was sind meine Bedingungen, meine Wahrheiten dabei? Und was ist Wahrheit? Ist Wahrheit das, worin sich alles wie nach Berechnung oder Logik fügt, oder ist die Wahrheit von einem Mechanismus abhängig oder vom Zufall?
Das Land, in dem wir damals lebten, läßt sich schwer bestimmen, es entzieht sich einer Definition. Die österreichischen Offiziere, die zu den dort stationierten Kavallerieregimentern zur Ableistung ihres Bezirksdienstes geschickt wurden, Wiener Stutzer, die sie waren, bezeichneten die Gegend als Arschhöhle, also nicht nur Arsch, sondern etwas, das an Gottverlassenheit nicht zu überbieten war. Nichts gab es in dieser kleinen Garnisonsstadt, die so öd, verlassen und fern der Ringstraßen war, Juden, der Stadtarzt, ein paar Advokaten, ein Bezirksgericht, Bauern, Popen, kleine magere Kühe auf

den Weiden, armselige kleine Bahnhöfe, wenige Chausseen, schlammige Feldwege, ein langsam, träge dahinfließendes Leben.

Man könnte meinen, daß so das Nichts aussieht. Nichts geschah in dieser Landschaft, einer Landschaft, in der es nichts gab, was der malerischen Postkartenhübschheit anderer Gegenden gleichkam, der Alpen, Patzengletscher, Rotterdamer Kanäle, finnländischen Granitsteine, des Lido, der bretonischen Küste, der Bergstädte Spaniens, der Lieblichkeit des Loiretals, der Zacken des Apennin, der Melancholie der sandigen Landschaft Masurens. Die Menschen lebten dort sehr geregelt und schwerfällig, nahmen die Errungenschaften und Wohltaten des historischen Fortschritts in aller Ruhe hin.

Aber das war die Oberfläche, wie sie diejenigen sahen, die, um es offen zu sagen, voreingenommen waren. Aber schauen wir einmal zwischen die Bäume, beispielsweise im Sommer in die Kirschbäume, riesig wie kalifornische Sequoien, überquellend von schwarzen oder mennigfarbenen oder kirschroten Früchten. Jungen, halbwüchsige Vagabunden, die gegen einen Teil der Ernte zum Pflücken verdingt wurden, lebten tagsüber zwischen den Blättern und Zweigen dieser Bäume, bogen mit Haken die früchteschweren Äste zu sich, und bis heute höre ich die Rufe, die sie miteinander wechselten, wenn sie, überwältigt und geblendet von der Fülle, der Übermenge des herrlichen Ertrags, mitten in den grünen Kugeln der Baumkronen hängend, einander zuriefen: »Massen von Beeren, Massen!«, und dieses spaßige Prahlen mit dem herrschaftlichen, unerhörten, außergewöhnlichen, begeisterten Ausdruck »Massen« war der höchste Lobpreis der Fülle, Schwere, Fruchtbarkeit dieser quellenden Menge von Gaben. Bis heute höre ich dieses fast monotone »Massen!«, wie ein

Gesang, eine Anrufung um Regen, die »Massen« der Vogeljungen, die dort mit dem Kopf nach unten im Raum hingen (und dabei denke ich, wie für sie alles andere mit dem Kopf nach unten hing, die Bäume, Häuser hinab in die Tiefe der Himmelswölbung, den schrecklichen und köstlichen Abgrund).
Oder nehmen wir einen anderen Tag, früh am Morgen fuhren wir weit, weit hinaus, Poplawy hieß der Ort, wo die sauren Wiesen lagen, und wir fuhren zur Heumahd. Es war ein regnerischer Schlechtwettertag, daran änderte sich auch nach unserer Ankunft nichts, mein Bruder und ich wurden auf dem abgeschirrten Wagen zum Schutz vor dem Regen unter eine Plane gesteckt, und die Senser gingen über die Wiesen und wurden immer kleiner hinter den schrägen Regenstreifen, und das gemähte Gras lag in schiefen Reihen, und es war so entsetzlich leer und trostlos, nichts als das schmutzige Grün des Grases, Wasser und Nässe, Regenrinnsale, die über alles rannen, und der Regen, der schief fiel und die Welt unter seinen feinen Tropfen zur trostlosesten Ödnis machte, und das klirrende Knirschen der Sensen im Gras und der Wetzstein, der die Sense streifte, und immer dieselbe Krümmung des Horizonts und immer derselbe Regen und wieder Regen, und der Himmel grau wie das Wasser im Aquarium. Unter den nassen Hieben des Regens hatte es den Anschein, als hätte die Welt schon den verheißenen seligen Zustand der entropischen Nivellierung erreicht, sich im Nirvana der Einförmigkeit, der glitschigen und immer gleichen Gräue aufgelöst, der Himmel neigte sich auf die Erde und vermischte sich mit ihr, alles wurde flach und zweidimensional. Nur das Gras lag dicht und scheinbar die Erde umarmend in diesem Regen, und es verging einem schier der Atem beim Anblick dieser Trostlosigkeit der Wiesen.

Und dann ein anderer Tag, feiertäglich, sonntäglich, wieder im Sonnenschein, die zwei Kirchtürme, barock, weiß und ekkig mit Gesimsen und Giebelbekrönungen, und der Kirchengeruch nach Weihrauch und Kerzenwachs, nach der Schuhwichse auf den polierten Schuhen und der Wäschestärke in den Röcken und Unterröcken der Mädchen, die in der Prozession den Tragaltar auf einer ungleichmäßigen Trage balancierten, wenn eine verschwitzte Hand das mit dem Rosenkranz umwickelte Meßbuch an die Brust drückt und die andere die Tragestange fest umklammert hält, und das üppige Grün der Bäume und die Bauernfuhrwerke, die dichtgedrängt auf dem Platz neben der Kirche stehen, die Gäule haben die Köpfe ganz in die prallen Futtersäcke gesteckt, die von der Deichsel hängen, und Haufen von Pferdemist, und die wild die Fliegen verscheuchenden Schweife, und die Brünstigkeit der Pferde und die Radspeichen, grau vom getrockneten Schlamm. Die langwierige Öde des Gottesdienstes, wenn die Orgel dröhnt, und der goldschimmernde Sonnenstrahl, der durch das Fenster fällt und auf die Stationen der Leidens des Herrn, und die »Zacheuszki« an den Kirchenwänden, die hart sind und nach oben zeigen wie ein Dogma. Die Kirchenbank betropft mit Kerzenwachs, der Chor der Frauenstimmen, die das Lied von der unbefleckten Jungfrau immer höher steigen lassen, bis über die Orgel hinaus. Scharrende Schuhe und Räuspern bei der Wandlung, das dünne, dünne Läuten der Schellen der Ministranten, und der dicht und golden bestickte Ornat des Priesters, der mit ausgebreiteten Händen umgeben von den Palisaden hoher, mit künstlichen Blumen verzierter Kerzen aus dem Meßbuch liest.

Nach dem Verlassen der Kirche ein schrecklicher Druck und gleichzeitig eine Leere im Herzen, wie ein Zeichen der Schuld, daß man gotteslästerlich ein Stück Glauben bei der Kommunion verzehrt hat, ohne den rechten Glauben in sich erwecken zu können, und ringsum steht breitschultrig und gedrungen der Tag wie ein Gefängniswärter mit dem Schlüssel. Die Sonne hängt schon im Zenit, über den Köpfen der Leute und den Zäunen die dichten Bäume, Schattenstreifen, die Bienen, die sich bei den Blumen zanken wie Hunde, die Mädchen in ihren Unterröcken und mit Sommersprossen auf den groben dummen Mädchengesichtern, Straßenstaub, die Sodakanister an der Tür des Ladens.

Wie soll man hier das Wesen der Dinge fassen, wie diesen Sack schultern, wohin sich tasten jenseits dieser Türfüllung? Mit einer großen Ahnung, mit naivem Bedacht setze ich tastend den Fuß auf den Steg, auf den schmalen Steg zur richtigen Seite. Bestimmt werde ich mich irren, aber das wichtigste in einem solchen Fall ist die Entscheidung, das einzige, was einem übrigbleibt, ist der scharfe Entschluß.

Mit Macht muß man sich von den Zitzen des Bewußtseins, aus dem Schoß der groben, abgedroschenen Dinge reißen, sich davon abschneiden, trennen, sie loslassen. Das Denken muß dünn, filigran sein, zerbrechlich wie die Zerbrechlichkeit des aus dem Feuer gezogenen Glases. Das muß man beherrschen.

Man muß sich aus dem Raum lösen, so schwierig, ja unmöglich es auch scheinen mag, man muß sich sagen: hier ist hier, und dort ist dort. Selbst der Herr sein, und zwar ein objektiver Herr. Selbst segregieren, aber nicht mit Systematik, denn über zuviel Systematik kann man sich ganz an diese verlieren, vielmehr muß man das eine vom anderen scheiden und sagen, daß es anders ist.

Nicht deshalb, weil man mir etwas über die Relativität der Dinge gesagt hat, davon, wie ihre Ordnung von der Bedin-

gung, von dem Instrument, mit dem ich messe, von der Stelle, wo ich mich zufällig befinde, abhängig ist.
Nur nicht zugleich die Trompete von Jericho sein.

Der Kavalier aus Meerschaum

Die Begegnung mit einem neuen Element hat immer etwas Eigenartiges. Anfangs ist es noch nicht die Offenbarung und Überraschung, die man erwartet haben mag. Scheinbar ist da nichts Besonderes – hier das Land, das Trockene, das Feste, und in der Ferne, auf der anderen Seite, erst flach und dann groß und ausgedehnt, das fließende, weite Meer. Das Meer. So viele Assoziationen und Gedanken, die damit verbunden sind. Wellen über Wellen, sie rollen ans Ufer und wieder zurück, und es kommen neue. Der Himmel in der Ferne fällt steil zum dunstenden Strich des Meeres ab. Und das Festland, ein gutes Wort: Festland, das immer gleiche; geradezu verwunderlich, daß hier nichts anders ist, das Gras wächst vor sich hin, Steine liegen da, Stöckchen, es könnte, ja, wenn man zu Boden schaut, könnte es überall sein, man stößt sogar auf banalen Abfall, ein schmutziges zerknülltes Stück Papier, die Scherben einer Glasflasche, ein Stück Holz, weiß der Himmel woher. Blickt man am Ufer entlang, sieht man den Rand der Flut, man sieht den alten Rand von Ablagerungen und Meeresschmutz, den der höchste Wasserstand hinterlassen hat, und den Rand – oder mehrere Ränder – der letzten Fluten. Die Ränder sind wie Schichten auf hypsometrischen Landkarten, das Meer läuft bis an die Ränder und sabbert wie ein Kleinkind, und davon bleibt dieser Schmutzrand zurück. Jetzt ist Ebbe, und das Wasser fließt zurück. Am Rand der Flut bleibt auch ein schmutziger Streifen Algen zurück, die spröde und blasenartig sind und unter den Füßen knirschen, das fühlt sich merkwürdig an, befriedigend und abstoßend zugleich. Korken, Holzstücke, eine zerbrochene, leere Kiste und natürlich eine trübe Flasche, mattes, schmutziges Glas, eine Flasche wie eine Botschaft, ein Signal, ausgeschickt von Unglücklichen, die mitten auf dem Ozean treiben. Ausgewaschene und ausgebleichte Krebsschalen, Muscheln verschiedener Art und frisch angespülte, glitschige Tintenfische, schon schlaff und leblos, wenn sie auf dem Sand landen.

Ich betrachte diese Tintenfischleichen, denke daran, wie sich ihr Schicksal gewandelt hat: Vom prallen, fließenden Geschöpf des Wassers, das sie erfüllte, ihnen lange Fangarme und den runden Tintenfischkopf des Kopffüßlers wachsen ließ, ihnen gestattete, sich mit einer dunklen Tintenwolke zu umgeben, wurden sie zu erschlafften Hüllen, zusammengesackt wie ein angestochener Ballon, hier am Ufer eines trockenen und schaurig fremden Landes in der Sonne verdorrend. Und ich – bin ich nicht selbst hier gestrandet? Hartnäckig drängt sich mir eine solche Analogie auf, dieser Hilfsmechanismus des Denkens, der Rhythmus des Vergleichs – was ist mit mir? Bin ich nicht auch ein solches lebloses Wesen, an einen fremden Strand gespült, erschlafft und zusammengesackt im trockenen Klima der Mondlandschaft eines Landes mit anderem Luftdruck? Ich muß mich zurechtweisen, will nicht in Banalitäten verfallen, mich nicht mit leichtfertig konstruierten Vergleichen betrügen, die vom Zufall eines nachmittäglichen Spaziergangs abhängig sind. Gib acht, sage ich mir, reiß dich am Riemen. Das ist nicht das Wesentliche.

Dann eine Welle. Von weitem rollt sie heran, aber daran ist nichts bemerkenswert. Erst als ihre Unterseite über das schräg abfallende Ufer scheuert, gewinnt die vorauseilende Spitze an Geschwindigkeit, und so wie ein Mensch auf den Kopf fällt, wenn ihm die Beine weggezogen werden, krümmt sich auch die Welle, die zerfledderte Spitze biegt sich zu einem Hahnenkamm, und so hängt dieser ausgefranste Rand eine ganze Zeitlang über der gebogenen Wassermasse und schiebt sich ans Ufer und rollt sich zusammen wie ein Stück Papier und stürzt schließlich mit seltsamer Stimme, unter Rauschen und Schlagen zu einem Wulst gebogen, auf den Sand und ergießt sich als seichtes, dünnes Rinnsal, das den Sand leckt wie Seifenschaum, der aus dem Waschzuber schwappt, fließt bis an meine Füße heran und erstirbt dort wie ein verendender Hund, der ein letztes Mal die Sohlen meiner Schuhe lecken will. Es könnte einen unschwer zur Megalomanie verführen, wenn man sich denkt, daß sie unter Sonne und Sternen den halben Ozean durchmessen hat, Leviathane und Sargasso-Städte auf ihren Rücken getragen, Blitze angezogen und sich zu hohen Wällen aufgetürmt hat, um sich zuletzt in größter, reinster Demut hinzulegen und ausgerechnet zu meinen Füßen zu enden.

Und dann all die anderen Wellen, die unablässig heranrollen, die eine stirbt, und tausend andere kommen unaufhörlich heran, hartnäckig, stetig, dichtgedrängt, man sieht sie von ferne näher kommen, heraneilen, man versinkt in die Betrachtung des Schicksals dieser einen, sucht sich diese eine aus den vielen anderen aus. Auf dem Sand hier, an diesem flachen Ufer wirken sie nicht gefährlich, es sieht aus, als hielten sie sich an eine Abmachung, an die Aufteilung der Welt, dort die Welt des Wassers und hier die Welt des Festlands, und auf dieser Grenze ereignet sich das Sterben der Wellen.

Man versinkt in die Betrachtung des flachen Meers, sinnt nach. Es ist anders als alles, was wir kennen. Irgendwo in der Ferne stoßen zerstrittene Wellen aufeinander, die Strichlein der Wogen, die Strichlein der Möwen darüber wie Papierschnipsel, Papierfetzen, die der Wind in die Luft bläst. So ist es an einem ruhigen Tag. Doch ein Wind kann aufkommen, die Wolken tief hängen, Nebel sich über den Horizont ziehen wie ein weißer Schleier über das Auge eines Blinden. Dann weht es vom Meer her, eine Bö trägt zerstäubtes salziges Meerwasser herbei und Gischt. Das Meer kocht, es brodelt. Es will dunkelblau sein, aber es schludert mit seinen Wellenkämmen, mit schmutzigfarbener Gischt, die weder oliv noch grün, noch grau ist. Vom vertrauten Platz aus sieht man, wie das Wasser beim Auftreffen auf das Ufer anschwillt. Die Wogenkämme türmen sich schon in der Ferne, die aufgewühlten Wellen steigen und fallen. Und die immer gleiche, ungeheure Stimme der leblosen Materie, die in ihrem düsteren Brüllen und Tosen Schmerz und Verzweiflung ihrer Ohnmacht zum Ausdruck bringen will. Wem zur Warnung? Wem zum Alarm? Ausgesetzt an diesem schmalen Ufer blikke ich gebannt und voll Erstaunen, ein Gast aus der Tiefe des Kontinents, ein Botschafter anderer Naturgewalten. Diese Raserei und Verzweiflung des Wassers, die sich vor mir entfesselt, beschämt mich und macht mich kleinlaut. Ich hatte gemeint, meine eigenen Naturgewalten wären so groß und furchtbar, und da komme ich an ein fremdes Ufer, halte das Gesicht in den Wind, und durch die vom Wind in die Augen getriebenen Tränen blicke ich auf eine neue, mir bislang noch ganz unbekannte Gewalt. Es wäre ein leichtes, mich mit Gleichgültigkeit zu wappnen, mir zu sagen, daß es mich nichts angeht, daß ich nicht hierhergehöre und es mir deshalb nicht nahegehen lassen sollte. Aber das hilft nichts. Ich kann ja dieser Welt nicht entfliehen, ich gehöre dazu, in all ihren Momenten. So sehr ich mich auch widersetze, mein Inneres gerät doch allmählich ins Wanken, wie eine Brücke unter dem stampfenden Tritt einer Infanteriekolonne. So kommt ein Zittern zum anderen, und schon bin ich ganz aufgewühlt und aus der Fassung gebracht. Ich fange sogar an, mir fieberhaft die Jacke zuzuknöpfen, wenn ich doch wenigstens ein paar alberne metaphorische Knöpfe an meiner bisherigen geordneten Dimension der Dinge hätte. Ich möchte mich umschauen, ringsum mit den Blicken die vertraute, sichere Festigkeit der Erde abklopfen. Aber ich bin schon im Bann, schon hat er mich erfaßt und an sich gerissen. Ich bin im Rachen des Leviathans. Er brüllt und spuckt, ein Hauch des Grauens schlägt mir entgegen. Er ist leblos, aber schaurig wie ein Lebewesen. Ich schaue.

Ein anderes Mal stehe ich am Rand der steinernen Einfassung eines kleinen Fischerhafens. Die Häuschen der Fischer stehen dicht gedrängt, man sieht das Leben der Fischer, das irgendwie anders ist als das der Spießer des Städtchens. Schweigsam sind sie in ihren verwaschenen Hosen und Jakken aus grobem hellblauem Segeltuch, hart und hölzern in ihrer eng und scharf umrissenen Tätigkeit. Alles ringsum ist fest und hart, das Gummi ihrer Schuhe, die Taue, die polierten Holzstücke, die Mauern aus schweren Steinen, die Mole, die flachen Steinquader unter den Füßen. Scharf ist alles ringsum und hart. Der Laden, ja sogar der Laden ist wie ein Beichtstuhl oder ein Schilderhäuschen. Schwarz ist es drinnen, glatt mit soviel dunkelbraunem Holz, nur ein paar bunte Schachteln prangen mit ihren Reklamefarben. Ich kaufe Zigaretten, da ist eine alte Fischersfrau, eine richtige Greisin, verschrumpelt und gebückt, mit ihrem schwarzen Tuch um die Schultern, wie es alle Fischerinnen tragen, das Kinn so hochgebogen, daß es mit der Nase zusammenstößt, die Gesichtshaut zerknittertes, ausgetrocknetes Pergament, Haare nur auf all ihren Warzen, und sie kauft sich

Pfeifentabak, schwarzen, von dem man ihr ein paar Unzen von einem Strang abschneidet, der aussieht wie ein geteertes Schiffstau, ein Tabak, in dessen Rauchwolken einem die ganze konzentrierte Stärke des Nikotins entgegenschlägt. Rings um die Häuschen ist es leer, nur frisch gewaschene Unterhosen und Hosen flattern an der Leine im Wind, Netze sind ausgespannt, irgendwo wird daran geflickt, ein Stück weiter eine Rampe, darauf ein Schiff, das wird angestrichen, und pechgetränkte Wergbüschel werden in die Ritzen gesteckt, und Fischereigerümpel liegt dort herum, Schrauben, die rot vom Rost sind, Balken, Bleche, aber ansonsten ist es sauber und aufgeräumt, als hätte man extra zur Ankunft des Gastes gefegt. Das Schiff auf der Trockenrampe prangt mit seinen verdrehten Tauen, die ihm etwas von dem Dümmlich-Schamlosen der Nacktheit verleihen, denn dieses Verdrehte ist nur fürs Wasser gedacht, diese Auswölbungen und Einbuchtungen, diese unter- und übereinander verschlungenen Taue sollten eigentlich schamhaft mit Wasser bekleidet, verdeckt und verhangen sein, aber jetzt hat man das Gefühl, unerwartet auf eine Jungfrau im Bade getroffen zu sein, und im ersten Augenblick ist das fast ein Schock.
Ringsum die für Küste und Ufer typischen Nutzbauten, die mit Wasser zu tun haben, Nebengebäude, Wachthäuschen, Absperrungen, Tore zu Hafenbecken, und eben die feste, kompakte Mauer der Mole. Wie sie wohl errichtet wurde, wie das wohl in solcher Nachbarschaft des Wassers und im Widerstand dagegen gelungen ist – all die erforderlichen hydraulischen Probleme lassen sich kaum ausmalen. Aber nun ist sie da und steht hier und wölbt sich dem Meer entgegen.
Und das Meer?
Eine Stelle ist hier, eine Art Knick oder Schleuse am Hafenbecken, wo sich das Meer bricht wie ein Strahl in einem

Prisma. Die Brandung rollt schwerfällig heran, drängt sich ächzend in diesen Knick, und bevor es ihr gelingt, sich mit der durch ihren Aufprall entstandenen Rückwelle zu überschneiden, kommt schon eilig die nächste schräg längs der Mole herangerollt, schneidend wie eine Sense trifft sie auf die abgeprallte Welle. Und nun galoppiert aus der Gegenrichtung eine kurze, atemlose kleine Welle herbei, und alle drei stoßen zusammen. Ein kurzes Zögern wie ein Kräftemessen der drei Kämpfenden, bis aus diesem Chaos eine Fontäne emporsprüht, eine brodelnde Wassersäule, sie spritzt wie unter großem Druck, ein riesiger tobender Federbusch, ein eiskalter Geysir, der in der Luft verharrt und dann hinunterklatscht, mit Tropfen, Gischt und Sand auf die Steine trifft, ein Knall wie von einer Peitsche, die Pferde zur Arbeit antreibt, und dann weit auf die steinerne Uferbefestigung schwappt. Und nun sinkt alles ab, als fehlte es dem Meer nach dieser Anstrengung an Wasser, die letzten Reste verrinnen, spülen alles davon, die Steinschichten treten hervor, der Sockel der Uferbefestigung wird sichtbar, bis zum untersten Rand, zum Salz, und alles ist feucht und glänzend von der abfließenden Welle, und die eingeschüchterten Reste des in dem Knick verbliebenen Wassers jagen dem abfließenden Wasser hinterher. Aber das dauert nur einen Augenblick, dann kommt schon wieder eine dicke Welle wie ein Feind, der sich nach dem erlittenen Schlag zurückgezogen hat, und wieder gerät alles ins Rasen, denn der Rückzug diente nur dem Kräftesammeln, dem Einziehen von Verstärkung, und wieder schlägt die Welle hoch empor, wie das Herz in verzweifelten Momenten bis zum Halse schlägt. Und so weiter und so fort, immer wieder das gleiche Spiel.
In der Ferne, auf dem offenen Meer, ist ein Fischerboot zu sehen, ein langer Kahn, eine Schaluppe im Auf und Ab der

Wellen. Gerade fährt es hinab in die Tiefe des Wellentals und ist verdeckt, nur die Köpfe der Menschen darin sind noch sichtbar. Noch verdeckt es der Wellenkamm, aber es steigt schon empor, seine Spitze taucht auf und die Menschen, die angestrengt über die Ruder gebeugt sind. Das gehört zu ihrem täglichen Leben, aber die Art, wie sie sich an ihre Ruder klammern, und ihre gekrümmten Rücken haben etwas vom Todeskampf an sich, vor dem Hintergrund des schmutzfarbenen Wellenbergs, inmitten des tosenden Ozeans, in dem sie von Wasser triefen, und man kann nur ihre erdig-rosigen Gesichter ausmachen, es ist, als wollte uns dieser Anblick dramatisch an unsere eigene Seelenrettung gemahnen, daran, daß wir etwas für unseren Nächsten tun müssen, es ist ein Signal zum Handeln, die Seele in uns dreht sich hilflos hin und her in Aufruhr, sie will Alarm schlagen, Hilfe holen, Boten ausschicken, sich im Handeln verlieren, im humanitären Echo, in der Hingabe, man will etwas von sich selbst geben, denn dort im Wasser drohen Menschen umzukommen, doch es gibt keine Gelegenheit, der Seele solche Erleichterung zu verschaffen. Man kann nur dastehen, in den Salzwasserpfützen von einem Fuß auf den anderen treten und auf das erzürnte Wasser und das harsche Bild blicken, das sich dort bietet, mit dem peinlichen, feigen, uneingestandenen Gefühl, daß man selbst hier steht und nicht dort bei ihnen, und die Scham darüber läßt uns erröten und mit den Lidern zucken im Angesicht des Winds, des Winds, des bleiernen Glanzes des Meers, des schiefliegenden Bootes, der gekrümmten Rücken unserer Gefährten, der Menschen, die sich dort über ihre Ruder beugen.

Ein drittes Mal gehe ich an dem steilen Ufer entlang. Dort, wo die traurigen, vom Meer angenagten Felsenschichten wie eine schiefe Mauer, eine Bastion emporragen. Dicht am Rand geht man entlang, der Pfad ist schön ausgetreten, hoch oben ist man, und der Blick kann weit schweifen. Das Meer schillert wie ein Kettenpanzer, das leere und leblose Meer, das doch weder leer noch leblos ist. Plötzlich fliegt ein Vogel auf, in der Ferne zieht die Rauchwolke eines Dampfers über den Himmel, und man spürt, daß es dort ein Leben im Wasser gibt, lauter Algen und Plankton, das Wasser ist erfüllt von Leben und Bewegung, doch von hier aus erscheint es leblos wie Schwefelsäure im Reagenzglas.

Der Pfad biegt von dem zerklüfteten Ufer ab, umgeht die tief ins Land reichenden Einschnitte und kehrt dann zum Meer zurück. Der Felsabhang ist schokoladenfarben mit hellblauen Schiefereinsprengseln. Unten aber, wo sich der abgebröckelte Fels zu Haufen türmt, sind die Steine vom Wasser weißgescheuert. Der Steilhang ist gleichmäßig hoch, vielleicht zwanzig, dreißig Meter. Unten brandet das Meer. Obwohl es jetzt still ist und das Meer flach und ruhig erscheint, gehen regelmäßige, schwere Seufzer durch das Wasser, denn sobald es auf den Fuß des Steilhangs trifft, tut sich etwas. Das Wasser kommt heran und scheint zu zögern, schlägt dann plötzlich wie mit der Faust an die Felswand, weicht ruhig zurück und seufzt wieder und schäumt um den ins Meer ragenden Rand des Felsens. Steigt man hinauf, sieht man zur Linken eine Ackerlandschaft, gepflügte Felder und flache, mit struppigem Wald bewachsene Hügel. Ein ländlicher, tiefer Himmel, das dunkle Grün des Nordens. Und zur Rechten schlägt und hämmert das Meer dumpf an den Uferfelsen.

An einer Stelle ist eine vom Meer abgeschnittene Kluft, unten gibt es einen Übergang über diese Kluft, der ist wie eine Hängebrücke. Mit jeder Welle, die heranrollt, drängt sich das Wasser tosend, wirbelnd und lärmend in diesen geschlossenen Kessel, wie eine Menschenmenge, die durch einen engen Eingang in die Arena strömt. Kaum hat es den Kessel gefüllt und ist schäumend immer höher gestiegen, da weicht es schon wieder zurück und fließt durch denselben Eingang ab. Schicht um Schicht des Felsens tritt hervor, die vom Wasser umspülten Felsen und Vorsprünge, die Nischen, in denen die Reste der Flut gurgeln und spritzen, bis ein schräger Trichter aus aufgeschüttetem Geröll und Gestein sichtbar wird, und dieses abgetragene Felsgestein rutscht nun der ablaufenden Welle hinterher, es scharrt und knarrt in seiner Hast, und in dem abgeschlossenen umgestülpten Kegel der Kluft entsteht ein merkwürdiges Echo, das diese leblose Stimme des in Bewegung geratenen Gerölls verstärkt und lauter macht, das scharfe Scheuern und Knirschen der Steine, scharf, trocken und fest, ein Rasseln und Scharren. Noch ist es nicht verklungen, da drängt schon eine neue Wasserhorde herein, die sich aufwärts ballt und die gerade erst vom Wasser verlassenen Bereiche aufs neue überflutet. Aber wieder hält es nicht an, kaum ist die Wasserkrone triumphierend zwanzig Meter hochgespritzt und auf die Steine des Pfades geklatscht, da strömt die Flut schon wieder davon und verschwindet, und das Gestein am Boden knirscht, und die glattgeschliffenen feuchten Felsbrocken rutschen weg, und schon kommt der nächste Einfall. Verwundert kann man auf dem oberen Rand der Felsenschlucht stehen, die ihre Stimme erhebt, als donnerte der Teufel mit einer Riesenrassel zu einem tollen Tanz.

Und überall liegen und hängen Meerschaumsteine, die einen schon ausgetrocknet und federleicht und spröde – ist das der Meeresschaum, von dem die Rede war? –, andere noch feucht und schlüpfrig und salzig vom Meerwasser. Manchmal weht der Wind vom Meer und reißt an diesen schmutzigweißen

Schneebüscheln, die an den Felsen haften. Sind wir deshalb bis hierher gelangt? Werden uns hier in Gestalt des zerbrechlichen Meerschaums Nichtigkeit und Zerbrechlichkeit aller Dinge offenbar?

Wird es immer so sein? Wird es immer dieses Spiel sein? Wächst man wirklich nie aus diesem Spiel heraus?

Nur ein fremdes Meer tost und brüllt in der Tiefe. Nur ein eisernes Meer kommt und bricht sich an den Felsen des Festlands. Und ich bin berufen, hier zu stehen und zu schauen, wie das unbekannte Element am Festland scheuert, wie es Kiesel fortwäscht und salzigen Schaum spuckt. Nur das fremde Wasser, gleichgültig und unverständig, bricht sich besinnungslos und verschlingt die Erde, das letzte, was mir unter den Füßen geblieben ist.

Vorhut

Die Straße ist wie ein Haus. Die Telegrafenmasten, an denen man vorbeifährt, sind schwarz vom Teeranstrich und faserig von Splittern, und mit dem Weg, mit der Entfernung werden sie in der Perspektive kleiner und verschmelzen miteinander zu einer Palisadenwand. Fährt man an ihnen vorbei, zittert und sirrt jeder einzelne mal tiefer, mal höher, aber immer auf C, als wäre er sorgfältig gestimmt. Die Straße ist seit Jahren vernachlässigt, sie ist ausgefahren und über die Ränder getreten, von Wagenrädern breitgefahren, in den Straßengraben übergeschwappt, der Graben mit Kletten und Gras überwuchert, das vom Straßenstaub wie versteinert wirkt. Ein kleiner Trampelpfad, von Fußgängern geebnet, verläuft am Straßenrand, und im Staub des schmalen Pfads erkennt man deutlich die Fußabdrücke von Menschen. Mal steigt die Straße an, mal senkt sie sich sanft zu einer Rinne hinab, durch die träge ein Wasser fließt, und dort gibt es dann auch immer eine Brücke, aus hohlen Betonrundstücken, die über dieses Wasser führt, an den Seiten von einem niedrigen Geländer aus dicken Balken eingefaßt, die ebenfalls schwarz und von der Zeit angenagt sind. Die Straße ist wie ein Haus.
Denn wir fahren zwar darüber, und sie zieht an uns vorbei, doch ist sie immer die gleiche und immer dieselbe, dasselbe Sirren der Masten, als stecke man an ein und demselben Ort fest, immer dieselben Weiden, die sich beharrlich wiederholen, immer da stehen die Weiden, wo das Wasser rinnt, wie Scheite, die ihm in die Seiten gesteckt worden sind und im olivgrünlichen Brand ihrer Blätter und Stecken glühen.

Zu beiden Seiten sind Felder, und obwohl ich die Augen aufsperre und nach links und rechts schweifen lasse, über diese Felder und den nahen Horizont blicke, weil mein Leben davon abhängen kann, bin ich doch wie zu Hause, habe ich doch das wunderbare Gefühl der Gewißheit, zu Hause zu sein. Denn seit Jahren, Monaten und Wochen schon ist mein Zuhause eigentlich die Straße, die sich vor mir verengt, die unter mir davonläuft, die Straße, wie vertraut ist mir das Klack-klack, Klack-klack der Pferdehufe über die Straße, die von den Rädern ausgefahrenen Rillen, der alte Schotter, von Gras überwuchert, an den Stellen, wo er früher in spitzen Haufen lag.
Der Bildstock aus kalkgeweißtem Stein, den man passiert, oder das Haus in der Einöde oder der Baum, der über den Feldrain näher kommt, sie sind immer in Bewegung, sind wie eine Geste, ein Signal, eine Warnung, sie sind sonderbar und fremdländisch verglichen mit der Unbeweglichkeit, der Ruhe, der Einförmigkeit der Straße. Ich blicke über den Horizont, und etwas zieht meine Aufmerksamkeit auf sich, weit, weit in der Ferne ein schiefes Dach, eine kleine Kapelle oder eine Baumgruppe, ein Weiler oder ein Abhang irgendwo dort, und eine Tränke, und da stehen ein paar elende Kühe, und diese Einzelheiten sind belebter, sie wechseln ihren Ort, ziehen träge vorbei oder springen, wenn man sie nicht im Auge behält, plötzlich dicht heran. Doch die Straße? Sie ist immer dieselbe, immer gleichförmig, beharrlich gerade von einer Biegung zur nächsten, immer weiter ostwärts, ostwärts. Manchmal geht sie unter den Hufen meines Pferdes verloren, wenn sie bei der Einfahrt in ein Städtchen in einzelne Stücke zerfällt. Ein Eisenbahngleis hat sie zerschnitten, ja, auf dem Gleis steht ein halb ausgebrannter Personenwaggon, aus den Öffnungen, wo die Seitentüren herausgerissen

worden sind, hängen die zerfetzten Bezüge der Bänke und die rostigen Federn der Sitzpolster. Eine abgebrannte Hütte, wo der Schlagbaum der Stadtgrenze war, dahinter laufen die Häuser nach rechts und links auseinander, werden zur Gasse einer Ortschaft, die Gärtchen der hiesigen Bürger zum wirren Netz des Ortes, der auch nicht statisch ist, denn er bewegt sich vor den Augen, flackert wie verstreute Glassplitter, wie ein Kristall in chemischer Lösung, er nimmt zu und nimmt ab, will etwas bedeuten, sich diesem oder jenem hingeben, und mag's auch der Kirchhof oder der jüdische Friedhof sein, besudelt sich mit unwichtigen Kleinigkeiten, so daß ich schon wieder Sehnsucht nach der Straße bekomme, und da bin ich auch schon am anderen Ende, und die Straße kehrt zu mir zurück wie ein lebendiges Haus, ich betrete sie mit den Hufen meines Pferdes, als träte ich über die Schwelle, auf der das Pferd sein Hufeisen läßt, damit es Glück bringt.
Manchmal überqueren wir eine Brücke, eine primitive Brükke, die auf den angekohlten Pfeilern einer früheren Brücke errichtet ist, die der Angreifer in Brand gesteckt hat, und schwarz und verkohlt sind die Eisbrecher, die schief dem heranströmenden Wasser entgegenblicken, und das Pferd schlägt dumpf auf die noch frischen Querbohlen der Brücke, hohl klopfen die Hufeisenstollen auf das Holz, und man sieht das Wasser durch die Ritzen der Brücke, wie es sich vom Wind schuppt, und da ist man schon am anderen Ende der Brücke.
Und dann wieder die Straße, mein Haus, wieder der aschene, rosige Staub in der Sonne, trockene Kuhfladen und ein Meilenstein, der von Entfernung redet, wie unwichtig ist das jetzt, wie unwesentlich, als ließen sich die Kilometer, die mich von dem trennen, was war, und von dem, was sein wird, zählen, als könnte es mir etwas bedeuten, wie weit mein Haus von

den Orten entfernt ist, die aufgehört haben mir ein Zuhause zu sein, nach denen ich mich nicht mehr wie nach Hause sehne.
Wenn man des Nachts ritt, dann blieb sie so gewöhnlich wie am Tag. Auf der Straße zu reiten ist, als bewege man sich in einem wohlbekannten Haus. Die Nacht war sogar noch günstiger, und wenn man in sie hineinritt, ihren Geruch einsog, dann war es, als wüchse einem eine neue Haut. In der Nacht war ich um einen schwarzen Pelz reicher, ein flauschiger Mantel aus Schwärze, mit dem ich mich umgab.
Und dann stieß ich einmal nachts mitten auf dieser vertrauten Haus-Straße auf etwas Fremdes, und der erste Eindruck war schmerzhaft, als ob man im eigenen Zimmer gegen etwas stieße, schmerzhaft wie ein Hieb ins Schienbein.
Bevor ich dieses Etwas erreichte, scheute das Pferd schon, schnaubte, machte einen beschämten Schritt zur Seite, aber gleich darauf schüttelte es sich, in einem einzigen Augenblick gleichsam erkannte es, begriff und verzieh diesem Etwas und zürnte nicht mehr und glitt irgendwie in seinem normalen Trott wieder zurück in die natürliche Ordnung der Dinge.
Wir kamen auf der Straße an etwas Schwarzem, Hingeworfenem vorbei, das halb auf der Straße, halb im Graben lag, ein Pferdekadaver.
Und gleich darauf war wieder etwas vor uns schwarz im Staub der Straße, und da lagen zwei weitere. Und dann ging es immer weiter so, wieder und wieder kamen wir an diesen Zusammenballungen von Schwärze vorbei, am konzentrierten Dunkel der Nacht. Voll Dankbarkeit dachte ich über mein eigenes Pferd nach, lernen müßte ich von dir, erkennen, begreifen, so wie du begreifst und verzeihst.
An einer Stelle lagen einige große, schwere Artilleriepferde, Mecklenburger oder Clydesdale, unnatürlich lagen sie da,

wie Hunde, auf dem Bauch. Eines von ihnen hatte den Hals in einem Bogen abgeknickt, sein schwerer Hals und sein Kopf lagen auf dem Hals des Gefährten des Zweiergespanns, zärtlich, so wie man manchmal Pferde auf der Weide sieht, wenn sie einander die Vorderköpfe auf Nacken und Köpfe legen, ihre Hälse waren verrenkt und schwer, und wie sie da so auf dem Bauch lagen, als schwämmen sie in einer Meereswoge, als wären sie an die ungeheure Muschel der Nacht gespannt und ihre Mähnen mischten sich mit dem Meeresschaum und schimmerten darin auf, auf den Kämmen der Wogen, dieses gewaltige Paar Zugpferde schlingernd auf der flachen Straße, als drängte es, wie in Denkmalsstein und -granit verwandelt, voran, den Streitwagen der schwarzen, erloschenen Sonne hinter sich.

Es war schwer, an dieser Gruppe vorbeizufahren, die sich in der Nacht zu einem Mahnmal, zu einem Vorwurf, einem Protest fügte. Wäre es doch wenigstens nicht ganz so verbissen und unverrückbar in seiner Berechtigung, in seiner ohnmächtigen Resignation gewesen. Wäre es doch nicht ganz so ausgemeißelt gewesen, die schwarzen verrenkten Hälse, die erhobenen Vorderhufe, die von Staub und Schweiß steifgetrockneten Mähnen wie aus Bronze, als hätte sie jemand lebendig zu einer tragischen Gruppe komponiert, sie zu Boden gezwungen, ihnen die Kandare ins Maul gedrückt, bis sie die Zähne zwischen den kläglich verzogenen Pferdelippen bleckten wie der Metop vom Parthenon, wie die Pferde des Sonnenwagens, einer ausgebrannten, schwarzen, zu Asche zerfallenen Sonne, im Vergleich zu der die Nacht wie hellichter Tag erschien.

Hätte man sie doch nicht aus dem Stall geholt, nicht an den Wagen mit den gespreizten Rädern gespannt, nicht in die trokkenen Wogen des Himmelsozeans getrieben, und hätte man nicht die ausbrennende Sonne entboten, in ihren Strahlenhülsen, ihren Mickiewiczschen Papillotten, die sich verbrannt und verkohlt zu einer komischen Krone um den Kopf sträubten, und sie dann schnell, eins, zwei, drei in die Stirn geschossen, um diese tragikomische Komposition im possenhaften Krampf des *rigor mortis* zu bewahren.

Bei Tag nämlich war alles anders. Am hellichten Tag fuhr man über die Straße und quer über der Straße lag ein Pferdekadaver, mit geplatztem Bauch und steifen Beinen, die Gase hatten den Enddarm bersten lassen, Fliegen sammelten sich auf den Lippen und Lidern. Bei Tag hatte es nichts von »Komposition« an sich, bei Tag türmte sich das Pferdeaas abscheulich mitten auf der Straße, eine zynische Herausforderung, ein schamloses Zwinkern aus dem triefigen Auge des Schicksals in meine Richtung, der süßliche Verwesungsgeruch, eine nekrophile Anspielung, ein Baudelairesches Verlachen meines Erschauerns.

Rappelez-vous l'objet que vous vîmes, mon âme,
Ce beau matin d'été si doux:
Les jambes en l'air, comme une femme lubrique.

Wir denken immer von uns als von uns selbst, und gleich darauf daran, wie wir in den Augen anderer aussehen. Wenn wir ein wenig Grütze im Kopf haben und uns nicht Gott weiß wie anmaßend gebärden, werden wir doch letztendlich zu der richtigen Einsicht gelangen, daß es in den Augen anderer nicht ganz so aussieht, wie wir es uns gerne vorstellen.

Als ich heute morgen langsam, ganz langsam, über die Straße fuhr, sah ich am Abhang auf der rechten Seite der Straße eine Bauernhütte. Der Himmel im Osten war ein einziges rotes

Glühen, und von dieser Röte bekam alles einen rosigen Kranz, als hätte sich bei einer großen Generalwäsche alles verfärbt. Ein Bauer kam aus der Hütte, nur im Hemd und langen Unterhosen, so stand er mitten auf dem jämmerlichen Hof, die Haare waren noch vom Schlaf zerzaust, es war sehr früh am Morgen, und er stand da, hinter sich die Hütte und die aufgehende Sonne, kratzte sich mit einer Hand die Achsel in seinem schmutzigen Hemd und blickte in meine Richtung. Er sah in meine Richtung und gleichsam durch mich hindurch, als wäre ich nur ein Prisma, durch das er in die von meiner spektroskopischen Erscheinung aufgespaltene Wirklichkeit schaute. Es kam mir vor, als sollte meine Erscheinung, so unerwartet mitten in diesen Morgen hinein, ihm zu Nutzen sein, sie sollte ihm endlich sein Problem beim Verstehen der Dinge lösen. Das ist ein einzelner Mensch, dachte ich bei mir, und ich bin nur ein Instrument, um die Dinge zu verstehen. In meiner Bewegung von Westen nach Osten ziehe ich eine Linie, an der er alles messen und zu guter Letzt einmal, endlich, verstehen kann.

So bin ich wie in einer geschlossenen Spindel, jenseits von mir verengt sie sich aerodynamisch, stromlinienförmig, dann schwillt sie zu der Auswölbung der Jetztzeit um mich herum an, ich bin in dieser spindelförmigen Schwellung eingekapselt wie eine Wurmlarve im Fleisch, und vor mir verengt sie sich nach vorne zu, spitz, ins Erwartete und Unerwartete, wie die Vorhut. Dann habe ich diese Geschichte gleichsam aus dem Nichts begonnen, wie es mir da vorkam, so als sei ich aus dem Nichts geboren, ohne Anfang, originär, danach blähte es sich auf zu einer zufälligen, fanatischen, genialen Linse, einem All, durch das ich alle andringenden Strahlen in mich aufnahm, und darin pulsierte die gallertartige Masse der Erinnerungen – dessen, was ist, was war und sein wird, und dann verengt sie sich, verdünnt sich zu einem spitzen Kegel, die Vorhut, die in die Zukunft gleitet.

Als Reiter an der Spitze der Vorhut bin ich unglücklich gewählt. Vielleicht aber auch sehr glücklich. Denn wenn ich voranreite, ganz an der Spitze der vorausgeschickten Abteilung der Vorhut, dann lebe ich mich so in meine Rolle hinein, daß ich zugleich ich selbst und das Haus, nein, Pardon – die Straße und Landschaft und die Einzelheiten des Geländes bin. Ich habe ein solches Vorstellungsvermögen, daß ich imstande bin, mich selbst von ferne wie ein Figürchen aus dem Kineskop, wie einen Wetterhahn auf dem Dach zu sehen. Wenn ich den Menschen, die mir begegnen, in die Augen sehe, sehe ich mein eigenes Spiegelbild in ihren Augen wie in einem konvexen Spiegel. Ein verzerrtes Spiegelbild, karikiert, unwirklich, und wenn ich ihnen etwas bringe, dann sehe ich es entstellt in ihren Augen. Und das geschieht mit ihrem stillschweigenden Einverständnis, mit ihren Augen, Pupillen, ihrer Iris, die ähnlich und farbig, gleichförmig, vertraut, Wimpern, Brauen und Augäpfel, auf mir haftend über die Oberfläche meiner Seele schwimmen wie Augen auf der Suppe.

Es ist also eine glückliche Wahl, weil ich imstande bin, mich in den umgebenden Raum einzuleben, die Gedanken und Eindrücke derer, denen ich begegnen werde, zu erraten. Meine Wahl ist aber auch unglücklich, weil es mich zerstreut und meine Aufmerksamkeit abstumpfen läßt, die geradezu unpersönlich und völlig glatt und flach sein soll, denn dann kann sich auf ihrer Oberfläche jede Einzelheit, jedes Zeichen spiegeln und in rasendem Krampf schreien: Halt! Feind! oder dergleichen.

Nach den Regeln des Felddienstes ist es die Aufgabe der Vorhut, den Feind herauszulocken, zu täuschen, an der Nase herumzuführen. Er soll sich verraten. Das ist die Hauptsache: daß ihm kein Rückhalt gegönnt wird. Auch wenn ich tausend Augen hätte, würde das nichts helfen, denn er, der Feind, hat sich im Gelände aufgelöst, und auch mit meinen tausend Augen werde ich ihn nicht erspähen, ihn auf dem Feld nicht entdecken. Ich muß das Feuer auf mich ziehen. Zu diesem Zweck bin ich hier. Dafür habe ich eine breite Brust, breit wie der Horizont, und diese Brust soll ich ihm hinhalten, über den ganzen Horizont, »nach Winkelriedscher Manier«. Ich muß alles auf mich nehmen, die ganze Wahrheit aufdecken.

Und weil ich immer damit rechnete, legte ich mir dann in den kurzen Nächten der Rast, wenn ich unter einem Zufallsdach oder unter dem freien Himmel lag, im Schatten der Nacht und im knirschenden Nachhall der gierig fressenden Pferde, wenn das Leder des Sattels stank, auf dem ich den Kopf gebettet hatte, alles zurecht und schlug es mir wieder aus dem Kopf, viele Male spielte ich diesen Augenblick in meiner Vorstellung durch, ich lernte es auswendig, sagte mir immer wieder, wenn der Augenblick käme, würde er kurz sein, dann würde keine Zeit zum Bedauern oder zur Freude über die Erfüllung dieses Augenblicks sein, auch keine Zeit, den Augenblick selbst in sich aufzunehmen, wenn das einzige, Unausweichliche und nie Wiederholbare käme, das würde nur einmal geschehen, einmal und unwiederholbar, und egal, wie ich ihn mir auch vorstellen würde, dieser Augenblick würde anders und unerwartet sein.

Er würde an einem Sommermorgen kommen, wenn die Schatten noch lang sind; es würde sehr still sein, eine Lerche würde über dem Feld aufsteigen und immer höher steigen, und ganz oben würde sie aufzwitschern, auf der Spitze der Pyramide ihrer Stimme, deren Fundament am Boden ist, die Grashalme, grün und hellblau vom frühen Morgen. Es würde ruhig und traulich und leise sein, nur das Leder des Sattels würde knarren, ganz feiner Staub würde unter den Pferdehufen aufsteigen, und plötzlich – jetzt! Jetzt!

Esther Kinsky
Die Sprache als Ort – Zygmunt Haupts Nachlaß zu Lebzeiten

Die erste Erzählung dieses Bandes, *Die Laute oder Ein Führer durch Żółkiew und seine Sehenswürdigkeiten*, 1966 in der polnischen Exilzeitschrift »Kultura« in Frankreich erschienen, ist Haupts Heimatstadt gewidmet, die er fast dreißig Jahre zuvor für immer verlassen hatte. Die mehrsprachigen, von zahlreichen Ethnien bevölkerten Kresy, die Landschaft seiner Kindheit, grenzt er hier dezidiert gegen den »Osten« ab, das Reich mit der »weißsteinernen« Hauptstadt Moskau, die bei ihm etwas Mythisches bekommt, Inbegriff des alten Rußland. Der Osten beginnt für ihn an der Linie, bis zu der die Tatarenherrschaft reichte, und »dort bin ich nie gewesen«, schreibt Haupt, als wollte er sich – in einer Zeit der scharfen Ost-West-Polarisierung – gegen die Zuordnung zu diesem Teil der Welt verwahren.
Die Motive des Krieges und des Todes durchziehen die ganze Erzählung – aus der Distanz betrachtet, in komplexe historische Details verpackt, dennoch ein Teil seines Lebens. Im Chaos des Kriegsausbruchs wandert der Erzähler durch das verlassene Schloß, das seine Heimatstadt beherrscht, und findet eine verstaubte Laute, Symbol des Dichterischen. Er traut sich nicht zu, sie zum Klingen zu bringen wie Sęp-Szarzyński, der polnisch-ukrainische Barocklyriker, den er zitiert. Die Laute ist tot ohne den richtigen Spieler, sie ist ein »Särglein«, eine »tote Wiege«, ähnlich wie die einst so vielsprachige Stadt, die jetzt verstummt ist. Was bleibt, sind Worte, die Worte, nach denen er sucht, um die er ringt, die er zusammenträgt, nicht um wieder-

erstehen zu lassen, was war, sondern um darzustellen, was in ihm geblieben ist.
Zygmunt Haupt kam am 3. März 1907 in Podolien zur Welt, am östlichen Rand der Habsburger Monarchie. Die Stadt seiner Kindheit und Jugend, Żółkiew an der Świnia, zwanzig Kilometer nordöstlich von Lemberg gelegen, war einst die Lieblingsresidenz des polnischen Königs Jan III. Sobieski, eine typische Stadt dieser Gegend mit ihrer Mischung verschiedener Nationalitäten, Religionen und Sprachen. Zur Sowjetzeit vorübergehend in Niestierow umbenannt, lautet der offizielle Name der Stadt heute Zhowkwa, sie gehört zur Westukraine.
Nach dem Tod des Vaters entschloß sich Haupt, der in Lemberg und Paris Bauplanung und Ingenieurwesen studiert hatte, zu einem prekären Künstlerdasein in Lemberg. Im Mai 1939 wurde er in die polnische Reservearmee eingezogen, kurz nach Ausbruch des Zweiten Weltkriegs wurde seine Einheit zerschlagen. Auf der Flucht geriet er nach Ungarn und setzte sich von da aus nach Frankreich ab. Einige Zeit blieb Haupt bei einer polnischen Armeeeinheit in Südfrankreich, dann in der Bretagne stationiert, im letzten Augenblick gelang ihm die Flucht vor den heranrückenden Deutschen nach England. 1947 verließ er Europa für immer. Mit seiner amerikanischen Frau und seinem 1945 geborenen Sohn ließ er sich erst in New Orleans, dann an der Ostküste nieder. Als fester Mitarbeiter des Senders »Voice of America« und später der Zeitschrift »America« lebte Haupt über zwei Jahrzehnte in Virginia, wo er 1975 starb.
Zygmunt Haupt war nie einer der großen, bekannten Namen unter den polnischen Nachkriegsautoren, doch seine Beiträge erschienen regelmäßig in der Zeitschrift »Kultura« des gleichnamigen polnischen Exilverlags in Paris, mit des-

sen Leiter Jerzy Giedroyc ihn auch eine langjährige Korrespondenz verband. Zu Lebzeiten des Autors erschien der *Ring aus Papier* in der »Biblioteka Kultury«, der nicht mehr fertig redigierte Band *Vorhut*, der auch Varianten von Erzählungen aus dem *Ring aus Papier* und etüdenartige Variationen zu einzelnen Themen enthält, hingegen erst 1989. Sie stehen in einer Reihe mit unzähligen Werken polnischer Schriftsteller, die nicht im Land erscheinen durften. Dazu gehörte Mickiewicz' *Totenfeier* ebenso wie Miłosz' *Tal der Issa*. Die grauen, aufgrund der knappen Mittel eng gedruckten Bände der »Biblioteka Kultury« waren Bausteine eines Konzepts von Mitteleuropa, das Giedroyc verfolgte. Schon früh erkannte er die Wichtigkeit, die von Machtblöcken bestimmte Spaltung Europas in eine östliche und eine westliche Hemisphäre zu überwinden, er sah Polen, Weißrußland, Litauen und die Ukraine als Mitteleuropa mit einer eigenen Identität, die Ost und West verband. Haupts Beschreibung seiner Heimatstadt legt nahe, daß seine Vorstellungen ähnlich waren.

Die prägenden Erfahrungen in Haupts jungen Jahren sind Wirren, Unstetigkeit und Tod. Als Kind wird er Zeuge der Grausamkeiten des Ersten Weltkriegs, erlebt die kopflose Flucht der Familie vor der heranrückenden Front, den Verlust der Mutter, die 1918 an Typhus stirbt. Seine geliebte Schwester Helena – die »Nietota« der Erzählungen dieses Bandes – stirbt Ende der zwanziger Jahre an Tuberkulose. Entwurzelung und Verlust haben seinen ganz eigenen Blick für die Welt geschärft, immer steht der Erzähler am Rand eines Abgrunds, immer in Erkenntnis der Endlichkeit allen Lebens. In keinem Text wird dies so deutlich wie in dem düsteren Monolog des Vorhutreiters der Titelgeschichte, der in unablässiger Erwartung des Todes aus dem Hinterhalt jede Faser der Welt registriert, die an ihm vorbeizieht.

Haupt schreibt nicht, um eine verlorene, vergangene Welt wiedererstehen zu lassen, sein Motiv ist nicht die Sehnsucht, sondern die Frage nach dem, was sich im Wort erhalten läßt. Während im *Ring aus Papier* noch das Ringen um die Erinnerung und um die sprachliche Form für das Erinnern sowie für das Erinnerte ein deutlich erkennbares Element des Textes ausmachen, ist das Subjekt in den meisten Texten von *Vorhut* klarer in seiner Ortlosigkeit in der Welt definiert. Wenn der Erzähler einen Ort hat, ist es die Sprache, die Welt im Kopf, die sprachgewordene Wahrnehmung und Erinnerung. Das Festmachen am Wort erscheint wie eine Vergewisserungsübung, die der eigenen Existenz gilt, dem Existentiellen an sich, und ist von einer anderen Art der Dringlichkeit getrieben als das Erzählen einer Geschichte. Dabei schafft Haupt Prosagebilde von großer Vielschichtigkeit und Dichte, die kaum mehr Erzählungen zu nennen sind: Assoziationen, Anspielungen, Aufzählungen aller Art, Zitate, idiosynkratische Beschreibungen, historische Quellentexte fragwürdiger Authentizität, kurze Dialogfetzen verweben sich zu einem Stoff, einer Textur aus Worten, einer eigenen, neuen Welt der Bruchstücke, zusammengehalten von der Frage nach der Gültigkeit der Existenz in Raum und Zeit.
Zygmunt Haupt betrachtete sich als zweierlei Künstler, als Schriftsteller und als Maler, ja bis zu seinen ersten Jahren in Amerika sah er seine wahre künstlerische Berufung in der bildenden Kunst. Doch während im *Ring aus Papier* die Wiedergabe der visuellen Wahrnehmung noch stark betont wird, Szenen, Landschaften, Himmelszustände in allen Nuancen beschrieben werden, tritt das Statische des Bildhaften in *Vorhut* stark zurück. In dieser Prosa ist alles in Bewegung. Nicht von ungefähr geht es im Eingangstext »Die Laute« um ein Musikinstrument. Wenn es eine Parallele zu einer anderen

Kunstform gibt, so ist es die Musik. Die Texte erinnern oft an atonale Kompositionen, sie fügen sich nicht um ein Zentrum, halten sich an kein System, keine Hierarchie des Aufbaus, die Abschnitte unterlaufen einander, scheinen in verschiedene Richtungen zu streben und bleiben schließlich doch in einem Gedanken aufgehoben. Haupt bringt etwas zum Klingen, er komponiert eine neue Musik aus Harmonien, deren Verlust er erfahren hat.

An zwei Stellen in *Vorhut* verwendet Haupt den Begriff der »Autopsie« in einer selten gebrauchten, dem ursprünglichen Sinn des griechischen Wortes jedoch ganz nahen Bedeutung, nämlich als »eigene Anschauung«, als das Sehen aus dem eigenen Selbst. In dem Text *Emma Bovary – das bin doch ich* (der im übrigen bei einer kritischen Analyse etliche interessante Einblicke in Haupts Assoziationsprozesse gewähren könnte) leitet diese Erörterung der Autopsie über zu einer der seltenen programmatischen Aussagen des Dichters: »Man möchte etwas auf so universale Weise schreiben, daß es im Ohr eines jeden Widerhall findet, daß es diesen objektiven Wert hat.« Diese Einsicht, daß allein der Mut zur völligen Subjektivität dem Künstler dazu verhelfen kann, diesen universalen »objektiven« Wert zu vermitteln, gibt eine Vorstellung von der Bedeutung, die das Schreiben für Haupt in seiner Auseinandersetzung mit der Welt hatte. Es war seine Lebensform.

Die Erzählungen dieses Bandes stammen aus drei verschiedenen Lebens- und Schaffensphasen des Autors. Die vier der Lemberger Zeit gewidmeten Geschichten sind die frühesten, sie wurden noch zu Kriegszeiten veröffentlicht, also relativ kurz nach den beschriebenen Ereignissen. *Der Kavalier aus Meerschaum*, *Welten* und *Vorhut* erschienen Anfang der fünfziger Jahre, als Haupt noch nicht lange in Amerika lebte. Das Gefühl der Heimatlosigkeit, der Fremde und Ortlosigkeit kommt hier am stärksten zum Ausdruck und drängt immer wieder zu kreisenden, aporetischen Reflexionen über die menschliche Existenz. Die letzte, größte Gruppe umfaßt die beiden ersten Erzählungen (*Die Laute* und *Emma Bovary*) und die vier »Nietota« gewidmeten Texte; Ende der sechziger Jahre erschienen, bilden sie so etwas wie Haupts Spätwerk. Die Erinnerungsarbeit hat eine spürbare Distanz zum Gegenstand geschaffen, einen inneren Abstand, der sich in einer Zurücknahme des Ich und der Verwendung »historischer« Textfragmente manifestiert. (Ob es sich dabei um authentische oder fingierte Texte handelt, sei dahingestellt.) Betrachtet man die wenigen veröffentlichten Fotos des älteren Zygmunt Haupt, sieht man einen kleinen, etwas untersetzten Mann, der sich offenbar gerne mit Pferden und Hunden zeigt und sich mit Frau und Sohn vor einem Eigenheim im Südstaatenstil ablichten läßt. Bürgerliche Posen, die nichts von seiner künstlerischen Sensibilität verraten, ein Gesicht, in dem man eher einen pensionierten Beamten mit einer Leidenschaft für herrschaftliche Lebensformen erkennen würde als einen Dichter. Haupt thematisiert sein Gefühl der Gespaltenheit mehrmals in seinen Texten, einmal, wiederum in *Emma Bovary*, ganz deutlich, indem er sein Unbehagen in der Gesellschaft verrät: weder dem seit zwei Generationen erworbenen Status des »Gebildeten«, des »Intelligenzlers« mit bürgerlichen Ambitionen, kann er sich zugehörig fühlen noch dem »instinkthaften« Leben der Bauern und Handwerker, zu denen seine Vorfahren gehörten. Unzugehörig, wohin er auch kam, war ihm die Rolle, die er auf den Fotos zu spielen scheint, vielleicht gerade recht. Seine Familie, wahrscheinlich die meisten Menschen, mit denen er im täglichen Leben umging, verstanden kein Wort Polnisch.

Jede Frage, jede Erklärung erübrigte sich. Seine Welt blieb im Kopf.

Zygmunt Haupt starb im Mai 1975 an einem Herz- und Hirninfarkt.

Battonya, November 2006

Anmerkungen

Der vorliegende Band enthält eine Auswahl von Erzählungen aus der postum erschienenen Textsammlung *Szpica* (Vorhut), Instytut Literacki, Paris 1989, sowie die Erzählung »Der Kavalier aus Meerschaum« aus der 1963 erschienenen Sammlung *Pierścień z Papieru*, auf die in der deutschen Ausgabe *Ein Ring aus Papier* aus Gründen einer größeren thematischen Stimmigkeit verzichtet wurde. Bei der – auch aus Platzgründen erforderlichen – Auswahl des vorliegen Bandes ging es uns darum, Texte aus verschiedenen Schaffensperioden des Autors möglichst geschlossen zu präsentieren.
Leider fehlt bislang eine kritische Ausgabe der Werke Zygmunt Haupts. Daher war es unmöglich, sämtliche als Zitat markierte Stellen, die sich durch Haupts Werk ziehen, zu identifizieren und zu erläutern.

E. K.

Seite:
7 *Die Laute oder Ein Führer durch Żółkiew und seine Sehenswürdigkeiten*
Erstveröffentlichung in *Kultura* Nr. 229, 1966
Żółkiew die heutige westukrainische Kleinstadt Zhowkwa an der Świnia im Bezirk Lemberg. 1961 bis 1991 Niestierow, nach dem sowjetischen Piloten Pjotr Niestierow benannt. 1597 von Kronhetman Żółkiewski gegründet, Lieblingsresidenz des polnischen Königs Jan Sobieski III.
Białokamienna gemeint ist Moskau. Der Name »Weißsteinerne« (russ.: *belokamennaja*) geht auf die fast zehn Kilometer lange weiße Kalksteinmauer zurück, die Ende des 16. Jahrhunderts um die Innenstadt herum hochgezogen wurde, um den dauernden Angriffen der Tataren standzuhalten. Der Stadtteil hinter der Mauer bekam den Namen »Belyj Gorod« (»Weiße Stadt«).
8 *Gramota* es handelt sich im die sogenannten Birkenrindenurkunden (russ.: *Berestjanye Gramoty*)
10 *Winniki* poln.: Weinberge – *Świnia* poln.: Schwein
15 *Granowitowoj Palast* der Facettenpalast im Moskauer Kreml
21 *Żarczewski* durch die Endung -ski ein scheinbarer Adelsname, gebildet von dem polnischen Wort *żart*: Witz.

29 *Sęp-Szarzyński* polnischer Dichter des Barock, geboren 1550 bei Lemberg, gestorben 1581 bei Przemyśl. Die wenigen erhalten gebliebenen polnischen Gedichte von Mikołaj Sęp-Szarzyński zeugen von einer tiefen mystischen Religiosität.
Terpyż holowonko do szczastnoj hodyny ... zu deutsch etwa: Halt nur aus, Köpfchen, bis zur glücklichen Stunde
31 *Emma Bovary – das bin doch ich*
Erstveröffentlichung in *Tematy*, Nr. 31/32, 1969
51 *Briefe von einer Reise nach Amerika* Henryk Sienkiewicz: *Listy z podróży do Ameryki*. Eine Reihe von Reiseberichten, die Sienkiewicz von seiner Reise durch Amerika zwischen Februar 1876 und Dezember 1877 schrieb.
57 *Hochzeit auf dem Lande*
Erstveröffentlichung in *Wiadomości Polskie*, 23. Januar 1944
64 *Die Entropie tendiert gegen Null*
Erstveröffentlichung in *Nowa Polska*, Bd. III, Heft 3, 23. März 1944
78 *Czarne* poln.: Schwarze, häufiger Dorfname in Gegenden mit Köhlerhütten.
81 *Zeit des jüdischen Hamansfestes* Gemeint ist das jüdische Purimfest, das im Frühjahr (14. Adar, Februar-März) gefeiert wird. Es wird auf die im Buch Ester überlieferte Geschichte zurückgeführt und erinnert an die Errettung der persischen Juden, die Haman, der Vertraute des Perserkönigs Ahasverus, ausrotten lassen wollte, was durch Ester, Ahasverus' Frau, vereitelt wurde.
82 *Der Jesuitengarten*
Erstveröffentlichung in *Nowa Polska*, Bd. III, Heft 6, Juni 1944
Der Jesuitengarten ist der heutige Park Kościuszki in Lemberg.
96 *Zając* poln.: Hase, vom Familiennamen abgeleiteter Spitzname.
98 *Kapitän Blood*
Erstveröffentlichung in *Nowa Polska*, Bd. IV, Heft 2, 22. Februar 1945
114 *Nietota*
Erstveröffentlichung in *Kultura* Nr. 256/257, 1969
125 *jenes »Grafen mit der langen Nase«* Anspielung auf den französischen Dichter Cyrano de Bergerac (1619-1655).
130 *Die Steppenhexe*
Erstveröffentlichung in *Kultura* Nr. 262/263, 1969
134 *von allen möglichen Fräuleinchen und Konopnickas* die bedeutende polnische Lyrikerin Maria Konopnicka (1842 in Suwałki ge-

boren, 1910 in Lemberg gestorben) verfaßte auch süßlich-lehrreiche Kinderbücher. Sie lebte auf einem eigenen Gut in den Vorkarpaten.
136 *damit er weiß, was* po włosku *heißt* der Ausdruck hat im Polnischen eine doppelte Bedeutung: »italienisch« und »wo ein Haar war«.
145 *El Pelele*
Erstveröffentlichung in *Kultura* Nr. 268/269, 1970
161 *Stauropigia* dem Archimandriten unterstelltes Kloster mit Kollegium für Priesteramtskandidaten in Lemberg.
168 *Der Ballon*
Erstveröffentlichung in *Kultura* Nr. 276, 1970
172 *Tadeusz Miciński* polnischer Dichter, 1873 in Lodz geboren, 1918 wahrscheinlich von Bauern ermordet. Gehörte zum Zakopaner Kreis um den Dichter und Maler Stanisław Ignacy Witkiewicz (Witkacy). Sein Werk ist durch ein Interesse an Mystik und nationaler Identität gekennzeichnet.
Feldmansche »Krytyka« Wilhelm Feldman war Mitherausgeber der Zeitschrift »Krytyka«, die von 1896 bis 1918 in Krakau erschien; er unterstützte die neoromantisch-nationale »jungpolnische« Bewegung.
Kresy die östlichen, nach dem Zweiten Weltkrieg an die Sowjetunion gefallenen Randgebiete Polens, die heute in Litauen, Belarus und der Ukraine liegen.
178 *Oscypki* Oscypek ist ein gewickelter Schafskäsestrang.
Góralen Bergbewohner der Tatra, um deren Lebensweise und Volkskultur im Zuge der jungnationalen Bewegung eine Art Kult der Authentizität entstand.
Krzeptowski gemeint ist Jan Krzeptowski, 1809 in Kościelisko geboren, 1894 in Zakopane gestorben, Bergführer in der Tatra, Musiker und Geschichtenerzähler, Podhaler Bergbewohner.
Fünf Polnischen Teichen Teiche in der Tatra, die alle den Beinamen »Polnisch« tragen.
179 *Gewaltig-starkes Pferd ...* Calderon de la Barca, *Das Leben ist ein Traum*. Übersetzung: Eugen Gürster. Stuttgart 1955, S. 5 (Reclam Universal-Bibliothek Nr. 65)
181 *Welten*
Erstveröffentlichung in *Wiadomości* Nr. 227/228, 1950
Der Ausdruck »Welten« bezeichnet auch einen traditionellen bäuerlichen Weihnachtschmuck, der aus einer Oblate ausgeschnitten und an der Decke oder dem Fenster angebracht wird.

187 *Varianten*
Erstveröffentlichung in *Kultura* Nr. 33/34, 1950
196 *»Zacheuszki«* symbolische eingemauerte oder aufgemalte Kreuze in der Außenwand der Kirche zum Zeichen der Kirchweihung.
199 *Der Kavalier aus Meerschaum*
Erstveröffentlichung in *Wiadomości*, 1950 Nr. 1 unter dem Titel »Meerschaum«; sodann unter dem genannten Titel 1963 in *Pierścień z papieru* erschienen.
210 *Vorhut*
Erstveröffentlichung in *Kultura*, Nr. 45/46, 1951
215 *Mickiewiczsche Papillotten* bezieht sich auf eine Stelle in Mikkiewiczs' Dichtung *Pan Tadeusz*: Auf dem Weg nach Vilnius hat Pan Tadeusz die Traumvision eines Gesichts, umrahmt von blondem Haar in Papillotten, d. h. gedrehten Locken.
Rappelez-vous l'objet que vous vîmes, mon âme ... Haupt zitiert die ersten beiden Verse der ersten und den Beginn der zweiten Strophe des Gedichts *Une Charogne* (»Ein Aas«) aus den *Fleurs du Mal* (XXIX) von Charles Baudelaire: »Erinnre, was wir sahn, o Seele, an dem Morgen, / Da uns des Sommers Glück bestach: ... // Die Beine reckend wie ein geiles Weib in Sünde«.
(Ch. B.: *Die Blumen des Bösen.* Übertragen von Carlo Schmid. Frankfurt am Main: Insel 1976)

Inhalt

Bibliothek Suhrkamp

Alphabetisches Verzeichnis